BEINAHE FRISCH VERHEIRATET

KYLIE GILMORE

Übersetzt von
ANNA DRAGO

Übersetzt von
KATRIN DOLLE

Beinahe frisch verheiratet: © 2016 von Kylie Gilmore

Cover Design von Sweet 'N Spicy Designs

Veröffentlicht von: Extra Fancy Books

Übersetzt von: Katrin Dolle und Anna Drago

ISBN-13: 978-1-64658-077-4

1

Aw, yeah. Das Leben ist gut. Ian Furnukle trat am späten Freitagabend aus seiner Lieblingsbar in Boston und kehrte mit beschwingtem Gang in seine Wohnung zurück. Alles in seinem Leben passte *endlich* zusammen. Er hatte eine schöne sexy Freundin (noch Fernbeziehung) und eine neue Jobmöglichkeit, die ihm und Kate die Chance geben würde, zusammen in derselben Stadt zu sein. Er und Kate Lewis hatten eine Geschichte, die sich über fast fünf Jahre, drei Staaten und mehrere Umwege in unterschiedliche Beziehungen hinzog. Sie waren zuerst Freunde gewesen, hin und wieder Geliebte, dauerhaft durch die Familie gebunden, seit sein älterer Bruder, Barry, Kates ältere Schwester Amber geheiratet hatte. Er war vor fünf Jahren Kates erster *aw, yeah* gewesen, und er hoffte, ihr letzter zu sein. Sie hatten sich in der letzten Weihnachtspause zu einer Fernbeziehung verpflichtet. Jetzt hatte er eine Gelegenheit, die ihm Wurzeln in Boston geben würde. Mit Blick auf die Zukunft hoffte er, sie in einem Jahr, wenn Kate ihr Post-Doc-Stipendium am Teilchenphysiklabor der University of Chicago beendete, überzeugen zu können, sich eine Professur an einer der vielen Universitäten im Raum Boston zu suchen.

Es würde den Beginn ihres gemeinsamen Lebens markieren.

Nur noch sieben Tage, bis er seine schöne sexy Freundin persönlich sehen konnte. Er würde zu Kates Frühlingsferien nach Chicago fliegen. Es war fast drei Monate her, seit er sie das letzte Mal persönlich gesehen hatte, und sie hatten eine Menge sexy Zeiten, die sie wieder aufholen mussten. Obwohl Kate ziemlich geschickt in Skype-Sex geworden war. Heute war eine Skype-Nacht. *Aw, yeah, Baby, berühr dich selbst. So ist gut. Du machst mich so heiß.* (Stöhnen und Keuchen. Von ihr.)

Er lächelte vor sich hin. Das war eins der Dinge, die er so an Kate liebte. Sie war direkt, offen und ehrlich über alles, einschließlich Sex. Er musste sich nie fragen, was sie wollte oder ob sie etwas mochte. Sie sagte es ihm einfach. Das innere Wirken des weiblichen Geistes war noch nie so klar gewesen.

Er erreichte sein Backsteingebäude, öffnete die Tür und stieß sie auf.

„Überraschung!"

Er zuckte zusammen, sein Herz klopfte gegen seinen Brustkorb. „Kate! Was tust du denn hier?" Sie trug einen rosa Satinmantel. Sie hatte ihr blondes Haar aus dem üblichen halben Knoten gelöst, und es fiel in sanften Wellen über ihre Schultern. Ihre Beine waren nackt, ebenso ihre Füße. War sie nackt unter diesem Morgenmantel?

„Ich überrasche dich, weil ich etwas tun wollte, das dir wirklich gefallen würde." Ihre Brauen zogen sich zusammen. „Du hast mir einen Schlüssel zu deinem Haus gegeben. Habe ich das falsch verstanden? Magst du keine Überraschungen? Du überraschst mich so oft, dass ich wirklich dachte ..." Sie zog sich zurück und rang die Hände.

Er zog sie auseinander und umarmte sie kräftig. Ihr Kopf lehnte sich gegen seine Brust. „Du hast es richtig verstanden. ich liebe Überraschungen." Er hob ihr Kinn und küsste sie, aber bevor er die Dinge vertiefen konnte, zog sie sich zurück.

Sie hielt eine Handfläche hoch, ihre blauen Augen funkelten hinter ihrer großen Schildkrötenpanzerbrille. Dann starrte sie auf seine Stirn. „Du hast dir die Haare geschnitten. Es hängt dir nicht mehr in den Augen."

Er hatte sie sich ganz kurz schneiden lassen, um professioneller für sein Vorstellungsgespräch zu wirken, aber er wollte jetzt nicht darüber sprechen. Er wollte ihr diesen Mantel vom Leib reißen. „Ja, ich habe einen neuen Haarschnitt. Zieh diesen Morgenmantel aus."

Sie schenkte ihm ein schelmisches Lächeln. „Es gibt noch mehr Überraschungen."

„Mehr Überraschungen als dass du hier in der Woche auftauchst, bevor ich bei dir sein sollte?"

„Ja."

„Warte mal, ich dachte, deine Frühlingsferien wären nächste Woche."

„Ich habe gelogen, um dich zu überraschen."

„Aber ich besuche dich nächste Woche."

„Ich habe eine leichte Woche vor mir und werde viel Zeit für dich haben."

Er schob sich die Schuhe von den Füßen. „Okay, ich bin bereit für mehr Überraschungen. Bist du nackt unter diesem Morgenmantel?"

Sie band den Gürtel ihres Morgenmantels los, hielt ihn aber geschlossen. „Erkennst du diesen Mantel?"

Er musterte ihn einen Moment lang. „Das ist der Morgenmantel, den du beim ersten Mal getragen hast, als wir zusammen waren."

Sie setzte ein kurzes Lächeln auf. „Genau. Für die Defloration." Seine Lippen zuckten bei dem Begriff dafür, dass sie ihre Jungfräulichkeit verloren hatte. „Und erinnerst du dich daran, was ich dir danach gesagt habe?"

Er presste seine Lippen fest aufeinander, jetzt ernst. Er erinnerte sich ziemlich gut. Es hätte ihn fast umgebracht. „Du hast gesagt, dass du nicht Wasserstoff sein kannst." Er war wirklich verknallt in sie gewesen, nachdem er ihre Jungfräulichkeit genommen hatte (wie sie es verlangt hatte), aber sie hatte ihm mitgeteilt, dass sie erst einundzwanzig war und kein Wasserstoff sein konnte. Übersetzung: Nur ein Elektron (Typ) umkreist sie. Sie wollte sich die Hörner in der Graduiertenschule abstoßen, ohne vor ihm jemals gedatet zu haben. Er war 24 Jahre alt und hatte genug Erfahrung, um zu wissen, wann großartiger Sex etwas mehr bedeutete. Aber sie hatte ihn warten lassen.

„Korrekt!", rief sie und schwang den Morgenmantel auf.

Das Warten hatte sich auf jeden Fall gelohnt.

Sie war nicht nackt. Dennoch war der Effekt atemberaubend – weiße flauschige Hosenträger mit einem weißen flauschigen Streifen Stoff über ihren Brüsten in Brustwarzenhöhe. So viel Haut. Sie schüttelte den Mantel ab und warf ihn nach hinten aufs Sofa. Sein Blick ging tiefer zu dem, woran die Hosenträger befestigt waren: einem weißen Bikini-Höschen mit ebenfalls flauschigem Bündchen, das zu den Hosenträgern passte.

Er griff nach ihr, und sie drehte sich lachend fort. „Ich habe noch eine Überraschung!"

„Das war's noch nicht? Denn das ist schon großartig."

Sie strahlte, und sein Atem stockte. Kate strahlte fast nie so, sie sparte es sich für wirklich fröhliche Anlässe auf, und der Effekt machte sie noch schöner.

„Nö!", rief sie. „Größer."

Er neigte seinen Kopf. „Kann ich die Rückseite dieses Outfits sehen?"

Sie drehte sich um und gab ihm einen Blick auf den nackten schönen Rücken und den süßen kurvigen Hintern. Sie lächelte ihn über ihre Schulter an. „Gefallen sie dir? Auf meinen Brüsten ist ein doppelseitiges Klebeband versteckt, um sie an ihrem Platz zu halten. Du wirst sie langsam abziehen müssen."

Er stöhnte. „Komm hier rüber."

Sie wandte sich ihm zu und machte einen Schritt zurück. „Kein Berühren, Küssen oder Anfassen, bis ich dir den Rest der Überraschung gebe."

„Das solltest du besser bald tun", knurrte er.

Sie kicherte, was sein Herz erwärmte. Sie kicherte so selten. Sie war eine sehr ernsthafte Physikerin. Er liebte es, dass er diese leichtere Seite aus ihr herauslocken konnte.

„Ian! Ich kann nicht denken, wenn du mich berührst. Du weißt, es gibt wirklich einen Kurzschluss zwischen meinem Gehirn und meiner Libido!

„Ich liebe deinen Kurzschluss."

Sie warf sich das Haar über ihre Schulter. „Ich gebe der Chemie die Schuld."

„M-hmm. Gib es mir."

Langsam strich sie mit ihren Händen über die Hosenträger, von ihren Schultern über ihre Brüste bis zu ihrer schmalen Taille hinunter. Er konnte seine Augen nicht von diesen Händen nehmen. Er hatte ihr über Skype wochenlang zugesehen, wie sie sich selbst berührte, aber in ihrer Gegenwart war es Folter. Er wollte so dringend seine Hände auf ihr. Ihre Hände strichen über den Streifen, der waagerecht zwischen ihren Brüsten verlief, und sie stieß ein leises Stöhnen aus, als sie über ihre Brustwarzen streichelte. Sein Schwanz pulsierte vor Verlangen. Ihre Hände trafen sich in der Mitte des Streifens, bevor sie zu ihren Seiten zurückrutschten. „Du hast dir die Form meines Outfits angesehen", sagte sie, ihre Stimme ein raues Schnurren, das ihre eigene Erregung zeigte. „Erkennst du es?"

Er blinzelte, sein Geist war verschwommen, als der urtümliche Höhlenmensch-Instinkt übernahm. *Ich keine Überraschung wollen. Ich Frau wollen.* „Sag es mir einfach. Ich kann nicht denken."

Sie kicherte, und seine Augen zuckten zu ihren. „Das Outfit ist ein H. Ich bin Wasserstoff." Sie überwand den Abstand zwischen ihnen mit schwingenden Hüften, ein kleines Lächeln spielte über ihren süßen rosa Lippen. „Und du bist das einzige Elektron, das mich umkreist."

Ja, er wusste das alles. Sie waren monogam. Das war der Grund, warum sie jetzt die Pille nahm.

„Ich liebe dich darin", sagte er zu ihr.

„Ich habe es speziell für dich machen lassen", sagte sie mit heiserer Stimme, bevor sie vor ihm auf die Knie fiel. *Aw, yeah.* Sein Favorit. Die geringe Blutversorgung, die er noch in seinem Gehirn gehabt hatte, verließ ihn ebenfalls. Er stand kurz davor, den Reißverschluss an seiner Jeans aufplatzen zu lassen.

„Heirate mich", sagte sie.

Was!

Er räusperte sich, ihm war plötzlich schwindlig. „Hm?"

Sie war immer noch auf den Knien und blickte ihn anhimmelnd an. „Ich sagte, heirate mich."

„Ja", hörte er sich sagen, als ob es aus großer Entfernung käme.

„Oh, Ian!" Sie stand auf und umarmte ihn. Er legte seine Arme um sie, sprachlos. Ja, er hatte gehofft, sie zu heiraten. Eines Tages, in weiter Ferne. Vielleicht nach einem weiteren Jahr der Fernbeziehung. Noch nicht jetzt. Die Ehe war eine ernst zu nehmende Sache – Hypotheken, Rechnungen, Kinder, die Arbeit. Schwere, schwere Verantwortungen.

Sie stellte sich auf Zehenspitzen und küsste ihn. „Ich liebe dich." Die Worte, die für sie früher so schwierig waren, flossen frei. Das war ein Geschenk, von dem er wusste, dass er es nie wegwerfen durfte.

„Ich liebe dich auch", sagte er mit vor Emotionen ganz rauer Stimme. Er schob ihre Brille weg und legte sie auf den Foyertisch.

„Du weißt, dass ich Dinge nur aus der Nähe ohne meine Brille sehen kann", sagte sie mit neckender Stimme.

Er hob sie hoch und warf sie sich über die Schulter. „So nah genug für dich?"

Sie kicherte wie verrückt. „Ich habe einen sehr guten Blick auf deine Hosentasche." Sie klopfte auf seinen Hintern, und er umfasste ihren Po. Sie stöhnte. Ja. Das hier passierte wirklich.

Er brachte sie in sein Schlafzimmer, legte sie sanft aufs Bett, zog sich schnell aus und gesellte sich zu ihr. Er schälte sie vorsichtig aus dem Wasserstoff-Kostüm. Gott, sie war wunderschön. Er küsste und schmeckte jeden Zentimeter ihrer freiliegenden Haut.

„Oh, Ian! Dies ist das erste Mal, dass wir als verlobtes Paar Liebe machen werden."

Er zog sich einen Moment zurück, immer noch schockiert, dass er sich irgendwie verlobt hatte, aber dann schob sie ihn auf den Rücken, kletterte auf ihn und sank auf seinen Schoß hinab. Er stieß zischend einen Atemzug aus, packte sie an den Hüften und führte sie zu seinem Rhythmus. Sein intensives Verlangen überwog bei weitem alle Sorgen um die Zukunft.

Sie warf ihren Kopf zurück, ihre Hände fuhren durch ihre Haare und ließen ihn vor Lust fast wahnsinnig werden. Es war zu lange her. Er setzte sich auf und brachte sie nahe an sich, um so den Winkel zu bekommen, der ihren *Ja*-Punkt streichelte, wenn er zustieß. Er spürte den Moment, als er ihn traf.

„Ja! Ja! Ja!", schrie sie, und ihre Nägel gruben sich in seine Schultern. Und dann wurde sie still, ihr Atem kam in schnellem Keuchen, was bedeutete, dass sie nahe dran war.

„Jetzt", sagte er mit rauer Stimme in ihr Ohr. „Komm für mich."

Und das tat sie, erzitterte um ihn herum, melkte ihn bei ihrer Erlösung, und er ließ mit einem langen leisen Stöhnen los. Er hielt sie nahe, hielt den Atem an und küsste sie dann zärtlich. Sie lächelte an seinem Mund. Einige Augenblicke später legte er sie aufs Bett zurück, sich in Löffelchenstellung hinter sie und fiel in einen tiefen, zufriedenen Schlaf.

Er wachte um drei Uhr morgens in kaltem Schweiß auf.

2

Kate hörte mitten in der Nacht ein seltsames Wimmern von Ians Seite des Bettes. Er lag auf seinem Rücken, und sie schwebte über ihm. „Geht es dir gut?", flüsterte sie.

Er zuckte zusammen. „Hm? Was ist denn passiert?"

Sie streichelte seine Haare und stellte fest, dass er schwitzte. „Bist du krank? Ich erinnere mich, was ich tun sollte." Letztes Weihnachten hatte Ian eine Lebensmittelvergiftung von einem Truthahn bekommen, den sie nicht genug gegart hatte, und war mit schwerer Dehydrierung im Krankenhaus gelandet. Er hatte ihr danach Anweisungen gegeben, wie man sich genau um jemanden kümmert, der krank war, was sehr hilfreich gewesen war. Man sollte den Patienten berühren und liebevolle Dinge sagen, während man ihn von Kopf bis Fuß bediente. Besonders beharrlich war er in Bezug auf den Fußteil und forderte regelmäßige Fußmassagen.

Er stieß einen Atem aus. „Nein. Nur ein schlechter Traum." Er schob die Decke bis zur Hüfte, wahrscheinlich um sich abzukühlen, aber sie konnte nicht umhin, seinen schönen nackten Körper für einen langen Moment im schwachen Glanz einer nahegelegenen Straßenlaterne zu betrachten.

Sie streichelte seine warme Haut von der Schulter bis zu seinem Bizeps und schwelgte im Gefühl harter Muskeln. Ian war extrem sexy – groß und breitschultrig mit definierten

Muskeln in seinen Armen, seiner Brust und seinem Bauch, sogar sein Rücken war köstlich und voller straffer Muskeln. Er hatte auch einen dunklen, stoppeligen Kiefer, der an ihr kratzte, wo immer er sie küsste, was ihr Lustschauer brachte, und eine tiefe, Stimme, die ihr Inneres flattern ließ. Alle Zeichen heißer Männlichkeit mit dem Bonus warmer, liebevoller brauner Augen, einem lockeren Temperament, das sie entspannte, und einem scharfen Verstand, der all ihre Eigenheiten akzeptierte – ihre Tendenz, alles wissenschaftlich zu betrachten, ihr zwanghaftes Gleichungsschreiben, sogar ihren förmlichen Spock-ähnlichen Tonfall, wenn die Emotionen sie überwältigten. Ian verstand und akzeptierte sie, wie es noch nie jemand zuvor getan hatte. Natürlich hatte sie einen Antrag machen müssen.

Außerdem war sie fünfundzwanzig Jahre alt (im Unterschied zu seinen achtundzwanzig), was bedeutete, dass der Zeitpunkt für eine Verpflichtung endlich richtig war. Im Gegensatz zum ersten Mal, bei dem sie erst einundzwanzig gewesen war. Sie streichelte seine Brust über das raue Haar, das ein umgedrehtes Dreieck bildete und zu einem befriedigend dicken – sie unterbrach ihre schmutzigen Gedanken. Er hatte nur einen schlechten Traum gehabt. Er musste an superglückliche Dinge denken, wie ihre Verlobung. „Wir sollten Barry und Amber anrufen, um ihnen die guten Neuigkeiten zu erzählen." Ihre verheirateten Geschwister (ihre Schwester, sein Bruder) waren so glücklich, als sie und Ian vor fast drei Monaten offiziell ein Paar wurden.

Er drehte sich auf die Seite und sah sie an. „Später", murmelte er, bevor er seine Augen schloss.

Sie lag auch auf ihrer Seite und war wieder aufgeregt, dass sie verlobt war. Sie war noch nie verlobt gewesen. „Natürlich. Ich werde doch nicht anrufen um ..." Sie schielte hinüber zum digitalen Wecker auf seinem Nachttisch. „Um drei nach drei Uhr morgens. Ich werde bis sieben warten. Violet wird bis dahin auf sein und jeden wecken." Violet war ihre und Ians geniale, entzückende Nichte. Sie wurde am Montag zwei, und morgen würden sie und Ian zu ihrer Geburtstagsparty nach Clover Park, Connecticut, fahren.

Sie strich mit den Fingern durch sein hellbraunes Haar; der kürzere Schnitt fühlte sich rauer an und machte die Kanten seines Gesichts noch männlicher. Sie seufzte glücklich und dachte daran, wie aufgeregt ihre ältere Schwester Amber sein würde, wenn Kate ihr die wunderbaren Neuigkeiten mitteilte. Amber war Kates beste Freundin – auch ihre einzige Freundin – und würde ihnen wahrscheinlich eine Verlobungs-party schmeißen wollen. Auf jeden Fall das Hochzeitskleid zusammen einkaufen gehen. Vielleicht würde sie sogar zugunsten einer Tiara auf einen Schleier verzichten. Kate hatte als Kind nicht viele Girly-Rüschen-Sachen gehabt, ihre Mutter wollte nicht, dass sie sich durch Geschlechterstereo-typen eingeschränkt fühlte, aber Kate sehnte sich nach ihnen. Ian ermutigte sie, Kleider und dumme lustige Dinge wie Tutus zu tragen. Er hatte ihr ein lila Tutu als Neujahrsge-schenk besorgt.

„Vielleicht könntest du mit mir und Amber das Hochzeits-kleid kaufen gehen", sagte sie.

Er stöhnte.

„Du bist so gut darin, Dinge auszuwählen, die ich mag. Denk daran, du hast gesagt, du würdest mir eine Tiara zu meinem Tutu kaufen."

Keine Antwort.

Sie streichelte seine Haare noch ein wenig und genoss den Kontrast von weichem Haar und rauem Schnitt. „Natürlich werde ich dir noch einen Verlobungsring geben. Ich wusste deine Größe nicht, aber ich werde dir jetzt schon sagen, es wird Onyx sein. Sehr männlich und solide. Du musst mir keinen Ring kaufen, da ich diejenige war, die dich gebeten hat, mich zu heiraten. Jedenfalls trage ich nie Schmuck."

„Kate", knurrte er und verursachte ein Flattern tief in ihrem Bauch.

Sie legte einen Arm und ein Bein über ihn. „Ja, Verlobter?"

„Müssen wir jetzt darüber reden?"

Das schien wie ein Hinweis. Offensichtlich war er zu müde, um über seinen zukünftigen Ring zu sprechen. Sie sollten ihn wahrscheinlich persönlich in einem Geschäft kaufen, damit er verschiedene Optionen ausprobieren konnte.

Sie verstand den Hinweis und schätzte die Art und Weise, wie Ian immer mit klaren Botschaften kam, die sie verstehen konnte, im Gegensatz zu den meisten Menschen, deren Subtext und Untertöne sie immer verwirrten und die vermitteln sollten, wer was wusste. Sie versuchte nicht einmal mehr zu raten, weil sie fast immer falsch lag.

Wieder streichelte sie seinen Bizeps. Sie hatte ihn in den letzten Monaten so vermisst. Dann erinnerte sie sich, dass er auf eine Antwort auf die Notwendigkeit wartete, den Ring jetzt zu diskutieren. „Natürlich nicht", versicherte sie ihm. Er blieb still, die Augen geschlossen.

Ein Herzschlag verging, während Kate sich fragte, wo und wann sie heiraten sollten. Früher wäre besser als später. Vielleicht im Mai, nachdem ihr Postdoc-Stipendium abgeschlossen war. Aber wer würde es planen? Sie arbeitete viele Stunden, und Ian reiste viel für seinen Job als Berater für Computeranwendungen. Er hatte einen Doktor in Informatik. Hmm … ihre Schwester hatte ihre Hände voll mit ihrer Malkarriere und Violet zu tun, sodass sie wahrscheinlich auch keine Hochzeit planen konnte.

„Wir sollten einen Hochzeitsplaner engagieren", sagte sie ihm.

Keine Antwort.

„Natürlich müssen wir vorher ein Datum festlegen."

Schweigen.

„Und möglicherweise einen Veranstaltungsort. Ich denke, Chicago könnte für die meisten unserer Familie zu schwierig –" Ihre Hochzeitsplanung wurde abgeschnitten, als Ians große Hand sich um ihren Nacken legte, sie nahe zog und seine Lippen ihre in einem harten, anspruchsvollen Kuss trafen. Seine Zunge tauchte in ihren Mund. Ihr letzter Gedanke, bevor ihr Gehirn abschaltete, war, dass sie beide nackt waren, und das war gut, obwohl sie vermutete, dass er den Kurzschluss von ihrem Gehirn zu ihrer Libido nur ausgelöst hatte, damit sie die Klappe hielt.

Sie ließ ihn.

Für wirklich lange Zeit.

Sie wartete, bis sie beide gründlich befriedigt waren und

in der Folge keuchend dalagen, bevor sie zu dem Thema zurückkehrte.

„Ich behalte meinen Namen", informierte sie ihn, sobald sie sprechen konnte. „Ich habe bereits mehrere Publikationen unter dem Namen Kate Lewis herausgebracht."

Er legte ihren Kopf an seine Brust. „Schh ..."

„Aber unsere Kinder können Lewis-Furnukle heißen, um Verwirrung zu vermeiden. Wie Barry und Amber es mit Violet gemacht haben."

Er hob ihr Kinn nach oben und drückte seinen Mund auf ihren. Ihr Gehirn schaltete wieder ab. Dann blieb er so, bewegte sich überhaupt nicht, bedeckte nur ihren Mund.

Sie löste sich von ihm. „Du hast nur versucht, mich mit deinem sexy Zeug ruhig zu kriegen, oder?"

Er umfasste ihren Hinterkopf, zog sie zu sich und bedeckte ihren Mund wieder mit seinem eigenen. Sie schloss die Augen, war plötzlich müde. Seine Hand fiel von ihrem Kopf, als er sich entspannt zurücklehnte und ein leises Schnarchen von sich gab. Sie entspannte sich noch mehr. Sie hätten am Morgen noch viel Zeit für die Hochzeitsplanung.

Nur, am nächsten Morgen, als sie sich aufsetzte und nach ihrem Handy griff, um Amber anzurufen, überfiel Ian sie, zog sie unter sich, brachte sie zum Keuchen und Zittern, bis sie an nichts anderes als seinen Namen denken konnte. Hinterhältiger, wilder Verlobter.

∼

Ian duschte später am Morgen und haderte mit sich, ob er zugeben sollte, dass er kalte Füße hatte. Er wollte Kate auf keinen Fall verletzen, also dachte er, dass er es vielleicht nicht tun sollte. Es würde wahrscheinlich vorbeigehen. Er war nur überrascht gewesen, das war alles. Bald würde sein Gehirn die neue Realität einholen, und er würde dies alles für eine gute Neuigkeit halten.

Andererseits, jedes Mal, wenn Kate die Verlobung und Hochzeitsplanung erwähnte, krallte sich eine rohe Urangst an ihn. Als wäre er in der Falle. Er kanalisierte das Gefühl eines gefangenen Tieres in ein brüllendes, entkommenes Tier, indem er sie immer wieder nahm. Doch das war auf lange Sicht nicht praktisch. Nach ihren zwei Wochen zusammen – diese Woche in Boston, nächste Woche in Chicago – wären sie wieder auf Distanz. Zu viel Zeit getrennt würde das Hochzeitsplanungsarbeit lawinenartig anschwellen lassen.

Er trat aus der Dusche, und Kate erschien in ihrem rosa Bademantel und reichte ihm ein Handtuch. „Weißt du was?", fragte sie.

Er schnappte sich das Handtuch und gab ihr einen schnellen Kuss. „Was?"

„Barry und Amber wollen uns zu einem Glückwunsch-Abendessen ausführen!"

Er schluckte. „Oh. Du hast sie schon angerufen?"

„Ja! Gerade eben. Sie freuen sich so für uns. Barry möchte, dass du anrufst, sobald du angezogen bist."

Er trocknete sich ab. „Okay, großartig."

„Es ist großartig. Amber sagte, dass wir das Wochenende bei ihnen verbringen sollten. Wir gehen heute Abend nach Violets Geburtstagsfeier zum Abendessen, und morgen können wir nach Hochzeitskleidern schauen! Ich habe bereits drei Brautboutiquen in der Nähe von Clover Park ins Auge gefasst. Ich würde mich freuen, wenn du mitkommen würdest!"

„Und ich würde mich freuen, wenn *du* kommen würdest", knurrte er, umfasste ihren Hintern und zog sie gegen sich. Er küsste sie lang und tief. Sie rieb sich an ihm, und er stöhnte, bevor er ihren Mund eroberte. Er wusste, dass es eine Ausflucht war, sie auf Fahrt zu bringen. Ihm war es egal. Er brauchte mehr Zeit. Das Letzte, was er wollte, war, dass Kate von dem Problem mit seinen kalten Füßen erfuhr, während sie so begeistert von ihrer Verlobung war. Dieses Gefühl, in der Falle zu sitzen, würde vergehen.

Es musste. Sein Bruder würde ihn in dem Moment darauf ansprechen, in dem er ihn sah.

Er schob seine Hand in ihre Haare und küsste sie grob. Sie stöhnte gegen seinen Mund, und alles andere verblasste.

Ian klingelte am Haus seines älteren Bruders im Clover Park, einem weißen Kolonialstilgebäude mit grünen Fensterläden, und atmete tief ein. Kate hüpfte buchstäblich vor Aufregung an seiner Seite. Die Tür schwang auf.

„Da ist sie ja", sang Barry und streckte Kate seine Arme entgegen, „die neueste Lewis-Furnukle!"

Kate strahlte und trat ein. Barry schloss sie in eine große Bärenumarmung. Sein sieben Jahre älterer Bruder sah aus wie eine ältere Version von Ian – einsdreiundachtzig, schlank, hellbraunes Haar und braune Augen. Kate sagte immer, Ian sei eine süßere, jüngere Version von Barry. Sie war voreingenommen, aber Ian ließ sie in dem Glauben.

„Herzlichen Glückwunsch!", sagte Barry und betrachtete sie beide.

„Danke dir!", rief Kate.

„Danke", murmelte Ian.

Barry wandte sich an Ian. „Also, wie hast du es gemacht? Rosenblüten und Kerzen? Romantisches Abendessen?"

Ian rieb sich den Nacken. Sie hatten ihre Geschichte nicht abgesprochen. *Kate trug ein knappes Wasserstoffkostüm und ist auf die Knie gegangen, was mich mit meinem kleinen Kopf hat denken lassen* klang nicht so romantisch.

Kate schaute zu ihm, und er schüttelte den Kopf und sagte

ihr ohne Worte, dass er keine Ahnung habe, was er sagen sollte.

Ehrlich wie immer verkündete Kate: „Ich habe Ian in einem Wasserstoffkostüm einen Antrag gemacht, das ich speziell für diesen Anlass angefertigt hatte."

Barry blinzelte. „Nun, ähm, …"

Amber und Violet tauchten auf. „Natürlich hat sie das getan", sagte Amber lächelnd, ihre blauen Augen funkelten vor Belustigung. Wie Kate war Amber zierlich und blond, obwohl die künstlerische Amber violette Streifen in ihren Haaren trug. Violets blondes Haar war in Zöpfen, ihre Augen braun wie die ihres Vaters. Ihr Haar würde wahrscheinlich dunkler werden. Er und seine beiden älteren Brüder waren alle blond gewesen, als sie klein waren.

Kate beeilte sich, ihre Schwester zu umarmen, und sagte: „Ich hab dich lieb." Dann hob sie Violet zu einer großen Umarmung hoch. „Dich hab ich auch lieb!"

„Wieb dich, Tate", sagte Violet. Sie hatte Probleme mit ihren Ls und Ks. Beim S lispelte sie. So bezaubernd.

Amber umarmte Ian und flüsterte ihm ins Ohr: „Du bist gut für sie. Schau sie dir nur an mit all den Umarmungen und den Liebesbekundungen."

Er schaute hinüber, wo Kate jetzt lächelte und mit Violet Nasen rieb. Sein Herz zog sich zusammen. Sie liebte ihre Nichte. Es hatte eine Zeit gegeben, in der er dachte, Kate sei zu kalt, um etwas anderes als Physik anzubeten.

„Das ist der Violet-Effekt", sagte er leise.

Amber hielt weiter einen Arm um ihn. „Das bist du, du bist verliebt. Sie hat jetzt Freunde an der Universität."

Das wusste er nicht. „Das ist großartig." Obwohl ihm einfiel, dass es männliche Freunde sein mussten, weil sie die einzige Frau im Teilchenphysiklabor war, und vielleicht war das der Grund, warum sie es nicht erwähnt hatte.

Barry umarmte ihn und klopfte ihm auf den Rücken. „Ich wusste, dass ihr euch eines Tages verloben würdet. Ein wenig früher als ich dachte, aber wen kümmert das schon? Es war unvermeidlich."

„Was meiwich?", fragte Violet.

Kate setzte sie nieder, und Violet rannte zu Ian, packte ihn um die Beine und ließ seine Knie schwach werden. Er nahm sie an der Taille und drehte sie mit dem Kopf nach unten. „Wie geht es meiner Lieblingsnichte?"

Violet kicherte. „Gut! Hab ein Hot Dog gessen." Ian setzte sie runter, um zu verhindern, dass der Hot Dog wieder hochkam. „Mehr Nichten?" Sie guckte um seine Beine, als ob er ein paar versteckt haben könnte. „Wo?"

Ian tippte ihr auf die Nase. „Nur du."

„Oh." Sie war scharfsinnig. Sie wusste, dass Lieblings- eine bevorzugte Wahl unter mehreren bedeutete. Violet wandte ihre Aufmerksamkeit wieder Kate zu. „Was meiwich?"

„Un-ver-meid-lich", sagte Kate deutlich, „ist etwas, das definitiv passieren wird."

„Wie Tuchen!", rief Violet aus.

„Wie Kuchen", übersetzte Amber.

Kate strahlte. „Das stimmt!"

Violet rannte ins Wohnzimmer und schnappte sich einen kleinen pinkfarbenen Rucksack vom Sofa. Sie setzte sich damit auf den Boden.

„Das ist ihr Versteck für Spielzeug", sagte Amber. „Wir haben den Rest für die Party weggetan. Also, erzählt uns alles über die Hochzeit! Wann, wo, Details!"

„Wir haben noch viel Zeit für all diesen Planungskram", sagte Ian. „Wie können wir helfen, alles für die Party vorzu- bereiten?"

Amber und Barry tauschten einen Blick aus. Amber führte Kate sofort zum Sofa.

Barry verengte die Augen in Ians Richtung. *Erwischt!* Er wusste, dass Barry ihn wegen dieser kalten Füße durch- schauen würde. „Hilf mir, Getränke für die Damen zu holen."

Ian schluckte kräftig. „Klar." Er drehte sich zu Amber und Kate um. „Was kann ich euch bringen?"

„Bring uns allen etwas Eiswasser", sagte Amber. „Und für Violet eine Safttüte."

Violet sprang auf. „Saft!"

„Bleib bei Mommy!", befahl Barry.

Als sie in der Küche waren, sah Ian seinem Bruder zu, wie er die Brille absetzte. Die Stille zog sich in die Länge, als Barry den Eiswürfelbereiter herausholte und brach, Eis in die Gläser warf und das Wasser darübergoss.

Schließlich konnte Ian das stille Urteil nicht mehr aushalten. „Sie hat mich überrascht!", flüsterte er heftig.

Barry stellte die Gläser in einer Reihe auf die Theke, bevor er sich zu ihm wandte und leise fragte: „Du willst also nicht verlobt sein?"

Ian hob eine Schulter und senkte sie wieder. „Ich gewöhne mich dran."

Barry verschränkte die Arme und lehnte sich gegen den Tresen. „Es ist ein wenig schnell. „Ihr seid ja erst seit drei Monaten zusammen." Barry hielt seine Stimme leise, wahrscheinlich aus Rücksicht auf Kate, aber Violet plapperte so laut, dass Ian nicht dachte, dass sie aus dieser Entfernung überhaupt etwas hören würden.

Ian rieb sich den Nacken. „Nicht einmal drei Monate. Fast drei Monate."

„Das ist viel zu früh."

Ian stieß einen Atemzug aus, erleichtert, dass sein älterer Bruder die knifflige Situation zu verstehen schien. „Ja."

„Sie ist neu in Beziehungen", sagte Barry.

Ian unterdrückte ein Stöhnen. „Ich weiß." Barry hatte ein Faible für Kate, die ihn von dem Moment an, als sie einander kennenlernten, für seine bahnbrechende App vergöttert hatte. Kate empfand große Wertschätzung für intellektuelle Durchbrüche. Auf jeden Fall war sich Ian bewusst, dass er erst Kates zweite Beziehung war. Im Laufe der Jahre hatte er sie im Auge behalten. Er wusste auch, dass ihre erste Beziehung zwei Monate gedauert hatte. Vielleicht dachte sie, dass eine Beziehung, die die Zwei-Monats-Marke überschritten hatte, bedeutete, dass es an der Zeit war. Zum Teufel, er war drei Jahre lang mit seiner Ex zusammen gewesen und hätte nie darüber nachgedacht, ihr einen Antrag zu machen.

Irgendwie war es mit Kate ziemlich schnell richtig ernst geworden. Er zwang sich, einen langsamen, tiefen Atemzug zu nehmen.

Barry hob eine Braue und wartete wahrscheinlich darauf, dass Ian etwas Beruhigendes darüber sagte, er werde Kate nicht verletzen, aber er fürchtete, dass er genau das tun würde. Wenn jeder nur aufhören könnte, über die Hochzeit zu reden, könnte er in der Lage sein, damit klarzukommen.

Er nahm zwei Gläser Eiswasser und bereitete sich auf die Flucht vor. Barry holte die Safttüte, klemmte sie unter seinen Ellbogen und nahm die anderen beiden Gläser.

Ian hatte nur einen Schritt in Richtung Freiheit getan, als Barry ihn aufhielt.

„Ian, warte."

Er drehte sich um. „Was?"

Barrys braune Augen waren freundlich und kein bisschen verurteilend. „Du kannst ihr sagen, dass du nicht bereit bist. Ehrlichkeit ist wichtig in einer Beziehung."

Er näherte sich seinem Bruder und senkte die Stimme. „Und ihr das Herz brechen? Hast du gesehen, wie glücklich sie ist?"

Barry neigte den Kopf.

„Ich komme schon dahin. Ich habe dir gesagt, sie hat mich überrascht."

„Dann okay", stimmte Barry unbeschwert zu. „Ich überlass das dir."

„Danke dir!" Er drehte sich um und dachte, dass er dem schmerzhaften Gespräch endlich ein Ende bereitet hätte, als sein Bruder wieder leise sprach.

„Es ist besser, sie jetzt ein wenig mit der Wahrheit zu verletzen, als zu warten, bis es noch ernster wird."

Ian ging weiter. Er brauchte Zeit. Das war alles.

Als er ins Wohnzimmer zurückkehrte, schauten Kate und Amber auf ein iPad und unterhielten sich über Ausschnitte und Spitze. Anscheinend waren sie schon dabei, ein Hochzeitskleid zu kaufen. Sein Magen brannte. Er stellte die Gläser auf den Couchtisch und setzte sich auf den Boden neben Violet, die eine Meerjungfrauenpuppe in seinen Schoß warf.

Kate sah ihn fragend an. Er schaute weg, denn er hatte keine einfache Antwort. Er würde sie hier nicht zur Ablenkung verführen können. Es war Zeit für das ernste Gespräch.

~

Kate bekam ein sehr seltsames Gefühl. Mit Ian war etwas los. Er sah viel zu ernst aus für einen Mann, der eine Meerjungfrauenpuppe hielt. Sie würde ihn heute Abend fragen, wenn sie allein im Gästezimmer waren. Und dieses Mal würde sie sicherstellen, dass er sie nicht anrührte. Kein Kurzschließen dieses wichtigen Gespräches. Sie konzentrierte ihre Aufmerksamkeit wieder auf Amber. Ihre Schwester war sieben Jahre älter, ähnlich im Aussehen, aber mit einer viel freieren künstlerischen Persönlichkeit, da sie eine andere Mutter als Kate hatte. Ambers Mutter war eine berühmte Künstlerin, die in Paris lebte. Kates Mutter war Physikerin an der Princeton University. Das war auch ihr und Ambers Dad. Amber war ein wenig ein seltsames Wesen in ihrer Familie, da sie keine Physikerin war.

Amber verließ die Hochzeitskleid-Website und legte das iPad weg. „Es bringt Unglück, wenn der Bräutigam es sieht", sagte sie zu Kate. „Also", meinte sie strahlend und sah sowohl Kate als auch Ian an, „habt ihr schon ein Datum festgelegt?"

Kate sah zu Ian, der ihrem Blick auszuweichen schien. „Noch nicht", sagte Kate. „Vielleicht im nächsten Mai oder Juni, wenn ich mein Postdoc hinter mir habe. Oder früher, wenn die Stipendiumssache in Genf funktioniert. Sie haben besondere Vorteile für Verheiratete."

Ians Kopf zuckte hoch. „Genf?"

Sie nickte. „Am Large Hadron Collider in der Schweiz. Es ist der größte und mächtigste Teilchenbeschleuniger der Welt. Der Direktor unseres Programms möchte, dass ich mich für ein Stipendium bewerbe. Wenn ich es bekomme, werde ich das letzte Jahr meines Postdocs dort verbringen. Das ist eine außergewöhnliche Gelegenheit. Deshalb habe ich nächste Woche auch nicht so viel zu tun. Ich werde die Unterlagen für meine Bewerbung ausfüllen."

„Wow!", sagte Barry.

„Wow!", echote Violet.

„Das ist ja toll!", rief Amber. „Ich erinnere mich, dass du

erwähnt hast, dass du am Hadron-Beschleuniger einige Experimente durchführen wolltest."

Barry warf Amber einen zustimmenden Blick zu. Ihre Schwester tat ihr Bestes, um mit Kates Physikkarriere Schritt zu halten, obwohl sie sehr wenig davon verstand. Barry verstand mehr. Er war ein brillanter Software-Entwickler, der eine App erstellt hatte, Giggle Snap, die einen bahnbrechenden Komprimierungsalgorithmus verwendete, um Audiodateien über soziale Netzwerke zu teilen. Es hatte ihm eine Menge Geld eingebracht. Jetzt betrieb er zum Spaß einen Fro-yo-Laden und entwickelte nebenher noch Apps.

Ian nahm einen langen Schluck vom Eiswasser. Kate konnte das Problem nicht wirklich benennen, aber Ian schien angespannt.

„Ihr solltet hier heiraten", sagte Amber. „Dann kann ich euch bei der Planung helfen. Erinnerst du dich an das große Herrenhaus in Clover Park, in dem Bare und ich geheiratet haben?"

Kate konzentrierte sich auf ihre Schwester, die wie immer entspannt und fröhlich war. „Ja. Es war schön."

„Der offizielle Name ist Ludbury House", sagte Amber. „Jedenfalls haben sie jetzt eine Hochzeitsplanerin. Vielleicht könnten wir uns mit ihr treffen, während ihr in der Stadt seid. Sie bietet oft sonntags Termine an."

„Was meinst du?", fragte Kate Ian.

„Was immer du willst", murmelte Ian.

Das war auch so gar nicht Ian. Er war in der Regel sehr entschlossen. Ihre Augenbrauen zogen sich zusammen, als sie über Ians seltsames Verhalten rätselte.

„Jungs genießen die Hochzeitsplanung nicht so sehr wie wir", sagte Amber mit beruhigender Stimme. „Ich habe unsere Hochzeit mit Susan geplant." Das war Barrys und Ians Mutter. „Abgesehen von der Musik. Das war alles Barry."

Kate nickte. Amber hatte wahrscheinlich recht. Sie verstand viel mehr über zwischenmenschliche Beziehungen als Kate. Das würde auf jeden Fall Ians merkwürdiges Verhalten erklären, als Kate über die Hochzeitsplanung sprach. Einen Moment lang machte sie sich Sorgen, dass er nicht heiraten wollte. Sie versicherte sich selbst, dass er nicht Ja zu ihrem Vorschlag gesagt hätte, wenn er es nicht wollte. Sie würde nie zustimmen, wenn sie etwas nicht tun wollte. Ian wollte wahrscheinlich einfach in seinem Smoking dort erscheinen. Sie hingegen stellte sich das Cinderella-Erlebnis so vor, wie sie es noch nie zuvor erlebt hatte. Eine Pferdekutsche. Ein schönes weißes bauschiges Kleid, eine Tiara, glänzende Kristall-und-Silber-Slipper – das Ganze. Weiße Blüten, rosa Blüten, rote Blüten. Tauben. Konfetti. Seifenblasen. Violet wäre das Blumenmädchen. Kate konnte sich bereits vorstellen, wie sie und Ian fröhlich den Gang hinunterliefen, als Ehemann und Ehefrau, zu Applaus, Seifenblasen, Konfetti, Reis und Tauben, die in den Himmel fliegengelassen wurden.

„Hast du es Dad und Maxine schon gesagt?", fragte Amber und platzte damit in Kates Fantasieblase. Maxine war ihre Mom, Ambers Stiefmutter. Nur die Erwähnung des Namens ihrer Mutter war ernüchternd. Ihre Mutter war humorlos, ihr ganzer Fokus lag auf ihrer Physik-Arbeit. Kate war unangenehm ähnlich gewesen, bevor sie sich in Ian verliebte. Liebe war ein kraftvolles Phänomen, das sie entspannte und glücklich machte in Körper und Geist. Sie war dankbar, dass sie es endlich erleben konnte.

„Nein, ich habe es ihnen noch nicht gesagt", sagte Kate.

Ian stand abrupt auf. „Ich werde unsere Taschen aus dem Auto holen." Er ging.

Sie biss sich auf die Lippe, mehr als ein wenig besorgt über Ians seltsames Verhalten.

Amber schnappte sich ihr Handy. „Ich wollte dich nur vorwarnen. Du weißt, dass Maxine nicht gut mit Überraschungen umgehen kann."

Kate auch nicht, bis Ian ihr ein paar wirklich lustige Überraschungen bereitet hatte. Jetzt war sie offener demgegenüber, wenn auch immer noch etwas langsam darin, angemessen auf das zu reagieren, was normalerweise positiv war.

Kate seufzte. „Sie werden nicht aufgeregt sein."

„Sie werden sich für euch freuen", sagte Amber, die bereits auf ihr Handy tippte. „Vertrau mir." Kate hörte das

Läuten, und Amber schob ihr das Handy hin, sobald ihre Mom ranging.

„Hi, Mom."

„Hallo Kate. Warum rufst du von Ambers Telefon aus an? Besuchst du sie?"

„Ja, ich bin nach Boston geflogen, um Ian zu überraschen, und wir sind dann zusammen für Violets Geburtstagsfeier zu Barry und Amber gefahren."

„Wir sind auf dem Weg und sollten in zwei Stunden ankommen, wenn der Verkehr es zulässt." Ihre Eltern waren sehr genau und organisiert. Sie kamen gerne genau fünfzehn Minuten nach Beginn einer Party an und planten entsprechend für ihre Fahrt von Princeton, New Jersey. „Warum hast du angerufen, wenn wir dich persönlich sehen werden?"

„Ich wollte euch die guten Neuigkeiten erzählen." Sie saugte einen Atemzug ein, sicher, dass ihre Mutter ihr die Stimmung verhageln würde. „Ian und ich werden heiraten."

„Oh, verstehe. Und wann wird das geschehen?"

„Ich weiß noch nicht."

Das Telefon schwieg, es raschelte, und dann ging ihr Vater ran. „Hallo Kate. Deine Mutter hat mir gerade die Nachricht erzählt. Er ist ein netter junger Mann."

„Ja."

„Dann okay. Wir sehen euch in zwei Stunden."

„Okay", sagte Kate. Das Telefon war tot. „Bye."

Amber setzte ein Lächeln auf. „Siehst du? Glücklich für dich auf ihre seltsame Weise."

„Schätze schon."

Amber klopfte ihr auf die Schulter. „Wenn sie hier eintreffen, wird es bei ihnen angekommen und sie bereit sein, euch zu gratulieren."

„Woo-Hoo", sagte sie und wirbelte ihren Finger in der Luft, machte eine große Show daraus, falsch zu jubeln.

Amber lachte und packte ihren Arm. „Schau dir mal deinen Sarkasmus an! Ich verderbe dich noch!"

Kate lachte.

„Ich verderbe sie bereits", sagte Ian und kehrte mit ihrem

Rollenkoffer und seiner Reisetasche ins Wohnzimmer zurück. „Sie ist die Skype-Königin."

Kates Wangen brannten. „Ian! Unser wöchentlicher Telefonsex ist privat!"

Ian zwinkerte. „Telefonsex habe ich nicht gesagt. Das warst du."

„Hey, hey, hey", sagte Barry und deutete auf Violet. „Kleine Ohren."

Violet nippte an ihrem Saft, bekam nichts mit.

„Awww", sagte Amber. „Ich freue mich ja so für euch. Ich erinnere mich, dass unsere Verlobung eine so lustige, aufregende Zeit war."

Ian grunzte und ging mit ihren Taschen nach oben.

Kate rang sich die Hände und war sich sicher, dass mit Ian etwas los war, denn bislang war die einzige lustige, aufregende Verlobungszeit, die sie bisher gehabt hatte, die mit ihrer Schwester gewesen.

4

Kate verbrachte die nächste Stunde damit, Amber zu helfen, während Barry und Ian mit Violet im Garten spielten. Sie war insgeheim erleichtert, ein wenig Abstand von Ian zu haben. Er war so angespannt und komisch, dass es sie wirklich belastete. Sie mussten ungestört reden. Für den Moment war sie damit beschäftigt, Geschenke zu verpacken, die Geschenktüten fertig zu machen und das Essen für die Party vorzubereiten. Amber hatte ihre Eltern, Barrys und Ians Mutter und sechs Kinder aus Violets Mommy-und-ich-Spielgruppe eingeladen.

„Wollt du und Ian Kinder?", fragte Amber, während sie eine rosa Plastiktischdecke über einen kleinen Kindertisch zogen.

„Auf jeden Fall", sagte Kate, obwohl sie nicht darüber gesprochen hatten. Sie beide vergötterten Violet, also dachte sie, sie wollten dasselbe. „Je früher desto besser. Ich bin fünfundzwanzig, also möchte ich sie haben, während meine Eier noch lebensfähig sind."

„M-hm", machte Amber. „Sprich nach der Party wieder mit mir."

Zwei Stunden später war Kate unter Schock. Die Kinder waren Wahnsinnige. Violet allein schien immer so süß und vernünftig. Sieben Zweijährige schraubten einander gegenseitig in einem Rausch von Energie hoch. Barry kam in seinem Dancing-Cow-Kostüm aus seinem Fro-Yo-Laden, und sie wurden mit ohrenbetäubendem Geschrei fast in den Wahnsinn getrieben. Seifenblasen machten sie wild und ließen sie ineinanderlaufen und heulen, als Köpfe kollidierten. Und am schlimmsten war, dass sie, nachdem sie Schokoladenkuchen und Eis gegessen hatten, die Wohnzimmermöbel zu ihrem Spielplatz machten und auf alles kletterten und sprangen. Amber und Barry trieben sie nach draußen, und die Kinder rannten in Kreisen im Garten herum und schrien ohne triftigen Grund was ihre Lungen hergaben.

Ian kam an ihre Seite und legte einen Arm um ihre Schultern.

Sie ließ sich schwerfällig gegen ihn sacken. „Keine Eile mit den Kindern."

„Nö."

Ians Mutter, Susan, schloss sich ihnen an. Sie war eine freundliche, liebevolle Frau mit kurzen hellbraunen Haaren und hellbraunen Augen. Im Grunde die Mom, die Kate sich gewünscht hätte. Sie strahlte. Vielleicht bekam sie jetzt, da sie Ian heiratete, eine zweite Chance auf die warme und freundliche Mom-Sache.

Susan umarmte sie beide und strahlte dann. „Endlich eine Minute allein mit euch beiden! Herzlichen Glückwunsch! Meine Jungs haben wirklich einen guten Geschmack!"

„Danke", sagte Kate.

Susan lächelte Kate freundlich an. „Alles, was ich tun kann, um bei der Hochzeitsplanung zu helfen, sag es nur. Ich habe Amber bei der Planung ihrer Hochzeit geholfen, und ich denke, es ging sehr gut."

„Es war sehr schön", sagte Kate. „Ich würde mich freuen, wenn du helfen könntest!"

Susan wandte sich an Ian. „Du bist ja so furchtbar still."

Ian nippte an seinem Mineralwasser. „Ich muss das nur alles verarbeiten."

Susan musterte Ian einen Moment lang. „Nun, ich denke,

es gibt eine Menge zu verarbeiten bei einer so bedeutsamen Gelegenheit, nicht wahr?"

„Ich fiege!", rief Violet, bevor sie sich auf die Schaukel stellte.

„Setz dich!", bellte Susan und eilte hinüber, um zu verhindern, dass das Geburtstagskind einen Ausflug in die Notaufnahme machte.

Kate nahm den langsamen, bewussten Gang ihrer Eltern aus dem Augenwinkel wahr. Sie kamen Seite an Seite, ihre Schritte waren fast identisch, ein seltsames Phänomen, da die Beine ihres Vaters viel länger waren. „Meine Eltern kommen her", sagte sie leise zu Ian.

Ian richtete sich auf und drehte sich um, um sie zu begrüßen. „Hallo, Doktoren Lewis."

Ihre Mutter lächelte, was sie selten tat, und schien erfreut, dass Ian sie so formell ansprach. „Herzlichen Glückwunsch, Ian und Kate."

Ihr Vater schüttelte Ian die Hand. „Herzlichen Glückwunsch. Bitte teilt uns mit, wann die Hochzeit ist, damit wir sie in unseren Kalender eintragen können."

Das war das Glücklichste, was sie bekommen würden.

„Wir werden es euch natürlich wissen lassen", sagte Kate. „Sobald wir es wissen."

„Hier sind zu viele Kinder", sagte ihre Mutter, die bei dem Lärmpegel das Gesicht verzog. „Wir haben Kate immer nur erlaubt, jeweils eine Freundin einzuladen."

Ian zog Kate an sich und küsste sie oben auf den Kopf. Er wusste, dass sie als Kind einsam gewesen war. Ihre Eltern waren ernste Akademiker und hatten sie zu Höchstleistungen gedrängt. Sie hatte sowohl die Highschool als auch das College ein Jahr früher abgeschlossen. Die meiste Zeit ihrer Kindheit hatte sie mit dem Studium verbracht.

Die Kinder begannen in einem heillosen Durcheinander mit ihren Eltern nach Hause zu gehen und pusteten in Tröten hinein, die sie aus ihren Mitgebseltüten hatten.

„Oh, Gott sei Dank", sagte ihre Mom. „Jetzt kann ich mich selbst denken hören."

Kate fühlte sich genauso, aber es ärgerte sie, ihre Mutter

das sagen zu hören. Als würde sie über Kates Kindheit sprechen. Sie hatte sich immer außerhalb des Universums ihrer Eltern gefühlt. Sie war nicht verhätschelt worden, das war sicher.

„Ich denke, das ist unser Stichwort", sagte ihr Dad. „Wir sollten uns jetzt besser auf den Weg machen."

Sie drehten sich um und gingen. Keine Umarmungen. Kein Lebewohl.

Ian umarmte sie, als ob er wüsste, dass ihr die fehlende Zuneigung zu schaffen machte. Das hatte es nie zuvor, aber jetzt hatte sie sich an Ians Umarmungen gewöhnt und sein *ich liebe dich* und erkannt, dass ihre Kindheit nicht so normal gewesen war, wie sie es einst gedacht hatte. Sie drückte ihn fest.

Nachdem alle Gäste gegangen waren, halfen sie und Ian Barry und Amber, ihr Haus aufzuräumen, das ein einziges Chaos war — überall lagen Geschenkpapierfetzen, Schokolade war in Flecken an den Wänden (zumindest hoffte sie, dass es Schokolade war), auf dem Sofa war ein nasser Fleck, von dem sie sich sagte, dass es sicher nur Saft war, und jemand hatte sowohl die Kleenexbox als auch die Papierhandtuchrolle geleert.

Violet schlief auf dem Sofa, die Tröte in ihrer kleinen Hand.

„Es werden nur wir vier heute Abend bei ihrem Festessen sein", sagte Amber. „Violet wird im Haus meiner Freundin Steph zu Abend essen. Ihr Sohn ist drei, und Violet liebt ihn."

„Ich höre Hochzeitsglocken!", sagte Barry lachend.

Ian versteifte sich.

„Oh, Bare!", rief Amber und warf einen leeren Papierbecher auf ihn. „Du bist lächerlich. Sie sind Kleinkinder!"

„Man weiß nie", sagte Barry.

Amber schaute zu Ian und dann zu Kate. „Man weiß nie. Das stimmt."

Nachdem sie mit dem Aufräumen fertig waren, gingen Kate und Ian ins Gästezimmer, um sich vor ihrem Abendessen frisch zu machen. Als sie im Zimmer war, ließ sie sich erschöpft auf das Bett fallen.

Ian stupste ihr Bein an. „Wann wolltest du mir von Genf erzählen?"

Sie stützte sich auf ihre Ellbogen. „Sobald es definitiv ist. Die Konkurrenz, Zeit dort zu bekommen, ist sehr groß."

Er setzte sich neben sie aufs Bett. „Wann wirst du es wissen?"

„Ende Mai."

„Und wann musst du los?"

Sie setzte sich auf und legte ihre Beine übereinander. „Wir könnten im September gemeinsam aufbrechen. Es ist für die beiden Semester bis zum folgenden Mai."

Er stellte die Kissen auf und lehnte sich an das Kopfteil. „Also noch ein Jahr lang Fernbeziehung."

Verwundert starrte sie ihn an. „Nein, ich sagte zusammen. Wenn wir diesen Sommer heiraten, kannst du mit mir in einer Paarwohnung leben und eine Krankenversicherung abschließen."

„Ich habe eine Krankenversicherung."

„Es wird schön werden. Es muss keine Fernbeziehung mehr sein."

„Und was ist mit meinem Job?"

„Könntest du pendeln oder ein Jahr frei machen?"

„Nein", sagte er mit einem scharfen Unterton. „Ich kann nicht von Europa aus pendeln, und ich kann mir kein Jahr freinehmen."

„Aber das ist eine große Chance für mich. Ich bin kurz vor einem Durchbruch. Diese Erfahrung könnte mein Ticket für eine Forschungsstelle auf Festanstellungsbasis überall auf der Welt sein."

„Und ich soll mit dir irgendwo auf der Welt hinziehen?"

„Ja!"

„Nein."

Sie schluckte den Kloß in ihrer Kehle herunter. „Willst du denn nicht mehr mit mir zusammen sein?"

Er stieß einen langen Atemzug aus, als wäre er genervt oder verärgert. Sie war sich nicht sicher, was, aber er war definitiv nicht glücklich mit ihr. „Ich habe auch gerade eine großartige Gelegenheit auf einen Posten als Assistant Director am MIT Artificial Intelligence Lab."

„Um an Robotern zu arbeiten?"

„Ja. Es ist ein wirklich cooles Labor mit großartigen Projekten, die disziplinübergreifend mit Designern, Ingenieuren und Informatikern auf dem neuesten Stand der KI arbeiten. Und keine Reise. Ich kann mich in Boston niederlassen."

„Wow! Das ist großartig."

Er nahm ihre Hand. „Ja, es ist großartig. Es ist besonders toll, wenn du mit mir in Boston bist."

„Nun, ich weiß nicht. Es gibt auch fabelhafte Forschungseinrichtungen in Kalifornien und Chicago. Ganz zu schweigen von –"

„In Boston gibt es Forschungsmöglichkeiten."

Sie zog ihre Hand aus seinem Griff und mochte nicht, wie sich das anhörte. „Deine Karriere hat also Vorrang vor meiner?"

„Das habe ich nicht gesagt."

„Warum muss ich dann einen Job wählen, der darauf basiert, wo du dich gerade befindest? Warum wählst du nicht einen Job, der darauf basiert, wo ich mich befinde?"

„Weil wir beides haben können, wo ich bin."

„Das ist also die Art von Ehe, die du willst?", fragte sie und hob ihre Stimme. „Eine, in der ich einfach bei allem, was du willst, mitmache?"

Er rammte eine Hand in sein Haar. „Musst du nach Genf gehen?"

„Nein, aber ich will." Sie stand abrupt auf, in ihrem Gehirn wirbelten verschiedene Zukunftsoptionen mit Ian. „Wie genau siehst du unsere Zukunft? Wo werden wir leben? Wessen Karriere wird Vorrang haben? Werden wir Kinder haben? Wer wird sich um sie kümmern? Wie werden wir mit Geldentscheidungen umgehen?"

Ian ließ sich mit dem Rücken flach aufs Bett fallen, als hätte sie ihn umgehauen. „Whoa."

Sie stellte sich neben das Bett und starrte ihn an. „Ich

möchte eine Festanstellung an einer Universität. Würdest du dorthin ziehen, wo das ist?"

Er setzte sich auf den Rand des Bettes und klopfte auf die Stelle neben sich. „Zeit für das ernsthafte Gespräch."

Sie setzte sich dorthin, wo er hingeklopft hatte. „Ja."

„Es gibt viele Universitäten in Boston", sagte er.

Sie spannte sich an, ärgerte sich, dass er immer wieder auf dem gleichen Punkt herumritt. Sie konterte mit ihrem eigenen wiederholten Punkt. „Es gibt auch im weiteren In- und Ausland wunderbare Möglichkeiten."

„Und was würde ich da tun?"

„Einen Job da finden, wo ich bin."

„Oder …"

Sie dachte darüber nach. „Wir haben eine Fernehe."

Er verzog das Gesicht. „Das klingt übel."

„Stimmt. Dein Job ist flexibler als meiner. Du könntest von zu Hause aus arbeiten."

„Nicht mit diesem neuen Job. Sie brauchen mich dort. Ich hatte gehofft, wir könnten gemeinsam in Boston Wurzeln schlagen."

Sie knirschte mit den Zähnen. Sie wollte nicht darüber streiten. Sie wollte Ian bei ihrer zukünftigen Karriere mit an Bord haben. Ihre Mom sagte immer, dass sie zuerst einen Arbeitspartner, dann einen Lebenspartner finden sollte. Das war genau der Grund. Sie hatte zu hart gearbeitet, um einfach zu sagen: *was immer du willst, Schatz.*

Vielleicht war sie für die Ehe schlecht geeignet. Tränen brannten unerwartet in ihren Augen. Verdammt. Sie weinte fast nie.

„Kate", sagte Ian sanft. Bei seiner fürsorglichen Stimme entkam ihr eine Träne. Er wischte sie mit seinem Daumenballen beiseite. „Wir lassen uns etwas einfallen. Okay? Wein' doch nicht."

„Das sind Freudentränen. Ich bin frisch verlobt." Sie schniefte. „Natürlich bin ich sehr glücklich."

Ians Lippen formten eine flache Linie. Er sah auch nicht sehr glücklich aus.

Barry steckte den Kopf herein. „Bereit fürs Abendessen?"

„Klar", sagte Kate und sprang auf die Füße. „Nichts Besseres als ein festliches Verlobungsessen für zwei Menschen, die glücklich sind, verlobt zu sein. Richtig, Ian?"

Er nahm ihre Hand und drückte sie. „Richtig, Kate."

Barry schoss Ian einen harten Blick zu und lächelte dann Kate an. „Klar doch. Lasst uns gehen!"

Also, das war jetzt wirklich unangenehm. Ian nippte an seinem Bier, während er in einer hinteren Nische im Garner's Sports Bar & Grill mit Kate, Barry und Amber bei einem fast feierlichen Anlass für ihr Verlobungsessen saß. Kate saß an seiner Seite und trank Eistee, was bedeutete, dass sie sauer war und Ian heute Abend kein Glück haben würde. Nicht, dass er wirklich etwas im Haus seines Bruders tun wollte. Wenn Kate Bier trank, bekam sie davon besondere Lust, wenn sie daher Alkohol in einer Bar vermied, war das, wie wenn sie ein großes Schild hochgehalten hätte, auf dem *Hände weg* stand. Ja, sie war angepisst, dass er nicht mit ihrem Plan einverstanden war, eine fabelhafte Karriere mit ihm oder ohne ihn zu haben.

Amber brach zum dritten Mal das unangenehme Schweigen. „Eure Verlobungsfeier werden wir von Shane O'Hare catern lassen. Richtige Gourmet-Sachen. Wir dachten, heute Abend lassen wir es ruhig angehen, da wir Violet bald holen müssen."

„Ist in Ordnung", sagte Ian. Er bevorzugte ohnehin das Steak-Sandwich und die Pommes, die er bestellt hatte, gegenüber schickerem Zeug. Ihr Essen war noch nicht gekommen. Sie hatten einfach dagesessen und einander angestarrt. Die dunkle Kirschholzbar links von ihnen war an einem Samstagabend voll und der Speisesaal mit einem Dutzend Tischen und einer Reihe von Sitzecken fast voll. Der Lärmpegel von der Bar und die fröhlichen Gespräche der Einheimischen an den Tischen in der Nähe waren ein scharfer Kontrast zu ihrer ruhigen Gruppe.

Kate vibrierte fast vor Spannung neben ihm, ihr Rücken kerzengerade.

Barrys freundliche braune Augen landeten auf Kate. „Erzähl uns das Neueste von deiner Forschung, Kate."

Kate startete pflichtbewusst einen langen Monolog über ihre Forschung im Top-Quark sowie einige neue Entdeckungen in der Dunklen Materie, womit sie so tief in die Physik eintauchte, dass Ian sicher war, dass niemand folgte, er eingeschlossen. Es half auch nicht, dass Kate die Informationen in einem Tonfall lieferte, dem jegliche Begeisterung fehlte. Amber versteckte ein Gähnen hinter ihrer Hand.

Barry nickte und lächelte häufig, wahrscheinlich genauso verloren wie die anderen, bis Kate schließlich runterkam. Barry wandte sich an Ian. „Und wie geht es in der Beratungswelt?"

„Eigentlich könnte ich einen Job im KI-Labor am MIT annehmen. Einer meiner alten Professoren möchte, dass ich als Assistant Director bei ihnen arbeite, meine eigene Forschung betreibe und das Labor leite. Die haben wirklich eine Spitzentechnologie."

„Das klingt nach Spaß", sagte Barry.

„Ja." Ian öffnete die Webseite des Labors auf seinem Handy und zeigte allen die Bilder der KI-Einheiten für eine Vielzahl von Anwendungen.

„Einige dieser Roboter sind entzückend!", rief Amber. „Fast wie ausgestopfte Tiere."

Ian grinste. „Ja, vollgestopft mit Maschinen. Sie haben sogar eine, die hilft, Vorschulkindern Fremdsprachen beizubringen."

„Wow!", sagte Amber.

„Sehr cool", sagte Barry.

Kate war ruhig und starrte auf den Tisch. Er steckte sein Handy weg.

Eine weitere unangenehme Stille folgte.

„Ist alles in Ordnung?", fragte Amber und sah von Kate zu Ian. „Ich dachte, ihr beiden würdet heute Abend wahnsinnig aufgeregt sein."

Kate sprach in formellem Ton. „Barry und Amber, ihr haltet euch doch für ein glücklich verheiratetes Paar, richtig?"

Ian rutschte unbehaglich hin und her. Der förmliche Ton war ein sehr schlechtes Zeichen. Sie wurde immer formeller, wenn sie nervös oder aufgeregt war, ein Rückfall zu ihrer formellen Erziehung. Er hoffte, dass sie nicht wegen ihnen als Paar nervös war. Er wollte sich nicht bei ihrem Verlobungs-essen von ihr trennen. Oder überhaupt.

Barry lächelte und legte einen Arm um Amber. „Absolut!"

Amber blickte Barry anhimmelnd an. „Ja. Ich kann nicht einmal glauben, dass wir bereits vier Jahre verheiratet sind."

„Fühlt sich wie vier Minuten an", sagte Barry und gab ihr einen kurzen Kuss. „Jeder Tag mit dir ist ein Geschenk, Liebes."

„Oh, Bare", gurrte Amber.

Kate räusperte sich laut. „Meine Frage lautet also: Wie habt ihr euch entschieden, wessen Karriere zuerst kommt?"

Barry und Amber tauschten einen Blick aus. Amber meldete sich zu Wort. „Wir beide tun, was wir gerne tun. Ich male; Bare entwirft seine Apps —"

„Vergiss mein Fro-Yo nicht!", sagte Barry.

„Jeder kennt die Dancing Cow", sagte Amber. „Das ist deine Marke."

„Und viel mehr Spaß als der Software-Engineering-Job, den ich früher hatte", sagte Barry.

„Also hat bei euch alles mit euren unterschiedlichen Bedürfnissen und Wünschen einfach so funktioniert?", fragte Kate.

„Ja", antworteten Barry und Amber im Chor.

„Das hilft überhaupt nicht", murmelte Kate. „Seid konkret. Wie habt ihr entschieden, wo ihr leben wollt? Ob ihr Kinder haben wollt oder nicht? Wer sich um diese Kinder kümmern wird? Wie geht ihr mit Geldentscheidungen um?"

„Kate", sagte Ian durch zusammengebissene Zähne.

Kate schaute ihn an und wandte sich dann wieder Barry und Amber zu. „Ich weiß eure Meinung zu schätzen und sehe euch als Vorbild für eine erfolgreiche Beziehung an. Ich würde wirklich gern mehr über eure Erfahrung als glücklich verheiratetes Paar hören."

„Das war einfach", sagte Barry. „Wir wollten die gleichen Dinge."

„Oh", sagte Kate. Sie wandte sich an Ian. „Das ist enttäuschend."

Amber verkniff sich ein Lächeln. „Man muss nicht wissen, wie andere verheiratete Paare ihre Beziehung navigieren, man muss sich nur um seine eigene sorgen."

„Ich bin extrem besorgt", antwortete Kate. „Ian verhält sich komisch."

Ian sah sie finster an.

„Das tust du", sagte Kate. „Und ich weiß nicht, was das bedeutet, aber ich mag es nicht."

Eine weitere unangenehme Stille.

Ian nahm einen langen Schluck von seinem Bier und wich so dem kritischen Blick in den Augen seines Bruders aus. Barry wollte, dass er vortrat und Dinge klarstellte, aber verdammt, wenn er bloß wüsste, wie. Kate schien zu erwarten, dass er bei dem, was sie für ihre Zukunft geplant hatte, mitmachte. Ian wollte diese Zukunft so planen, dass sie beide als Gewinner daraus hervorgingen. Gott sei Dank kam in dem Moment ihr Essen, und alle machten sich darüber her.

„Oh, hey, da ist Daisy!", rief Amber und winkte aufgeregt.

Daisy O'Hare lächelte und kam zu ihrem Tisch. Ian hatte sie ein paar Mal getroffen. Sie war eine von Ambers engen Freundinnen, schön, blond und sprudelnd.

„Hi, Leute!", sagte Daisy und strahlte ihr sonniges Lächeln. „Dateabend?"

„Wir feiern die Verlobung von Ian und Kate!", sagte Amber strahlend. „Du erinnerst dich an Bares Bruder und meine Schwester?"

„Natürlich erinnere ich mich!", rief Daisy und sah sie an. „Wow. Wie lange ist es her? Ihr habt euch nicht sehr verändert."

„Wahrscheinlich vier Jahre", sagte Amber. „Sie waren bei unserer Hochzeit."

„Und jetzt werdet ihr eure eigene Hochzeit haben", sagte

Daisy. „Herzlichen Glückwunsch! Wenn ihr im Ludbury House heiraten möchtet, solltet ihr bald buchen. Shane hat mich zur Geheimhaltung verpflichtet, aber —" Sie senkte ihre Stimme und schaute sich um — „Hailey hat eine Hochzeit im Juni gebucht, und ein großer Filmstar wird anwesend sein. Sie sprechen bereits über die Sicherheit. Ich bin sicher, dass die Popularität von Ludbury House danach explodieren wird."

„Oh, wow", sagte Amber. „Ich rufe Haley gleich morgen an." Sie drehte sich zu Ian und Kate um. „Das ist die Hochzeitsplanerin, von der ich dir erzählt habe."

Kate nickte enthusiastisch. Ian hielt seinen Mund. Er dachte, es wäre viel zu früh, einen Veranstaltungsort zu buchen, ohne zu wissen, wo sie in einem Jahr sein würden, aber dies war nicht die Zeit für sie, darüber zu diskutieren.

Daisy lächelte. „Es ist so schön, dass ihr beide heiratet. Meine Schwester und ich haben auch Brüder geheiratet."

„So bleibt alles in der Familie", sagte Barry.

„Und die Kinder werden einander so nah sein wie Geschwister", sagte Daisy. „Sie streiten auch wie Geschwister."

„Nun, sie teilen eine Menge DNA", sagte Barry.

„Richtig", antwortete Daisy. „Wie geht es Violet?"

„Ihr geht's großartig", sagte Amber. „Wie geht es Bryce und Cole?"

„Oh, den beiden!", sagte Daisy liebevoll. „Wild wie immer. Jetzt, da Bryce sechs ist, will er mehr wie sein Daddy sein. Er ist sogar mit Travs Aufsitzmäher gefahren, ganz allein, und hat versucht, Landschaftsgärtner zu sein."

„Ooh, Mann!", rief Barry. „Da solltet ihr die Maschinen besser wegsperren."

„Das machen wir, aber er hat den Schlüssel geklaut", sagte Daisy. „Wir müssen ihm einen Schritt voraus sein. Leider verehrt Cole seinen großen Bruder, was bedeutet, dass wir doppelt so wachsam sein müssen für den Fall, dass es einen Trittbrettfahrer gibt."

„Daisy, würdet du und dein Mann euch als ein glücklich verheiratetes Paar betrachten?", fragte Kate plötzlich.

Ian unterdrückte ein Stöhnen.

Daisy neigte den Kopf. „Ja, ich schätze schon."

„Und wie lange seid ihr schon ein glückliches Ehepaar?", fragte Kate.

Daisy sah zur Decke. „Ich würde sechs Jahre sagen." Sie sah Kate an. „Nein, Bryce ist sechs, also müssen es fünf Jahre sein."

„Du meinst umgekehrt", sagte Kate. Ian stupste sie mit dem Ellbogen an. Kate rutschte hinüber, als ob er mehr Platz brauchte. Er musste öfter daran denken, dass subtil nicht ihr Ding war.

„Nein, Bryce kam erst", sagte Daisy lachend. „Wir haben das Pferd von hinten aufgezäumt, aber es hat alles geklappt."

Kate hakte weiter nach. „Darf ich euch fragen, wie ihr euch zum Thema Karriere, Kinderbetreuung und finanzielle Fragen entschieden habt?"

Ian legte seinen Kopf in die Hände.

Daisy lachte. „Trav will einfach, dass ich glücklich bin. Er ist bei allem an Bord. Er ist so locker. Außer wenn es ums Abendessen geht. Ich sollte besser los. Ich muss ihm seinen Lieblingshackbraten machen."

Ian hob seinen Kopf. „Bye. War schön, euch zu sehen.""

„Vielen Dank, dass du deine eheliche Weisheit mit mir geteilt hast", sagte Kate feierlich.

Daisy tauschte einen amüsierten Blick mit Amber aus. „Klar doch. Viel Glück!"

Ian wandte sich an Kate, als Daisy außer Hörweite war. „Du *musst* aufhören, Menschen nach ihrer Ehe zu fragen."

Kate schnaubte. „Ich mache nur eine wissenschaftliche Untersuchung. Wie sonst soll ich in diesen fremden Gewässern navigieren?"

„Wir werden unsere eigene wissenschaftliche Untersuchung machen", sagte er, nur um die ganze peinliche Sache abzuschließen. „Okay? Nur wir zwei."

„Das wäre sehr zufriedenstellend", erwiderte Kate. Sie glättete ihr Haar. „Bitte entschuldige meinen förmlichen Ton. Das waren ein paar sehr emotionale Tage." Und dann nahm sie einen Schluck von seinem Bier, was ein sehr gutes

Zeichen war. Vielleicht würde er heute Abend doch Glück haben.

Oder auch nicht.

Sobald er und Kate sich in dieser Nacht ins Gästezimmer begaben, schob sie die Tür zu und schloss sie. Das schien vielversprechend. Da er bereits unter den Decken im Bett lag, zog er seine Boxershorts aus, aber sie bemerkte die Bewegung und stoppte ihn.

„Nein. Wir bleiben für dieses Gespräch über unser wissenschaftliches Experiment angezogen, und ich bleibe bei der Tür."

„Und dann wirst du zu mir kommen?" Sie trug ein übergroßes weißes T-Shirt, das praktisch durchsichtig war und ihren Hintern kaum bedeckte. Er konnte es nicht abwarten, es ihr vom Leib zu reißen.

„Natürlich. Ich muss auch schlafen." Sie ging durch den Raum, schenkte ihm verlockende Blicke auf ein rosa Höschen und blieb schließlich am Fuß des Bettes stehen. „Also werden wir unsere eigene wissenschaftliche Untersuchung über die Ehe betreiben. Das ist ein sehr wichtiges Thema. Ich fürchte, jeder kennt das Geheimnis außer uns. Wie schlägst du vor, dass wir vorgehen?"

Er hatte keine Ahnung.

Sie verzog das Gesicht. „Du hast gerade gesagt, dass wir eine wissenschaftliche Untersuchung machen würden, damit ich die Klappe halte, nicht wahr?"

„Nein, nein. Ich habe es wirklich so gemeint." Er dachte schnell nach. Was wäre ein vernünftiges Experiment, das nicht zu schwierig wäre? „Ich habe überlegt …"

Sie rückte ihre Brille zurecht. „Ja?"

Er stapelte einige Kissen hinter sich und manövrierte sich in eine sitzende Position, weil er die zusätzliche Zeit zum Nachdenken benötigte. „Wir brauchen eine Hypothese."

„Selbstverständlich."

Die Hypothese durfte nicht allzu aufwendig sein, da sie meist weit voneinander getrennt waren. Hmm …

Sie stemmte die Hände in die Hüfte. „Ich habe das Gefühl, dass du nicht mehr Ahnung hast als ich, was bedeutet, dass wir ... verdammt sind!" Dieser zum Scheitern verurteilte Teil kam schrecklich laut heraus.

„Schh, wir sind nicht zum Scheitern verurteilt! Komm her, ich brauche einen Kuss zur Inspiration."

„Tust du nicht! Du versuchst, unser Gespräch kurzzuschließen." Verdammt, sie hatte ihn erwischt. Sie begann wieder, auf und ab zu gehen, und murmelte vor sich hin. Dann blieb sie abrupt stehen, wandte sich zu ihm und sagte mit ernster Stimme: „Vielleicht sollte ich unser Experiment abbrechen."

Sein Magen sackte tiefer. Verdammt. Er wollte sie nicht verletzen, aber er musste ehrlich sein. „Ich bin mir nicht sicher, ob ich bereit für die Ehe bin. Ich meine, ich habe schon gehofft, dass wir eines Tages heiraten würden, auf lange Sicht –"

„Also löst du die Verlobung auf?", fragte sie mit leiser Stimme, die sein Herz zusammendrücken ließ.

„Nein", sagte er rasch. „Ich, nur ..." Er hatte eine Eingebung. „Vielleicht könnten wir dieses Experiment machen, und wenn es gut geht, dann heiraten wir –" er räusperte sich „– früher, und wenn es nicht so geht, wie wir gehofft hatten, machen wir wieder dieses Fernbeziehungsding." Er entspannte sich ein wenig. Eine Aus-Klausel erleichterte dieses Gefühl des Gefangenseins definitiv.

Sie runzelte die Stirn und setzte sich auf den Rand des Bettes, ihre Hände fest in ihrem Schoß zusammengelegt.

Er schloss sich ihr an, setzte sich auf den Bettrand und legte seine Hand auf ihre. „Fernbeziehung mit dem ultimativen Ziel der Ehe ... auf lange Sicht."

Sie drehte sich zu ihm um. „Ich bin verwirrt."

Er formulierte wissenschaftlich, um es für sie klarer zu machen. „Unsere Hypothese ist, dass die Ehe im kleinen Maßstab ein Indikator für den Erfolg im großen Maßstab sein wird."

„O-kay", sagte sie langsam, „erzähl mir den Rest der Experimentparameter."

„Ähm ..." *Denk nach!* Der Druck, eine brillante Physikerin

gedanklich zu übertreffen, war manchmal erschütternd. „Das heißt, wir sollten einen Probelauf machen."

Sie neigte den Kopf. „Das klingt reizvoll. Ein Probelauf, um alle Zweifel an unserer gemeinsamen Zukunft in einer dauerhaften Verpflichtung zu beseitigen."

Er konzentrierte sich auf den ersten Teil, weil „dauerhafte Verpflichtung" ihn immer noch nervös machte. „Es ist eine gute Idee, um alle Zweifel auszuschließen."

„Du hast Zweifel."

„Nicht deinetwegen."

Ihre blauen Augen waren direkt und fixierten ihn. „Dann musst du der Grund sein."

„Schätze schon." Er schluckte, und es gefiel ihm gar nicht, alles zuzugeben, was ihr wehtun könnte, wie die Tatsache, dass sie den Hebel an der Falltür in dem Moment gezogen hatte, als sie ihm den Antrag gemacht hatte, und er seitdem in einem schrecklichen freien Fall war. „Ich liebe dich", fügte er vorsichtshalber hinzu.

Sie seufzte. „Ich liebe dich auch. Zurück zum Experiment. Wann sollen wir anfangen?"

„Wann hast du frei?"

„Ich kann den ganzen Monat Mai bei dir einziehen. Zwei Wochen Urlaub, zwei Wochen Home-Office. Ich wollte mich mehr auf die Datenanalyse konzentrieren."

Whoa. Ein ganzer Monat. Sie waren bis jetzt nie länger als zwei Wochen zusammen gewesen. Er drückte das panische Gefühl, in der Falle zu sitzen, beiseite. Es waren nur zwei Wochen mehr als ihr längster Besuch. Das könnte er sicherlich schaffen. Und er hatte eine Aus-Klausel. Sie konnten immer zu ihrer Fernbeziehung zurückkehren. Das war wirklich eine Win-Win-Situation.

„Großartig!", rief er aus und brachte so viel Begeisterung in die Sache ein, wie es ein Verlobter tun sollte. Technisch waren sie noch verlobt, und er konnte es nicht ertragen, ihr so bald nach ihrem von Herzen kommenden Antrag etwas anderes zu sagen. „Dann werden wir versuchen, zusammen-zuleben. Sehen, wie es läuft." Er entspannte sich. Ja, das war eine gute Idee. Ein Probelauf.

„Ian", sagte sie leise.

Er schob ihr eine weiche blonde Strähne aus dem Gesicht. „Was?"

Sie starrte wieder geradeaus. „Wirst du am Ende dieses Experiments mit mir Schluss machen?"

„Kate! Natürlich nicht."

Sie drehte sich zu ihm um, ihr Gesicht wirkte ein wenig überrascht. „Was ist dann der Punkt, wenn du bereits zu dem Schluss gekommen bist, dass wir zusammen sein werden?"

„Es ist nur eine Frage des Wann. Richtig? Sollten wir die Beziehung länger weitergehen lassen, bevor wir den Knoten zuziehen?"

Sie nickte einmal. „Vielleicht sind einige Kompatibilitätstests in Ordnung."

„Bereits kompatibel."

Sie schnaubte. „Wenn wir das nicht wissenschaftlich angehen, dann sehe ich den Punkt nicht."

„Okay, okay."

Sie stand auf und ging am Fuß des Bettes auf und ab, bevor sie schließlich in einem ernsten Ton sagte: „Ich werde große Probleme in der Ehe erforschen, und dann werde ich ein Experiment konstruieren, das wir während unseres Probelaufs des Zusammenlebens machen werden."

Nun, das war verdammt viel einfacher, als wenn *er* sich etwas hätte einfallen lassen müssen. Er war sich sicher, dass sie in jedem wissenschaftlichen Experiment, das er sich ausgedacht hätte, einen Fehler gefunden hätte. Sie es jeden Tag neu kodiert hätte.

„Das funktioniert", sagte er und verdiente sich damit ihr seltenes strahlendes Lächeln. „Lass uns das einfach unter uns behalten, okay?"

„Natürlich", erwiderte sie. „Wir wollen nicht, dass äußere Einflüsse die Ergebnisse beeinflussen."

„Ich bin mir sicher, wir werden mit wehenden Fahnen bestehen."

„Bitte versuch, objektiv zu sein."

„Ich werde vollkommen objektiv sein", sagte er feierlich.

Sie hob einen Finger. „Wie ein Experiment an zwei

verliebten Schimpansen, die du noch nie getroffen hast. Keine vorgefassten Urteile zu einem der beiden Schimpansen."

„Klar."

Zwei Schimpansen, die es auf Schimpansenart tun? Urtümliche Tierhitze. Ja. Schnall dich an, das wird eine lustige Fahrt!

5

Lass mich hier raus!

Kate erschreckte ihn zu Tode, und es war noch nicht einmal neun Uhr morgens. Sie fuhren mit Amber zum Ludbury House, um sich mit der Hochzeitsplanerin zu treffen, was allein schon erschreckend gewesen wäre. Aber dann erzählte Kate ihm und Amber alles über die zwanzig Zeitschriftenartikel über positive Eheergebnisse in Amerika, die sie bereits für das Experiment mit einem Lesezeichen versehen hatte. Sie gab beängstigende Worte wie „Transaktionsanalyse" und „Differenzierung" von sich, und er versuchte verzweifelt, das Gespräch auf absolut alles andere zu lenken. Das Wetter, die Sox, Violet, sogar die Physik fielen flach.

Kate war nicht leicht zu lenken.

Oder überhaupt.

Amber hatte den Termin bei der Hochzeitsplanerin beim Frühstück angekündigt, und dann hatte Kate alle darüber informiert, dass es, unabhängig von ihrem experimentellen Ergebnis, eine praktische Sache sei, da sie nur für das Wochenende in der Stadt waren.

Amber hatte gelacht. Barry schoss Ian einen fragenden Blick zu.

„Frag nicht", sagte Ian. Der Rest verschwamm, während

die Schwestern aufgeregt miteinander plapperten, und er hatte nicht das Herz gehabt, mit einer Erinnerung an seine und Kates Vereinbarung von gestern Abend darauf herumzutrampeln. Er sagte sich, dass dies nur ein Erkundungsausflug sein würde. Kate war eine praktische Frau. Sie verstand, dass sie immer noch einen Testlauf haben würden, bevor etwas Konkretes geplant wurde.

Nun parkte Amber, und alle stiegen am Ludbury House aus dem Auto. Kate blieb zurück, las auf ihrem Handy und murmelte über eine neu entdeckte mathematische Gleichung der Liebe.

„Dies ist ihre Version der Hochzeitsplanung", sagte Amber ihm mit einem Lächeln. „Sie bringt eine wissenschaftliche Perspektive in alles ein."

„Ich glaube nicht, dass Liebe wissenschaftlich ist", vertraute er ihr an.

„Falsch", sagte Kate zu seiner Überraschung. Er hatte gedacht, sie sei vollkommen von ihrer Liebesgleichung absorbiert. „Es gab zahlreiche wissenschaftliche Studien über Chemie, Beziehungen und eheliche Ergebnisse."

Er ging zu Kate zurück, nahm ihre Hand und strich seine Lippen über ihre Knöchel. Ihr Blick zuckte zu ihm, ihre Kinnlade fiel herunter.

Er lächelte und drückte unter ihr Kinn, um ihren Mund zu schließen. „Zumindest weißt du, dass wir Chemie haben."

„Das ist einer der Schlüsselindikatoren für den langfristigen Erfolg einer Beziehung", sagte sie mit atemloser Stimme.

Er umfasste ihren Kiefer, hob ihren Kopf und beobachtete, wie ihre Augen sich flatternd schlossen. Er presste seine Lippen vorsichtig auf ihre. „Und sie macht Spaß."

„Kommt schon, ihr zwei!", rief Amber über ihre Schulter. „Wir wollen doch nicht zu spät kommen."

Sie holten Amber ein und überquerten den hinteren Parkplatz zur Eingangstür des „Herrenhauses", das die Einheimischen „The Mansion" nannten. Es war ein beeindruckendes Gebäude, ein weitläufiges zweieinhalbstöckiges weißes Schindelhaus mit weißen Säulen und einer umlaufenden

Veranda. Es war ein ehemaliges Anwesen, das der Stadt Clover Park gehörte und für Gemeinschaftsveranstaltungen und Hochzeiten genutzt wurde.

Ian trat vor die Frauen und öffnete ihnen die schwere Holztür. Er schloss sich ihnen in einem großen, zweistöckigen Foyer, das mit einem Kristallleuchter und darüber hinaus einer riesigen Treppe bestückt war, an.

„Willkommen im Ludbury House!", rief eine Frau und eilte von einem Raum neben dem Foyer aus herbei, wo sie auf sie gewartet haben musste, um sie zu begrüßen. Sie hatte lange, wellige hellrote Haare, blassblaue Augen und ein figurbetontes grünes Kleid, das einen Killerbody zeigte. Nicht, dass er solche Sachen noch bemerkte. „Ich bin Hailey Adams, Ihre Hochzeitsplanerin! Sie müssen Ian, Kate und Amber sein!"

„Das ist richtig", sagte Amber.

Hailey strahlte. „Hier entlang!" Sie gestikulierte mit einer enthusiastischen Handbewegung und drehte sich auf ihren hohen Absätzen zum hinteren Teil des Hauses. Sie folgten ihr zu einem großen leeren Ballsaal mit einem Tisch und Stühlen, die direkt in der Mitte unter einem kunstvollen Kronleuchter aus Gold und Kristall aufgestellt waren.

„Setzen Sie sich", sagte Hailey und deute auf die mit rotem Samt gepolsterten Stühle am Tisch. „Bin gleich wieder da."

Sie ließen sich am Tisch nieder, um zu warten. Amber und Kate bewunderten eine Vase voller roter und rosafarbener Blumen auf dem Tisch. Ian starrte auf drei weiße Ordner, von denen er die Krätze bekam. Das sah nach einer Menge Planung aus, einer Menge Entscheidungen und ein definitiver Aufwand an Geld, der das Gefühl, in der Falle zu sitzen, noch verstärkte. Dieser Termin war ein Fehler gewesen.

Hailey kehrte zurück und hielt ein kleines Rosenansteckssträußchen in einem Plastikbehälter. „Also, wer von Ihnen beiden ist die Braut?"

Kate hob ihre Hand, ihr Ausdruck ernst, als wären sie in der Schule.

„Dann ist das für Sie!", rief Hailey aus. Sie zog die rote

Rose mit dem Schleierkraut aus dem Behälter und befestigte sie an Kates blauem Pullover.

„Herzlichen Glückwunsch, Kate!", rief Hailey aus.

Kate starrte das Sträußchen an.

Hailey setzte sich ihnen gegenüber und stellte ein paar Visitenkarten auf den Tisch. „Wir treffen uns im Zentrum des Ballsaals, weil ich möchte, dass Sie fühlen, wie es sein wird, wenn Sie beim Empfang im Mittelpunkt der Aufmerksamkeit stehen." Sie lächelte Kate an. „Im Ludbury House ist jede Braut etwas Besonderes." Als Kate ihr Sträußchen weiterhin still anstarrte, sah Hailey sie besorgt an. „Geht es Ihnen gut?"

Kate sah Hailey mit einem Ausdruck von Staunen in die Augen. „Ich hatte noch nie ein Anstecksträußchen."

Ians Brust zog sich zusammen. Kate hatte mit ihrer strengen formalen Erziehung so viel verpasst. Sie war nicht zum Abschlussball oder überhaupt zu irgendeinem anderen Tanz gegangen. Hatte nicht einmal gedatet, bevor er zum ersten Mal mit ihr geschlafen hatte. Er nahm ihre Hand und drückte sie. Dieser Termin war doch kein Fehler gewesen. Kate hatte es verdient, sich ganz besonders zu fühlen, ganz gleich, ob sie in angenehm weit entfernter Zukunft heiraten würden oder nicht.

Kate schaute ihn an, ihre Augen waren ein wenig glasig. „Es beginnt, sich jetzt real anzufühlen", sagte sie heiser.

Ian wandte sich an Hailey. „Geben Sie der Braut, was immer sie will."

Amber atmete hörbar ein.

Er würde ein Jahr lang Ramen-Nudeln essen, wenn das nötig war, um das Geld zusammenzubekommen. Nichts war wichtig, außer dass Kate ihren Moment hatte.

„Ian", flüsterte Kate, „wir haben unser Experiment noch nicht einmal abgeschlossen."

„Ich postuliere, dass die Ergebnisse positiv sein werden", erwiderte er und versuchte, so wissenschaftlich wie möglich zu klingen.

„Nun, das weiß ich nicht so recht", sagte Kate. „Ich denke immer noch, dass sich ein Experiment lohnt."

„Ihr könnt euer Experiment durchführen und gleichzeitig eure Hochzeit planen", warf Amber ein.

Kate studierte ihre Schwester und lächelte langsam. „Okay."

„Wunderbar!", rief Hailey aus. „Das wird so lustig werden. Kate, sagen Sie mir, wie Sie sich Ihren großen Tag vorgestellt haben."

Kate bekam einen verträumten, weit entfernten Blick, ein wehmütiges Lächeln umspielte ihre Lippen. „Das ist ein wenig außergewöhnlich", flüsterte sie.

„Wir wollen, dass dies Ihre Traumhochzeit ist", sagte Hailey und lehnte sich eifrig über den Tisch. „Erzählen Sie mir absolut alles."

Rosa färbte Kates Wangen, und sie schaute zu Amber hinüber. „Es ist irgendwie übertrieben."

„Jetzt musst du es sagen", sagte Amber mit einem Grinsen. „Du kannst uns nicht neugierig machen und dann nichts sagen."

Hailey nickte und lächelte Kate ermutigend an.

„Was auch immer du willst", sagte Ian, obwohl er wirklich hoffte, dass es sich nicht um Physik handelte. Oder eine Art Sci-Fi-Thema. Er stand nicht so sehr auf eine *Star Trek*-Hochzeit.

Kate wickelte eine Haarsträhne um ihren Finger, atmete tief ein und bekannte dann ihre Traumhochzeit, die ihn überraschte. Es klang wie ein Märchen. Kate beschrieb sich selbst in einem bauschigen weißen Kleid, Handschuhen bis zu ihren Ellbogen, Tiara und silbernen Schuhen mit Kristallen. Ihn in einem Frack mit Zylinderhut und Schößen. Tanzen im Ballsaal bei Kerzenschein. Sie beide fahren in einer Pferdekutsche ab. Ihm fiel auf, dass er nur die Oberfläche gekratzt hatte, als er seine faszinierende Freundin kennengelernt hatte. Eine ernsthafte Physikerin mit geheimen romantischen Sehnsüchten. Das Coole war, je mehr er sie kennenlernte, desto tiefer verliebte er sich in sie.

Er schaltete ab, als Hailey den ersten Ordner voller Bilder aufschlug und alle Möglichkeiten für die Zeremonie, Verpflegung, Blumen, Kuchen, Musik und Transport beschrieb. Er hielt seinen Blick auf Kate, die glühend und glücklich aussah, als sie auf Bilder von Dingen zeigte, die sie mochte. Das war alles, was zählte. Eine glückliche Kate.

Eine Stunde später schlossen sich die Ordner, und er erkannte, dass alle Augen auf ihn gerichtet waren. „Was?"

„Sie möchte, dass wir ein Datum festlegen", sagte Kate.

„Oh. Aber wir haben nicht …" Er zog am Kragen seines Hemdes, der ihn plötzlich würgte. „Wir, ähm, wissen noch nicht, was mit deinem Stipendium ist." *Oder ob wir noch ein Jahr lang Fernbeziehung vor uns haben.*

„Können wir im Mai noch einmal darauf zurückkommen?", fragte Kate. „Dann höre ich, ob ich im nächsten Herbst in Genf sein werde."

Hailey schüttelte den Kopf. „Ich muss Sie warnen, ich habe für diesen Juni eine große Hochzeit geplant. Große, große Presse wird anwesend sein. Ich erwarte voll und ganz, dass das Ludbury House zu einem Hochzeitsziel wird. Wenn Sie heute nicht buchen, kann ich Ihnen nicht versprechen, dass ich das gewünschte Datum in Zukunft haben werde."

Ian brach in Schweiß aus. Er wollte Kate nach all dem Planungs-Zeug nicht nein sagen, aber das fühlte sich so plötzlich an. So nach eingeschlossen sein.

Kate und Amber tauschten einen Blick aus.

„August?", fragte Kate ihn.

Er öffnete den Mund, dann schloss er ihn wieder. Das war in nur fünf Monaten. Die Wände kamen immer näher. Ihm wurde heiß und dann kalt.

„Ian?", hakte Kate nach.

„Ich habe kalte Füße", platzte er hervor. „Nichts Persönliches, Kate."

„Natürlich nicht", sagte Kate. „Ich bin die Braut. Warum sollte ich es persönlich nehmen, wenn der Bräutigam kalte Füße hat?"

Amber lachte, und schlug sich dann wieder die Hand vor den Mund.

Hailey entblößte ihre Zähne in seine Richtung. „Kalte Füße sind meine Spezialität", sagte sie beinahe knurrend.

Kate stand auf. „Ian, lass uns gehen. Wir werden unser

Experiment wie geplant fortsetzen." Oh-oh, der formale Ton war zurück. Seine kalten Füße hatten ihr kalte Füße gemacht. Jetzt hatte sie Zweifel an ihnen.

Er stand auf und griff nach Kates Hand, aber sie bewegte sich aus seiner Reichweite heraus und schnappte sich eine Visitenkarte vom Tisch. Ian wusste, er steckte in Schwierigkeiten. Er musste sich mit jeder wissenschaftlichen Folter, die Kate erdacht hatte, beweisen, über seine verdammten kalten Füße hinwegkommen und ihre Träume wahr werden lassen.

Kate betrachtete die Visitenkarte und wandte sich an Hailey. „Vielen Dank, Hailey Adams, Love Junkie, wir werden uns melden."

Er sah auf die Karte. Das stand tatsächlich da, silberne Glocken geprägt auf einer Karte mit Hailey Adams, Love Junkie.

Sobald sie draußen waren, versuchte er, Kate zu beruhigen. „Ich komme schon dahin. Ich brauche nur ein wenig Zeit."

„Wir werden sehen", antwortete sie unheilvoll.

Kate berichtete auf der Heimfahrt über den Niedergang der Ehe in Amerika, Amber kicherte weiter, und Ian sank tiefer in seinen Sitz.

„Wie ist es gelaufen?", fragte Barry, als Kate, Amber und Mr. Kalte Füße zur Tür hereinkamen.

„Ian hat kalte Füße", informierte Kate ihn. Sie war sauer auf Ian, weil er diesen traurigen Zustand vor der Hochzeitsplanerin preisgegeben hatte, nachdem sie mehr als eine Stunde lang eine Hochzeit geplant hatte, die vielleicht nie stattfinden würde. Das war so peinlich. Warum hatte er nicht einfach gesagt, dass er nicht zum Hochzeitsplanungstermin gehen wollte? Kommunikation war in einer Ehe von entscheidender Bedeutung. Ihre war ätzend.

„Kate hat eine Aschenputtel-Fantasie", erwiderte Ian.

Grrr … Kate wollte ihm vors Schienbein treten, aber sie war zu reif für solch kindisches Verhalten.

Amber legte beiden ihre Arme um die Schultern. „Fair bleiben, Kinder."

Barry schüttelte den Kopf. „Tut mir leid, dass ich das verpasst habe. Klingt, als ob es ein Brüller gewesen sein muss."

„Oh, und ob wir gebrüllt haben", sagte Amber. „Wo ist Vi?"

„Sie schaut in unserem Zimmer fern", sagte Barry. „Sie hat ein wenig Fieber. Ich bin mir nicht sicher, ob sie krank ist oder nur zahnt. Es könnte sein, dass ihr mit zwei Jahren die Backenzähne durchbrechen."

Amber raste nach oben.

Barry sah Kate mitleidig an. „Kann ich etwas tun?"

„Irgendeinen Rat?", fragte Kate.

Er sah seinen Bruder an. „Um über kalte Füße zu kommen? Zeit."

„Ich habe dir gesagt, dass ich nur etwas Zeit brauche", murmelte Ian.

„Für die Ehe", sagte Kate. „Hast du einen Rat für eine erfolgreiche Ehe?"

Barry rieb sich nachdenklich das Kinn. Kate hielt den Atem an. Kommunikation? Differenzierung kombiniert mit Beteiligung? Positive Feedback-Schleifen? Aktivitäten, die beiden Seiten Spaß machten? Sie brauchte nur eine Richtung. Sie konnten daran arbeiten, wenn sie wussten, was „es" war. Sogar Ian schien vor Erwartung ganz zappelig zu sein.

„Sex", verkündete Barry. „Viel und noch mehr Sex."

„Darin sind wir Gold", sagte Ian mit breitem Lächeln.

Die Brüder tauschten ein begeistertes High Five aus.

„Männer!" Kate warf die Hände hoch und stampfte nach oben.

6

„Ich nehme den Job im KI-Labor an", kündigte Ian an und erschreckte Kate damit.

Es war Donnerstag, ihr letzter Tag in Boston, und sie aßen gerade ein Mittagessen mit gegrillten Käsesandwiches in seiner Wohnung. Irgendwie war es Kate während dieser arbeitsreichen Woche, in der Ian ihr die Sehenswürdigkeiten gezeigt hatte, gelungen, sein Stellenangebot und ihre unterschiedlichen zukünftigen Karrierewege aus dem Kopf zu schieben. Jetzt war es wie ein Boston Cream Pie im Gesicht. Es war unvermeidlich, dass sie sich damit befassen mussten, und es war sehr verzwickt.

Kate schälte die Kruste von ihrem Sandwich und schwankte zwischen wütend, dass er sie nicht nach ihrer Meinung zu seiner Jobentscheidung gefragt hatte, und erfreut, dass er mit ihr kommunizierte, wie es in der erfolgreichen Beziehungsliteratur empfohlen wurde.

Ian fuhr fort. „Ich unterzeichne die Mitarbeitervereinbarung und maile Dr. Wilson nach dem Mittagessen."

Auch hier keine Frage. Mehr eine Ankündigung. Kate legte ihr Sandwich ab. „Also sagst du mir das einfach und fragst mich nicht."

„Ich halte dich auf dem Laufenden.""

„Jetzt wissen wir also, dass du in Boston verwurzelt sein

wirst, und ich habe keine andere Wahl, als deiner Entscheidung zu folgen."

Ians freundliche braune Augen studierten sie einen Moment lang. „Das KI-Labor hat mir eine Woche gegeben, um darüber nachzudenken, und ich denke, es passt gut. Ich muss ihnen heute eine Antwort geben. Morgen fliegen wir nach Chicago."

„Ja, natürlich." Kate rang um Fassung. Alles, was Ian sagte, stimmte und war logisch, also gab es wirklich keinen Grund, wütend zu sein. Möglicherweise sollte sie ihm dafür danken, dass er sie auf dem Laufenden hielt, und seine offene Kommunikation würdigen. Sie öffnete den Mund, um genau das zu tun, aber was herauskam, war: „Entschuldige mich. Ich muss ein wenig recherchieren."

Sie stand mit ihrem Teller und Glas auf.

„Du hast dein Sandwich nicht zu Ende gegessen", sagte Ian.

„Ich bin nicht hungrig."

„Kate."

Sie sah auf einen Punkt über seiner Schulter. „Was?"

„Bist du verärgert?"

Sie blickte in sich. Verärgert? Zornig? Wütend? Keine dieser Emotionen, die durch sie wirbelten, ergab einen Sinn. Die Fakten waren einfach – Ian musste eine Antwort auf das Stellenangebot geben. Und er musste immer wählen, was für seine Karriere richtig war, genauso wie sie immer wählen musste, was für ihre Karriere richtig war, auch wenn diese Entscheidungen sie auf verschiedene Seiten des Atlantiks brachten.

Natürlich hatte sie das Stipendium in Genf noch nicht an Land geholt. Vielleicht wären sie nur Tausende von Meilen auseinander. Oder vielleicht wären sie überhaupt nicht getrennt. Aber hieße das, dem nachzugeben, was er wollte? Hatte sie einen hinreichend klaren Kopf, um ihre eigenen Karriereentscheidungen zu treffen, was für sie das Beste war, wie er es gerade so leicht getan hatte?

„Kate?", hakte Ian nach.

„Ich bin mir nicht sicher", sagte sie. Sie wickelte ihr Sandwich ein und legte es in den Kühlschrank. Dann stellte sie das Geschirr ins Spülbecken.

Ians Arme glitten von hinten um ihre Taille.

„Wann fängst du an?", fragte sie.

Er küsste sie auf die Schläfe. „Vermutlich in drei Wochen. Ich habe diese nächste Woche frei, um sie mit dir zu verbringen, und dann werde ich mit zweiwöchiger Kündigungsfrist meinen alten Job beenden."

Sie löste sich von ihm. „Ich muss wirklich ein wenig recherchieren." Die dringende Notwendigkeit, Literatur zu Ehen mit doppelten Karrieren zu durchforsten, ließ sie ins Wohnzimmer eilen und sich ihren Laptop schnappen.

„Okay", sagte Ian unbeschwert. Gott sei Dank war ihm ihre Not völlig unbewusst. Sie wollte nicht diese schreckliche Freundin sein, die versuchte, ihren Freund von großen Dingen abzuhalten. Sie wollte Ian so behandeln, wie sie behandelt werden wollte – mit vollkommener Achtung vor der Klugheit ihrer Entscheidungen.

Doch als sie ihren Laptop aufklappte, schwammen die Zeitschriftenartikel, die sie mit einem Lesezeichen versehen hatte, vor ihren Augen, weil er bei seiner beruflichen Entscheidung ihrer Entscheidung nur Grenzen gesetzt hatte.

Kate nahm ihre Brille ab und wischte sich rasch über die Augen. Sie schob die Brille wieder an ihren Platz und atmete tief durch, zwang sich, sich auf die Eheforschung zu konzentrieren. Ihr Experiment war kritischer denn je. Ihre Zukunft hing davon ab.

Kate tauchte ein und nicht wieder auf, bis Ian mit der Hand vor ihrem Gesicht wedelte. „Hey", sagte er, „lass uns einen Happen zu Abend essen."

Sie zuckte zusammen und überprüfte die Zeit auf ihrem Laptop. Es war nach sechs. Sie hatte nicht bemerkt, dass sie so lange in die Literatur zur Ehe eingetaucht war. Sie hatte auch ein nützliches Kompatibilitätsquiz erstellt, das von mehreren beziehungsversierten Websites wie *Cosmo* und *Glamour* stammte. Sie fand *Cosmo* auf mehreren Ebenen sehr informativ, wenn es darum ging, den Mann zu erfreuen, sowohl in Bereichen, an die sie gedacht hatte – Sex – als auch in Bereichen, die sie nicht einmal in Betracht gezogen hatte, wie Hautpflege, einen einladenden Lebensraum und liebevolle Gesten. Sie hoffte, dass es eine gleichwertige Zeitschrift gäbe, die darauf ausgerichtet war, die Frau zu erfreuen. Das würde sie bei der nächsten Gelegenheit recherchieren.

Ian nahm ihre Hand und zog sie vom Sofa hoch. „Bekommst du viel Arbeit erledigt?"

„Ja. Es war eine äußerst produktive Sitzung."

„Großartig!" Er nahm ihr Gesicht in die Hände und küsste sie zärtlich. Ihre Kehle wurde eng, als alle Emotionen, die sie unterdrückt hatte, durch den warmen Blick in seinen Augen zurückkehrten. „Also sind wir gut?"

Sie konnte nicht sprechen, also versuchte sie zu nicken, aber selbst das war unmöglich, weil er ihren Kopf hielt. Seine Hände glitten in ihr Haar, und sie spürte, wie es sich lockerte und dann aus seinem unordentlichen halben Pferdeschwanz, halben Dutt fiel.

Ian senkte seinen Kopf und knabberte an ihrem Hals, was ihr einen heißen Schauer vor Vergnügen brachte, bevor er sich zu ihrem Ohr bewegte. „Gut genug für einen kurzen Ausflug ins Schlafzimmer vor dem Abendessen?", fragte er mit rauer, neckender Stimme.

Ihr Magen knurrte und sprach für sie. Sie hatte ihr Mittagessen nicht beendet.

Ian lachte und sah ihr in die Augen. „Dein Magen hat gesprochen. Lass uns gehen!"

Sie nahmen ein herzhaftes Abendessen in ihrem Lieblingsrestaurant in Boston, dem Sweet Cheeks, zu sich, wo sie sich über ein gebratenes Buttermilch-Huhn mit Makkaroni und Käse hermachte. Der fröhliche turbulente Ort machte es ihr leicht, die Sorgen über ihre Zukunft zu vergessen. Ian war gut gelaunt über seinen neuen Job und darüber, wie begeistert sein neuer Chef war, ihn in die Gruppe zu holen. Sie sagte sich, dass alles so funktionieren würde, wie es sollte.

Dieses kleine Mantra funktionierte bis um vier Uhr morgens, als sie aus einem lebhaften Traum erwachte, in dem Ian ihren Arm in eine Richtung zog und ihr Forschungsdirektor, Dr. Weintraub, unglaublicherweise in ihr Wasserstoffkostüm gekleidet, ihren anderen Arm in die entgegengesetzte Richtung zog. Sie schoss im Bett in die Höhe und schnappte nach Luft, gerade als sie in zwei Teile zerrissen werden sollte.

Ian schlief fest an ihrer Seite, noch nackt von ihren früheren Aktivitäten, und lag in seiner offenen, vertrauensvollen Art auf dem Rücken. Sie hatte erst heute Nachmittag gelesen, dass das Schlafen auf dem Rücken eine vertrauensvolle und das Schlafen auf dem Bauch eine defensive Position war. Kate hatte absichtlich versucht, vom Bauchschlafen zum Rückenschlafen zu wechseln und jetzt konnte man ja sehen, was sie davon hatte – einen Alptraum.

„Ian", flüsterte sie und rollte sich gegen seine Seite. Keine Antwort. Sie legte ihren Kopf auf seine Brust und hörte dem beruhigenden Klopfen seines Herzschlags zu. Ihr eigener schneller Herzschlag verlangsamte sich, und ihr Geist klärte sich. Sie hob den Kopf. „Bist du wach?"

Schweigen. Sie küsste ihn und hoffte, ihn wach zu bekommen, aber er schlief einfach weiter. Sie zog ihm die Decke herunter und setzte sich auf ihn. Seine Körperwärme würde mehr als genug sein, um beide warmzuhalten. Sie wackelte ein wenig und passte sich besser an ihn an. Das war schön. Er war so warm und wenn sie Haut an Haut waren, fühlte sie sich dadurch immer so lebendig. Der Alptraum verschwand völlig aus dem Kopf, und sie entspannte sich und legte ihre Wange auf seine Brust.

Wenige Augenblicke später sagte er: „Mmm ..." Der Klang hallte durch seine Brust, und er legte den Arm um ihre Taille. Oh, gut, er wachte auf.

Sie hob den Kopf. „Ich habe ein zehnteiliges Kompatibilitätsquiz aufgebaut."

„Morgen", murmelte er.

Sie strahlte. „Morgen! Auch wenn ich das wissenschaftliche Experiment für unseren Testlauf noch nicht fertig entworfen habe, dachte ich, dass wir das Quiz als Vorläufer machen könnten. Die ersten Ergebnisse könnten sich im Experimententwurf als nützlich erweisen."

Eins seiner Augen öffnete sich. „Dunkel", murmelte er und schloss sein Auge. „Wie spät?"

Sie schaute auf die Uhr, auf der 4:05 stand, und beschloss schnell, die Frage nicht direkt zu beantworten. Sie wollte wirklich damit beginnen, früher als später die Antworten zu finden, die sie für ihre Zukunft brauchte. „Es ist Morgen", versicherte sie ihm. „Möchtest du lieber den Samstag damit verbringen, dich zu Hause zu entspannen, in der Wildnis zu wandern oder auf der Killeryacht deines Freundes eine Riesenfete feiern?"

Er stöhnte.

Unbeirrt wiederholte sie es für ihn einzeln, um ihm die Beantwortung so einfach wie möglich zu machen. „Würdest du lieber den Samstag zu Hause entspannen?"

Er stieß einen kleinen Seufzer aus, der ein Schnarchen gewesen sein könnte.

Schnell schob sie den Rest der Frage hinterher: „Oder würdest du lieber wandern oder feiern? Ich persönlich würde mich entscheiden für ... oh, warte. Ich soll das ja nicht sagen, bis ich deine Antwort höre, damit du nicht voreingenommen bist. Paare neigen dazu, sich zu einigen, um Konfrontationen zu vermeiden, aber da wir gerade erst anfangen, sollte das wirklich objektiv sein –"

Sie quietschte. Ian hatte sie unerwartet auf den Rücken geworfen. Bevor sie ihr zugegebenermaßen einseitiges Gespräch fortsetzen konnte, war er auf ihr. Seine Finger schoben sich in ihr Haar, und dann bewegte sich sein Mund, um ihren Hals entlang zu küssen. Ihre Lippen teilten sich bei einem Seufzer, als sie in die Matratze schmolz. Er knabberte an ihrem Hals, und sie zuckte vor scharfem elektrischem Vergnügen. Seine warmen Lippen rutschten entlang der empfindlichen Haut an der Unterseite ihres Kiefers und dann bis zu dem weichen Punkt direkt unter ihrem Ohr.

Sie legte ihre Arme um seinen Hals und fuhr mit ihren Fingern durch seine weichen Haare. „Hast du meinen Kurzschluss benutzt, um mich zum Schweigen zu bringen?"

Er saugte ihr Ohrläppchen zwischen seine Zähne, was ihr einen heißen Schauer verpasste. Ihre Augen flatterten zu.

„Ian", flüsterte sie.

Sein Mund weidete sich an ihrem Ohrläppchen, als er

sprach, und sendete weitere heiße Schauer durch sie. „Nein, ich liebe es, wenn du sprichst." Seine Stimme klang seidig. „Sprich weiter."

Er küsste sich seinen Weg über ihren Körper, seine Lippen wie warmer Samt über ihrem Schlüsselbein, ihren Brustbereich zu ihrem Busen, wo er verweilte, und sie in immer enger werdenden Spiralen küsste und schmeckte. Alle Gedanken an Kompatibilitätstests verflogen. Sein Finger schnalzte über ihren erigierten Nippel und ließ sie keuchen. Er senkte seinen Kopf, sein Mund schloss sich um ihren Nippel und saugte hart. Eine Hitzeflut stürzte zwischen ihre Beine. Seufzend öffnete sie ihre Lippen und bewegte unruhig ihre Hüfte gegen ihn. Er hob seinen Körper und glitt mit seiner Hand in einem langen schweren Streicheln zwischen ihre Beine, während er seinen Mund auf ihre andere Brust legte und wieder kräftig saugte.

„Bitte, bitte", sang sie.

Er hob seinen Kopf. „Sprich weiter, Süße." Seine Finger glitten in sie hinein und heraus, und er ging wieder dazu über, verzweifelt an ihr zu saugen und ihre Brust zu kribbeln, was ein scharfes Bedürfnis verursachte, das nicht zu leugnen war.

Sie hob ihre Hüfte. „Nimm mich. Ich brauche dich." Er trieb sie in den Wahnsinn. Machte ihn absolut verrückt.

„Ich möchte sich reden hören." Er streichelte sie genüsslich zwischen den Beinen. „Ich liebe es, wenn du sprichst. Ich möchte dich flehen hören.

Sie schlug seine Schulter. „Ian! Ich flehe nicht. Gib es mir einfach."

„Was soll ich dir geben?", fragte er gedehnt.

Sie wollte antworten, als er plötzlich seinen Körper tiefer bewegte und seine Lippen auf ihrem Bauch landeten, wo er ihren Bauchnabel in einem langen Schwung leckte. Ein Ganzkörperschauder durchfuhr sie, weil sie wusste, wohin das führen würde.

„Öffne deine Beine schön weit", sagte er mit leiser, rauer Stimme.

Sie tat es, ihr Atem stockte, ihr Körper summte vor

Vorfreude. Seine warmen Lippen strichen entlang ihres Innenschenkels, und sie biss sich auf die Lippe, um sich vom Flehen abzuhalten.

„Jetzt bist du ja so still", murmelte er und begab sich auf die Innenseite ihres anderen Oberschenkels, so verdammt nah an der Stelle, an der sie ihn wollte.

„Bitte!", flehte sie.

„Da ist sie ja", sagte er, drückte ihre Beine über seine Schultern, ließ sie offen und seiner bösen Zunge ausgesetzt. Seine Hände glitten unter ihren Hintern und hoben sie in den Winkel, den er wollte.

„Bitte", flüsterte sie.

Er senkte seinen Kopf, leckte einmal lang, saugte dann hart und sendete Schockwellen durch sie. Sie schrie auf, und er wurde vorsichtiger. „Oh-oh-oh", sagte sie, als er sich an ihr labte.

Er hob seinen Kopf, seine Stimme war rau. „Sprich weiter."

Das tat sie. Sie konnte nicht anders. „Nicht aufhören, nicht aufhören, nicht aufhören …", sang sie. Und dann war sie überwältigt und ruhig, so, so nah. Sie zitterte, als er sie an der scharfen Kante der Erlösung hielt. Er kannte sie gut, wusste, wann er hart drücken und wann er sich zurückziehen musste. Sie wimmerte inkohärent. Plötzlich drückte er sie hart, sein Mund war fest und hungrig auf sie, und sie explodierte in einem heißen Ansturm. Er blieb bei ihr und ließ sie jede Welle des Vergnügens ausreiten, bis sie erschöpft war.

Ein langsames befriedigtes Lächeln erblühte, als sie in einem Dunst schwebte und sich vage bewusst war, dass Ian sich wegbewegte. Er umfasste sie plötzlich mit einem besitzergreifenden Griff zwischen den Beinen. Sie zuckte zusammen und stöhnte. Und dann war er oben auf ihr, hob ihre Beine hoch um seine Taille und stieß tief.

„Ja!", zischte sie.

Seine Finger mit ihren verflochten drückt er ihre Hände beiderseits ihres Kopfes auf die Matratze. Er knabberte an ihrer Unterlippe, und seine Zunge stieß in ihren Mund und entflammte sie. Sie stöhnte, als er hart und tief, immer und immer wieder, den süßen Druck aufbaute und weiter und weiter aufbaute.

Er riss seinen Mund los und sagte mit rauer Stimme: „Ich schaffe heute Abend eine Zehn."

Er war immer zehn auf ihrer Leistungsbewertung – Dicke, Check, Geschicklichkeit, Check, Gegenseitigkeit, Doppelcheck; Dominanz auf Alpha-Ebene, ja, Baby! Aber sie ließ ihn sich trotzdem bemühen.

Sie konzentrierte sich darauf, lässig zu klingen. „Du bist fast da."

„Fast!" Er zog sich heraus, drehte sie um, riss ihre Hüften nach oben und stieß tief zu. *Ja!* Seine Hand schob sich herum und streichelte sie so, dass ihr die Augen im Kopf zurückrollten. „Und wo sind wir jetzt, Kate?"

Sie keuchte und zitterte unter ihm, völlig sprachunfähig.

Er wurde rauer, drückte sie härter und nahm sie tief. Sie zitterte vor Verlangen, ein Rausch, der ihr das Herz zerriss, raste durch sie. „Wo sind wir?", knurrte er. „Sag es."

„Zehn!", schrie sie, bevor sie in einem Höhepunkt so heftig zitterte, dass sie die ganze Galaxie von Sternen vor ihren Augen aufblitzen sah.

„Verdammt, richtig", knurrte er, bevor er seine Zähne wie ein Tier in ihren Hals senkte, als er für seine eigene Erlösung zustieß. Sie zitterte unter ihm. Er schickte sie wieder hinüber, stolperte mit ihm, als er in ihr explodierte.

Er hielt sie fest, tief vergraben, als sie beide noch in den Nachwehen keuchten. Sie stellte fest, dass sie aus keinem anderen Grund strahlte, als dass das Universum ein schöner Ort war, und sie hundertprozentig kompatibel waren in einem sehr wichtigen, durchaus befriedigenden Gebiet.

„Unsere Kompatibilität im Schlafzimmer ist ein Schlüsselfaktor für positive Eheergebnisse", informierte sie ihn, sobald sie sprechen konnte.

Er zog sich heraus, ließ sich neben ihr aufs Bett fallen und rollte auf seinen Rücken. Sie kuschelte sich gegen ihn.

Ihr Verstand griff zurück zu den fünf Hauptfaktoren, die sie entdeckt hatte, und da sie sicher war, dass er jetzt völlig wach war, sprach sie zuversichtlich über das Thema, das der

Grundstein ihres Experiments sein würde. „Es gibt natürlich noch andere Faktoren, *mrwmph*." Ians Mund bedeckte ihren, und sie verlor ihren Gedankengang.

Er brach den Kuss, rollte auf seine Seite, zog ihr Bein über seine Hüfte und brachte sie in Ganzkörperkontakt.

Sie versuchte, sich wieder zu konzentrieren. „Zum Beispiel —"

Er stieß sein Bein zwischen ihre und übte gerade genug Druck auf ihre noch prickelnde Scham aus, dass ihre Gedanken wie Photonen verstreut waren. Ablenkende Funken der Freude strahlten durch sie. Seine große Hand umfasste ihren Nacken, während er mit einer tiefen, rauen Stimme in der Nähe ihres Ohres sprach. „Vielleicht könnten wir das Experiment noch ergänzen, ein paar neue Dinge ausprobieren."

Ein Ganzkörperzittern lief durch sie sowohl von der sexy Stimme als auch von der Tatsache, dass er ihre wissenschaftliche Sprache sprach. „Ja", flüsterte sie.

„Gut", gurrte er, seine Hand rutschte ihren Rücken hinunter und hielt knapp über ihrem Hintern inne.

Sie stöhnte, extrem abgelenkt und eindeutig zu bedürftig für jemanden, der gerade gründlich befriedigt worden war. Bevor sie die Worte finden konnte, um ihr Gespräch fortzusetzen, fuhr er fort, und sein tiefes Rumpeln in ihrem Ohr brachte noch mehr heißes Kribbeln vor Aufregung.

„Für zukünftige Experimente, was hältst du davon, gefesselt zu werden?"

„Du weißt, dass ich Dominanz auf Alpha-Ebene genieße", antwortete sie sofort. „Es ist einer der Schlüsselfaktoren in meinem Rating-System."

Er stöhnte gegen ihren Hals, die Schwingungen überfluteten sie vor Freude genauso wie seine Worte. „Handgelenke und Knöchel, so lang ausgebreitet, wie ich will."

Sie erbebte in seinen Armen. „Das musst du zu dem Experiment unbedingt hinzufügen. Wir werden es einfach nicht wissen, bis wir es versuchen."

Er umfasste ihren Hintern. „Wir müssen es vielleicht mehrmals versuchen, um sicher zu sein."

„Alles im Namen der Wissenschaft!", quietschte sie. Sie wusste kaum, was sie sagte, sie war so angetörnt.

Er schmunzelte und küsste sie. „Alles im Namen der Wissenschaft."

Diese Worte klangen in ihrem wissenschaftlichen Verstand so wahr, dass ein Gefühl des Friedens über sie hereinflutete, sie sich erholen ließ und sie schläfrig machte.

„Schlaf jetzt", murmelte er. „Ich experimentiere später mit dir."

Diese süßen Worte schickten sie in einen tiefen, traumlosen Schlaf.

Sie erwachte, als Ian sie an der Schulter schüttelte. Sie öffnete ihre Augen und fand ihn ganz bekleidet neben dem Bett stehen. „Wir haben verschlafen", sagte er. „Beeil dich, und pack deine Sachen, sonst verpassen wir unseren Flug."

Und einfach so war er schon wieder in der Realität. In einer, von der sie sich nicht so sicher war, ob sie das Zeug hatte, damit umzugehen. Ein Teil von ihr wünschte sich, sie könnten einfach im Bett bleiben, wo alles zwischen ihnen perfekt funktionierte. Außerdem hatte er sie letzte Nacht gut aufgeheizt, und sie konnte problemlos eine weitere Runde machen.

Sie setzte sich auf. Sein Rücken war ihr zugekehrt, als er Kleider aus der Kommode zog und sie in eine Reisetasche warf. „Wie wäre es mit einem Quickie?"

Er drehte sich langsam um und schenkte ihr einen heißen Blick, der ihre Laune noch weiter hob. „Mach dich schnell fertig, und ich werde dich im Flugzeug in den Mile-High-Club einweihen."

Ihre Augen verengten sich. „Bist du da bereits Mitglied?"

Er grinste. „Nö. Ich möchte dich nur gern auch da einführen."

Er bezog sich darauf, dass er sie in die Welt des Vergnügens eingeführt hatte, als er ihr die Jungfräulichkeit genommen hatte. Oder vielleicht, als er sie in den Oralsex eingeweiht hatte. Oder Full-Tilt-Boogie-Orgasmen. Er führte sie wirklich gern in neue Dinge ein. Und sie wollte wirklich eingeweiht werden.

„Okay." Sie stand auf, nahm sich ein paar Sachen und ging, um schnell zu duschen. Als sie frisch gesäubert und angekleidet ins Schlafzimmer zurückkam, hatte Ian bereits ihre Tasche für sie gepackt.

Er packte sie an der Taille und zog sie zu einem kurzen Kuss an sich. „Mile-High-Club, wir kommen!"

7

Der Mile-High-Club war um eine Meile außer Reichweite.

Leider war das Flugzeug für Ian zu klein, zwei Reihen von Zweiersitzen und komplett voll. Es wäre nicht möglich, unter einer Decke herumzufummeln und die Toilette schien ständig *besetzt* zu sein.

Sie hatten einen guten Lauf gehabt, dachte Ian missmutig. Ohne seine sexy Ablenkungswaffe war Kate wie ein Hamster im Beziehungsgespräche-Rad. Er rutschte auf seinem Sitz hin und her und versuchte erfolglos, seine langen Beine auszustrecken. Das Gefühl, in der Falle zu sitzen, war noch schlimmer, weil seine lange Statur zwischen dem Fenster und der fragenden Kate in einen Flugzeugsitz gequetscht war. Und Gott bewahre, wenn er ihre Frage nicht richtig beantwortete. Dann hieß es, *brrapp.* Großes altes *Falsche-Antwort-Gesicht.*

„Wenn ich dir einen Verlobungsring kaufen würde, würdest du ihn tragen?", fragte sie, sobald sie ihren Tisch in aufrechte Position gebracht hatte. Sie hatten gerade einen winzigen Kartoffelchip-Snack gegessen, währenddessen die Fragen gnädigerweise aufgehört hatten. Er wollte die Flugbegleiterin irgendwie um einen Nachschlag bitten.

„Wir sollten wahrscheinlich unser Geld für ein Haus sparen", sagte er ganz vernünftig.

Sie schwieg. Er schaute hinüber und sah, dass sie schmollte. *Brrapp.* Falsche Antwort.

„Ja, ich würde ihn tragen", ergänzte er.

Noch immer Schmollen. Er war schrecklich bei diesen hochriskanten Fragespielen.

„Wie wäre es, wenn ich dir stattdessen einen Verlobungsring kaufe?", fragte er.

„Du solltest dein Geld für meine Cinderella-Fantasie sparen." Ihr Tonfall war flach. Er konnte nicht sagen, ob es ein Sticheln war, weil er sie dafür geneckt hatte, oder ob sie es wirklich meinte. Dieses Sarkasmusding war neu für sie, und es tauchte hier und da auf, aber nicht konsequent. Der weibliche Verstand war noch nie so unklar gewesen.

„Okay", sagte er langsam. Dann drehte er die Frage um. Sollte sie doch stattdessen hochriskante Fragen beantworten. „Bist du glücklich, verlobt zu sein?"

Sie durchbohrte ihn mit einem finsteren Blick. „Bist *du* glücklich, verlobt zu sein?"

„Ich bin glücklich, wenn du glücklich bist", antwortete er ehrlich.

Kate sah ihn finster an. *Brrapp.* Falsche Antwort. „Großartig!"

„Das war Sarkasmus, oder?"

Sie schnaubte und verdrehte die Augen.

„Hey, woher kam das denn?", fragte er. „Warum bist du plötzlich sarkastisch?"

Sie hob eine Schulter und senkte sie wieder. „Ich weiß nicht. Vielleicht ist es die Lunch-Crew. Sie sind groß in sowas."

„Die Lunch-Crew?"

„Ja, die Jungs, mit denen ich jeden Tag zu Mittag esse."

„Du isst jeden Tag mit einem Haufen Jungs zu Mittag?"

„Ja."

„Wie lange geht das schon so? Und warum hast du mir das nicht erzählt?"

Sie wickelte eine Locke blondes Haar um ihren Finger und sah nach vorne. „Seit Januar."

„Es ist jetzt März. Warum hast du mir das nicht erzählt?"

„Ich weiß nicht. Ich denke, weil du und ich so beschäftigt waren, *weißt du*, ich habe nicht daran gedacht."

Er beugte sich vor. „Nicht immer, *weißt du*? Freitagabend ist für *du weißt schon*. Sonntagabend ist für echte Gespräche." Sie hatten einen Zeitplan für ihre Fernbeziehung gemacht, auf Kates Beharren, und Freitagabend war für Telefonsex, Sonntagabend war für Gespräche.

„Ich weiß", sagte sie, „aber am Sonntag denke ich immer noch an den Freitag. Das macht Spaß." Sie drehte sich zu ihm um und grinste.

Sein Herz zog sich zusammen. Ehrlich gesagt, Kate erstaunte ihn in letzter Zeit. Sie sprach sonst nie darüber, Spaß zu haben. Er musste sie ermuntern, Spaß zu haben.

Er hob ihr Kinn und gab ihr einen kurzen Kuss. „Ich kann es auch nicht abwarten, deine neuen Freunde kennenzulernen."

„Nur wenn es kein männliches Reviermarkieren gibt."

Er schlug seine Brust wie ein Gorilla.

Sie kicherte.

Er nahm ihre Hand und verflocht seine Finger mit ihren.

„Vertraust du mir?", fragte sie.

„Ja."

Sie strahlte. *Richtige Antwort.*

„Ich bin sehr beliebt bei den Jungs jetzt, da ich vergeben bin", teilte sie ihm mit.

Er zuckte zusammen. „Was?"

Sie lachte schnaubend. „Doch, es stimmt. Nate sagt, es sei, weil der Druck jetzt weg ist, und sie müssen mich nicht mehr beeindrucken. Sie können also einfach nur sie selbst sein. Und ich sagte ihnen, dass es wunderbar sei, sie selbst zu sein, und jetzt verehren sie mich alle irgendwie."

Er zog seine Hand von ihrer frei, rieb sich seine Stirn und überlegte, warum Kate diese Sache, dass sie sie verehrten, noch nie erwähnt hatte. Er wollte nicht wie ein eifersüchtiger Freund rüberkommen, aber … er war ein eifersüchtiger Freund. „Du hast also gerne eine Gruppe von Jungs um dich, die dich anbetet?"

„Ja, das ist noch nie passiert." Sie lächelte immer weiter. Als wäre es vollkommen in Ordnung, dem Verlobten zu sagen, dass eine Gruppe von Jungs jede Mittagspause damit verbrachte, mit ihr zu flirten. Sie waren auch Physiker in den Zwanzigern. Genau ihr Typ.

Doch Moment mal. Ein Flackern der Hoffnung ging auf. Vielleicht hatte sie die Situation falsch gelesen. Das wäre nicht das erste Mal. „Und woher weißt du, dass sie dich anbeten?", fragte er.

„Nate hat es mir gesagt."

Er rammte eine Hand in sein Haar. „Was? Wann ist das passiert? Erzähl mir genau, was er gesagt hat."

„Ich dachte, du vertraust mir. Warum all die Fragen?"

„Beantworte einfach die letzte Frage."

„Vor fünf Freitagen."

„Nicht diese Frage. Erzähl mir genau, was er gesagt hat.

„Das ist keine Frage. Deine letzte Frage war, wann es geschehen ist."

„Kate", sagte Ian durch zusammengebissene Zähne.

Kate zog ihr Handy aus ihrer Handtasche und drückte darauf. „Da, siehst du, genau, was er gesagt hat."

Ein Text von Nate Patel. Sie zeigte ihm den Bildschirm. *Die Jungs verehren dich. Wir sind so froh, dass du uns zum Mittagessen begleitet hast. Denk an uns, wenn du deinen Nobelpreis bekommst.*

Oh verdammt. Er konnte zwischen den Zeilen lesen. Das waren nicht „die Jungs", die Kate verehrten. Das war Nate. Nate verehrte sie. Nate war froh, dass sie sich zum Mittagessen zu ihm gesellte.

Nate stand kurz davor, seine Konkurrenz zu treffen.

Ian war schockiert. Das erste Mal, dass er Kate und ihre Physikerkollegen auf der letztjährigen Weihnachtsfeier getroffen hatte, war sie sehr weit von ihnen entfernt gewesen. Tatsächlich hatten die meisten Physiker unbeholfen um den Partyraum herum verteilt gestanden, aber jetzt war es so, als wäre Kate die Sonne, und sie drehten sich um sie. Sie saß an einem runden Tisch in der Cafeteria, und die Männer, vier von ihnen, saßen um ihn herum und lauschten gebannt jedem Wort. Es war klar, dass sie ihre Erkenntnisse als Physikerin respektierten, da sie ihre experimentellen Erkenntnisse mit ihr teilten und ganz eifrig waren, ihre Gedanken zu hören. Doch es war mehr als das. Kate strahlte von innen, als sie nicht nur über Physik sprach, sondern auch sarkastische Bemerkungen machte, die die Männer sehr amüsant fanden.

Na, und wissen Sie was? Jungs lachen nicht so viel, es sei denn, sie stehen auf ein Mädchen. Klar, Ian hatte sie immer für schön gehalten, aber es war nichts, was einen schlagartig traf. Man musste über die große Schildpatt-Brille und den chaotischen Dutt aus blondem Haar hinausschauen und erahnen, was sich unter ihren weiten Pullovern verbarg. Aber nicht mehr. Es war nicht so, dass sie ihr Aussehen geändert hatte, überhaupt nicht, aber sie hatte ihren Fokus geändert. Anstatt ganz verkopft zu sein und sich auf ihre Arbeit zu konzentrieren, hatte sie gelernt, diesen Teil in den Pausen zu schließen und sich nach außen auf ihre männlichen Kollegen zu konzentrieren.

Die das klar zu schätzen wussten.

Da war Nate Patel, der anbetende Physiker. Ian war in seiner Männlichkeit selbstbewusst genug, um zugeben zu können, dass Nate gut aussehen konnte, mit kurzen dunkelbraunen Haaren, die vorne spitz hochstanden, dunkelbraunen Augen, glatter hellbrauner Haut und einem atemberaubenden Zahnpastalächeln. Strike one. Er kleidete sich elegant in einem strahlend weißen Button-Down-Hemd, perfekt gebügelter grauer Hose und Lederschuhen, als wäre er gerade aus dem *GQ*-Magazin herausgetreten. Strike two. Nate hatte einen leicht exotischen Akzent und eine melodische, charmante Stimme, die er mit großem Erfolg bei Kate einsetzte. Und er trug ein würziges Parfum. Strike eine Million Mal und –

Kate warf ihren Kopf zurück und lachte. „Oh, Nate, du bist so lustig."

Schnaub. Ian war auch lustig.

Da war auch noch Colt, der einen kalifornischen Surfer-Vibe mit zotteligen, schmutzig-blonden Haaren, blauen Augen und einem Kopf voller Studien zur dunklen Materie hatte. Ty, der Nate mit ähnlicher Kleidung bis hin zu den Lederschuhen zu imitieren schien. Sie hatten sogar den gleichen Haarschnitt, obwohl Tys Haare hellbraun waren und, ehrlich gesagt, er sah immer noch ein wenig schlaksig und unbeholfen aus. Und schließlich Ians Favorit, weil er im Bereich Attraktivität die geringste Bedrohung darstellte, Mike, der fettige Haare, ein fleckig gefärbtes T-Shirt und zerrissene Jeans hatte.

Als er zum ersten Mal alle in Kates Büro getroffen hatte, hatte Kate ihn vorgestellt. Sofort wusste er, dass Nate Schwierigkeiten machen würde.

„Das ist Dr. Ian Furnukle", sagte Kate, „mein Freund. Er ist Informatiker mit einem besonderen Interesse an künstlicher Intelligenz."

Er wurde mit einer Auswahl gemurmelter „nett, dich zu treffen" von den Jungs begrüßt, außer Nate, der ihm einen festen Händedruck gab.

„Dich gibt es also wirklich", sagte Nate mit breitem Lächeln. „Wir dachten allmählich, dass du ein imaginärer Freund bist."

Kate lachte. „Oh, Nate, du bringst mich noch um!"

Nate lächelte Kate mit voller Wattleistung an. „K-l-a-a-a-r, dein Freund aus Boston, den niemand je gesehen hat und von dem du keine Bilder hast. K-l-a-a-a-r –" Er machte große Augen „– er ist echt."

Kates sarkastischer Einfluss war plötzlich klar.

„Ha-ha-ha-ha!" Kate legte ihre Hände an die Hüften, ließ ihre Brüste nach vorne stoßen, schüttelte ihren Kopf und lockerte ihre Haare. Eine Haarsträhne fiel aus ihrem Dutt und rollte sich in der Nähe ihrer Wange.

Ian entging es nicht, dass Nate diesen zerzausten sexy Look bewunderte.

„Ich bin sehr real", sagte Ian.

Keine Antwort der Gruppe. Ian war unsichtbar.

Von dort ging es bergab. Ian war der unerwünschte Schatten hinter Kates Sonne.

Jetzt beendete er ein trockenes Schinken- und Käsesandwich und versuchte herauszufinden, wie er die Bedrohung seiner Freundin neutralisieren konnte, ohne wie ein eifersüchtiger Idiot rüberzukommen. Sehr feiner Grad, auf dem er sich hier bewegte.

Ein Mann mittleren Alters hielt an ihrem Tisch. „Hi, alle zusammen. Kate, schön, Sie wieder hier zu haben."

Kate richtete sich auf und schob ihre Brille hoch. „Hallo, Dr. Weintraub."

„Sie müssen nicht so formell sein. Sie können mich Gary nennen."

„Das ist Dr. Furnukle, mein Gast für die Woche", sagte Kate und wurde noch formeller. Sie musste nervös sein. „Dr. Furnukle, das ist Dr. Weintraub, der Direktor unseres Forschungsprogramms."

Ian schüttelte ihm die Hand. „Hi, ich heiße Ian. Schön, Sie kennenzulernen."

Dr. Weintraub lächelte breit. „Oh, Sie müssen der Freund sein. Kate hat Sie erwähnt, als sie im neuen Jahr wieder zur Arbeit gekommen ist, und sie ist seitdem gut gelaunt. Es war genau genommen ein Segen für ihre Forschung, also danke, dass Sie sie so glücklich machen."

Kate lächelte verkrampft.

„Ich gefalle gern", sagte Ian. „Kate und ich haben eine lange Geschichte."

„Unsere gemeinsamen Geschwister sind verheiratet", sagte Kate.

Dr. Weintraub lehnte sich nahe an Ian und sprach in einem konspirativen Ton. „Was auch immer Sie tun, weiter so. Kate steht kurz vor dem Durchbruch. Wenn wir einige Tests durchführen können, um ihre Theorie zu beweisen, könnte sie den nächsten Nobelpreis für Physik erhalten."

Ian blieb der Mund offenstehen. Ein Nobelpreis? Im Ernst? Mit Fünfundzwanzig?

„Hört, hört!", sagte Nate und klopfte mit seinem Löffel gegen sein Glas Pfirsich-Eistee.

Kate kicherte und glättete ihr Haar. „Nun, das wissen wir nicht sicher. Es gibt noch viel zu tun."

„Stimmt", sagte Dr. Weintraub. „Ich würde Ihren Stipendienantrag gern prüfen, bevor Sie ihn wegschicken. Können Sie ihn bis Mittwoch fertig haben?"

„Ja", erwiderte Kate. „Ich weiß bereits, was ich sagen möchte, es geht nur darum, alle meine Materialien zu sammeln."

Dr. Weintraub sah zufrieden aus. „Gut." Er wandte sich an Ian. „Wir versuchen, die Details ihrer Forschung geheim zu halten. Manchmal finden an zwei Orten gleichzeitig neue Entdeckungen statt, ein paralleles Entdeckungsphänomen, und wir wollen unbedingt, dass Kates Ergebnisse zuerst veröffentlicht werden."

„Natürlich", sagte Ian. Er fühlte sich wie ein Idiot. Kate hatte ihm erzählt, wie wichtig ihre Forschung war, wie viel das Genfer Stipendium für sie bedeutete, und er hatte sie nie zurückhalten wollen, aber er hatte auch keine Ahnung gehabt, dass es so eine große Sache war. Ein Nobelpreis in Physik?

Dr. Weintraub betrachtete die Gruppe. „Nun vertrödeln Sie nicht Ihre Zeit mit Plaudern. Kate muss sich wieder an die Arbeit machen. Und, Nate, ich weiß, dass sie auch Ihre Hilfe brauchen wird, also los."

„Ja, Sir", sagte Nate. „Wir sind hier fast fertig."

„Bist du an ihrer Forschung beteiligt?", fragte Ian Nate.

„Ja", sagte Nate lächelnd. „Ich hatte das Glück, dass Kate mich an ihrem Projekt teilhaben lässt. Ich beende gerade meine Doktorarbeit, und es ist eine Ehre, mit ihr zusammenzuarbeiten."

Kate strahlte. „Danke! Das ist sehr nett von dir, das zu sagen."

„Ich bin nicht nett", sagte Nate und nahm Kates ihr das Essenstablett und verschiedene Verpackungen ab. „Es ist die Wahrheit." Er hielt ihre halb volle Wasserflasche hoch. „Du willst das noch?"

„Klar." Kate nahm die Wasserflasche. Nate verließ den Tisch und kümmerte sich um Kates Müll. Kate stand auf und nahm einen Schluck. Nun, war das nicht aufmerksam und gentlemanlike? Und er musste es wohl oft tun, sonst hätte Kate nicht beiläufig ihr Wasser getrunken, als wäre es „business as usual".

„Geht Nate mit dir nach Genf?", fragte Ian.

„Wahrscheinlich", sagte Kate. „Ich darf einen wissenschaftlichen Mitarbeiter mitbringen. Eigentlich wollen viele der Jungs eine Chance auf die Arbeit am Large Hadron Collider. Aber es ist am sinnvollsten, ihn mitzunehmen, da er mit meiner Forschung vertraut ist."

Nate erschien an Kates Seite. „Sehr vertraut. Bereit, zurückzugehen?"

Kate nickte und machte sich mit den Männern im Schlepptau auf den Weg. Sie gingen auf beiden Seiten von ihr, wie die Bienen, die ihre Königin umschwärmten. Ian musste sich zwischen Kate und Nate einkeilen.

„Also hast du deinen Freunden schon die gute Nachricht erzählt?", fragte Ian.

„Was für eine gute Nachricht?", fragte Nate, lief einen Schritt vor Ian und drehte sich um, um direkt auf Kate zu schauen.

„Ian und ich sind verlobt", sagte Kate platt. Der flache Tonfall tat weh, obwohl sie ihre Begeisterung vor ihren Physikerkollegen wahrscheinlich nicht zeigen wollte.

„Wo ist dein Ring?", fragte Nate, ergriff Kates bloße Hand und hielt sie hoch. Er kniff die Augen zusammen. „Muss ein winziger Diamant sein, weil ich ihn nicht sehe."

Kate zog ihre Hand zurück. „Du weißt, ich trage keinen Schmuck. Außerdem habe ich Ian einen Antrag gemacht, also wird er derjenige sein, der einen Ring trägt."

„Du hast ihm einen Antrag gemacht?", rief Nate.

Kate lief rosa an.

„Und ich habe gern angenommen", warf Ian ein.

„Also kein Ring für dich?", fragte Nate Kate. „Das ist ätzend."

„Das ist überhaupt nicht ätzend!", rief Kate. „Ich werde ihm nach dem Probelauf einen Ring schenken."

Ian verzog das Gesicht. „Kate", hob er an.

Kates Hände flatterten durch die Luft. „Vergiss, dass ich das gesagt habe. Das war eine Sache zwischen uns beiden. Weiter." Sie marschierte schnell auf den Ausgang zu, und die Männer eilten, um mithalten zu können.

„Ein Probelauf?", fragte Nate. „Klingt, als hätte der Bräutigam kalte Füße."

„Ich habe keine kalten Füße", versicherte Ian Kate und allen anderen.

Kate blieb abrupt stehen und schaute Ian überrascht an. „Hast du nicht?"

Nate prustete voller Schadenfreude. „Das ist nicht das, was man sich von einem Bräutigam wünscht. Bum-bum-de-*doomed*!" Er machte eine große Abwärtsgeste. Ian knirschte mit den Zähnen.

Alle Jungs lachten.

Kate runzelte die Stirn und wandte sich an Nate. „Sei nett zu meinem Freund, oder du kannst dir ein anderes Forschungsprojekt suchen."

„Tut mir leid", sagte Nate, sofort zerknirscht. „Ich hab mich daneben benommen."

„Ist okay", sagte Kate.

Nate fiel vor Kate auf die Knie. „Bitte verzeihen Sie mir, zukünftige Nobelpreisträger-Physikerin!", rief er mit einer Stimme voller Unfug und Humor aus.

Die Gruppe und mehrere Tische voller Leute in der Nähe beobachteten sie mit Interesse. Ians Hände waren zu Fäusten geballt.

Kate wurde rot. „Nate, steh auf. Alles gut."

Ian schob Nate an der Schulter, und er kippte seitwärts, schaffte es aber, nicht auf seinem Hintern zu landen.

Nate sprang auf seine Füße und schubste Ian. „Willst du dich mit mir anlegen?" Und die verspielte Stimme war verschwunden.

„Nate!", rief Kate.

Ian schubste Nate. „Und ob ich das will. Schleimer."

Colt und Ty traten dazwischen. „Ganz ruhig", sagte Colt.

„Ja, ganz ruhig", sagte Ty.

„Das ist genau wie bei den Gorillas", murmelte Kate, bevor sie zur Tür ging.

Die Männer folgten ihr nach.

Ian marschierte voraus, um an ihrer Seite zu gehen. Wo er verdammt hingehörte. Loser.

8

Kate beendete ihren Stipendienantrag am Mittwoch um fünf Uhr. Etwas später als sie gehofft hatte, aber immer noch vor der Deadline. Sie hatte am Montag- und Dienstagabend spät in ihrem Büro gearbeitet und Ian versprochen, dass sie heute Abend rechtzeitig zum gemeinsamen Abendessen in ihre Wohnung zurückkehren würde. Die Bewerbung hatte sie mehr Zeit gekostet, als sie zuerst gedacht hatte, weil sie mit den Daten in Tabellen herumwirbeln musste und das Ganze mit einer Reihe von verschiedenen farbcodierten und beschrifteten Diagrammen hübsch machen musste. Normalerweise zog sie es vor, schnelle Diagramme der Daten zu erstellen und sich nur auf die statistische Analyse zu konzentrieren, nach Mustern zu suchen, um zu visualisieren, was das alles in ihrem Kopf bedeutete.

Nate ging mit ihr, um sie Dr. Weintraub zu bringen, falls er irgendwelche Fragen hatte oder noch etwas anderes von ihnen wollte. Nate würde für alle zusätzlichen Arbeiten, die nötig waren, noch länger bleiben. „Du kommst morgen immer noch zur Trivia-Nacht bei O'Donoghue?", fragte er.

„Natürlich! Wir sind ungeschlagen. Das würde ich doch nicht verpassen."

Nate lächelte, und Kate schaute schnell weg. Etwas an Nates Lächeln überraschte sie immer ein wenig. Als hätte er sich plötzlich von einem Physikkollegen in einen Hottie verwandelt. Das war nervenaufreibend.

„Vielleicht könnte dein Freund in Mikes Team sein", sagte Nate.

Normalerweise bildeten sie und Nate ein Team, Colt und Ty, und Mike sah nur zu und trank Bier. Mike war einmal zu Colt und Ty dazugestoßen, aber sie hatten sich so heftig gestritten, dass sie Mike aus ihrem Team warfen. Nate würde kein Dreierteam in Betracht ziehen. Er sagte, Kate in seinem Team zu haben, sei bereits ein unfairer Vorteil für alle anderen Teams. Er war so lustig. Mike behauptete, sich nicht um solche Trivialitäten zu kümmern, aber sie hatte bemerkt, wie genau er darauf geachtet hatte, und so hatte sie einmal versucht, einen anderen Spieler aus der Bar zu rekrutieren. Die Frau hatte Mike mit seinen fettigen Haaren und schmutzigen Kleidern nur einmal angesehen und verzichtet. Kate war früher genau wie Mike gewesen, bevor ihre stylische Schwester ihr half, mit dem Sinn für Mode ein wenig aufzuräumen. Nicht, dass sie eine Fashionista war, aber sie war Lichtjahre vor Mike.

„Das klingt nach einer exzellenten Idee", sagte Kate. „Mike braucht einen Partner, und ich bin sicher, dass Ian auch bei Trivia ziemlich gut sein wird."

„Zwischen dir und Ian ist es also ziemlich ernst?"

„Ja."

„Warum dann der Probelauf?"

„Es ist eine kluge Idee, die Ehe so wissenschaftlich zu behandeln wie den Rest meines Lebens. Es gibt eine Fülle von Literatur über Eheergebnisse und Faktoren, die zu langfristigen Verbindungen führen. Nicht nur das, ich habe eine breite Palette von Kompatibilitäts-Tests entdeckt."

Nate hielt kurz vor Dr. Weintraubs Tür an. „Weißt du, es ist vielleicht nicht angemessen, das zu sagen, aber …"

„Was?"

Er trat in ihre persönliche Raumblase, und sie atmete sein berauschend würziges Parfum ein. Sie war sehr anfällig für Parfum. Sie drückte ihr Päckchen Papiere an die Brust und machte einen vorsichtigen Schritt zurück.

Nate lehnte sich trotzdem nahe. „Ich muss mich fragen, ob, wenn du einen Probelauf und Tests brauchst, er wirklich der Richtige für dich ist."

Kate atmete durch ihren Mund, um nicht anfällig für sein Parfum zu werden. „Das wird die Wissenschaft beweisen oder widerlegen."

„Kate", sagte er sanft, „vielleicht bist du zu nahe, um es zu sehen, aber er ist nicht wie du. Nicht wie wir. Er versteht Wissenschaft nicht, lebt und atmet sie nicht wie wir."

„Differenzierung ist in einer Beziehung wichtig", antwortete sie.

Nate machte ts. „Dass sich Gegensätze anziehen, ist ein Mythos. Du willst jemanden, der wie du ist, um dich ein Leben lang zu binden."

Sie starrte ihn an, ein unangenehmes Gefühl, das durch sie wirbelte. „Was versuchst du mir da zu sagen?"

Er trat zurück und hob die Hände mit einem jungenhaften Grinsen. „Nichts."

„Das stimmt nicht. Ich habe definitiv eine Art Subtext gespürt. Du solltest wissen, ich stehe nicht auf Subtext. Sag es mir einfach."

Er lehnte sich an die Wand und legte seine Knöchel übereinander. „Beziehungen sollten einfach sein, wenn sie richtig sind. Wenn du die Wissenschaft brauchst, um zu beweisen, dass jemand der Richtige für dich ist, hast du vielleicht bereits deine Antwort."

Sie schnappte nach Luft. „Du meinst, dass Ian nicht der Richtige für mich ist?"

Er hob eine Schulter. „Die Wissenschaft wird dir diese Antwort geben. Nicht ich."

„Er ist das Richtigste in meinem Leben", blaffte sie. „Und ich mag all dein seltsames Reden nicht. Bleib bei der Physik."

Sie ging an ihm vorbei und in Dr. Weintraubs Büro. „Hier", sagte sie und schob ihm das Päckchen Papiere hin.

„Alles in Ordnung?", fragte Dr. Weintraub.

„Ja", blaffte sie.

Nate trat ins Büro. „Alles sollte in Ordnung sein. Sagen Sie mir, wenn Sie noch irgendetwas brauchen."

Dr. Weintraub sah neugierig von Kate zu Nate. Oh mein Gott, ihre Namen reimten sich. Das war ihr noch nie aufgefallen. Wie kitschig. Sie musste hier raus. Schnell.

„Kannst du bleiben, Nate?", fragte sie. „Ich habe Ian versprochen, dass ich ihn zum Abendessen treffen würde."

„Natürlich", sagte Nate und nahm Platz, während Dr. Weintraub die Unterlagen durchschaute.

„Wenn Sie noch etwas von mir brauchen, schreiben Sie mir, und ich werde sofort zurückkommen", sagte Kate.

„Ich bin mir sicher, dass das nicht notwendig sein wird", sagte Dr. Weintraub und blätterte durch die farbcodierten Grafiken. „Genießen Sie Ihr Abendessen."

Kate fuhr nach Hause, konnte es nicht abwarten, Ian wiederzusehen. Sie parkte auf dem Parkplatz hinter dem dreistöckigen Backsteingebäude, das als Graduiertenhaus mit mehreren möblierten Wohnungen diente. (Die Universität ließ auch Postdocs dort wohnen.) Sobald sie im Gebäude war, gab sie Gas, raste die Treppe hinauf und stürzte in ihre Wohnung. Ihr fiel auf, dass Ian genau so war, wie sie ihn heute Morgen verlassen hatte, faulenzte auf dem braunen Sofa und sah auf den kleinen Fernseher auf dessen Ständer im Wohnzimmer.

„Du hast kein Abendessen gekocht", platzte sie heraus. Woher war das denn gekommen?

Er setzte sich auf. „Wir gehen aus."

Sie ließ ihre Handtasche und ihren Mantel fallen, aus irgendeinem Grund verärgert. „Du hast also den ganzen Tag lang nur rumgehangen und erwartest von mir, dass ich Abendessen koche, wenn ich nach Hause komme?"

Seine Brauen schossen in die Höhe. „Ich sagte, wir gehen aus."

Sie rang ihre Hände. „Beziehungen sollten den Test der Wissenschaft bestehen. Richtig?"

Er ging zu ihr, zog ihre Hände auseinander und legte seine Arme um sie. Sie legte ihren Kopf an seine Brust und lauschte auf seinen gleichmäßigen Herzschlag.

„Er hat mich zum Zweifeln gebracht", murmelte sie.

Er löste sich von ihr und sah auf sie hinab. „Wer hat dich zum Zweifeln gebracht?"

„Nate. Er sagte, dass wir kein Experiment oder einen Probelauf brauchen sollten. Wir sollten es einfach wissen, ob es richtig ist."

Ian verkrampfte seinen Kiefer. „So sehr ich mit diesem Kerl nicht einverstanden sein möchte, aber es stimmt, dass man es einfach weiß, ob es richtig ist."

„Aber ich weiß es nicht!", schrie sie.

„Ich weiß es."

„Warum weiß ich es nicht?"

Er umarmte sie ganz fest. „Weil ich dich hab zweifeln lassen. Es tut mir leid, Kate. Ich weiß, es wird einfacher. Ich war noch nie verlobt." Er löste sich von ihr und sah ihr in die Augen. „Erinnerst du dich, dass Morgan mir dieses Ultimatum gestellt hat? Sie sagte, ich solle sie heiraten, oder sie würde gehen." Morgan war Ians letzte Freundin. Sie waren beinahe drei Jahren zusammen gewesen.

„Und du bist gegangen", flüsterte sie.

Er senkte seinen Kopf. „Vielleicht, weil es auch diesmal nicht meine Idee war, hatte ich ein gewissermaßen eingeklemmtes Gefühl, als wäre es ein weiteres Ultimatum. Ich meine, ‚nein' war keine wirklich akzeptable Antwort."

Sie zog sich aus seinen Armen, alarmiert. „Natürlich war es das! Ich möchte doch, dass du ehrlich bist. Du solltest niemals Ja sagen, wenn du Nein meinst."

Er verschränkte die Arme. „Wirklich? Ehrlich? Es wäre für dich in Ordnung gewesen, wenn ich nein gesagt hätte? Dann hätten wir einfach normal weitergemacht?"

Sie dachte darüber nach und erinnerte sich daran, wie sie in ihrem Wasserstoffkostüm gekniet hatte, das sie für die größte Überraschung, die sie sich vorstellen konnte, extra gemacht hatte. Sie wäre am Boden zerstört gewesen. Gedemütigt. Bereit, aus der Szene zu fliehen.

„Ich denke, es war eine dumme Überraschung", murmelte sie.

Er packte ihre Hand und zog sie nahe heran. „Es war eine Überraschung. Das ist alles. Nicht dumm."

„Wirst du das Experiment trotzdem noch mit mir machen? Ich habe viele Gedanken da hineingesteckt. Eine

Menge Forschung." Und trotz seiner Versicherungen musste sie schlüssig und wissenschaftlich wissen, dass die Sache funktionieren würde.

Er hob ihre Hand und küsste ihren Handrücken. Wärme breitete sich in ihr aus. „Wenn du es tun möchtest, dann tun wir es."

Ihre Kehle war eng, was es schwierig machte zu sprechen. „Und was, wenn das Ergebnis negativ ist?"

„Ich werde dich immer noch genauso lieben. Wer sonst würde die Beziehung so ernst nehmen, dass er strenge wissenschaftliche Tests entwickeln würde? Es ist überlegt, das ist es." Er nahm ihr Gesicht in seine warmen Hände. „Mit diesem brillanten Geist hast du *uns* deine wertvolle Gehirnkraft geschenkt. Das zeigt mir mehr als alles andere, wie wichtig es dir ist."

„Oh, Ian!" Sie warf ihre Arme um seinen Hals, so dankbar für die Art und Weise, wie er sie wirklich verstand. Sie hatte fast an ihnen gezweifelt. Der dumme Nate, der dumme Zweifel in ihren Kopf gesetzt hatte. „Mir liegt wirklich etwas an dir! So, so sehr! Du bist der wichtigste Mensch in meinem Leben." Sie küsste ihn. „Ich liebe dich."

Er hob sie hoch, legte sie in seine Arme, und sie kuschelte sich an seine Brust. „Ich liebe dich auch, Sweetheart."

Dann trug er sie ins Schlafzimmer und zeigte ihr, wie sehr er sie liebte.

Lange Zeit später, als sie auf ihrem Bauch lag, zu schlaff, um sich auch nur auf die Seite zu drehen, dachte Kate an ihren wissenschaftlich fundierten Testlauf. Sie wünschte sich wirklich, sie könnte einfach loslassen und sich keine Sorgen machen. Sie wusste, dass Ian sie liebte. Glaubte es von ganzem Herzen. Dennoch zweifelte sie immer noch, dass er über seine kalten Füße hinweggekommen war. Sie war sich sicher, dass er das nur gesagt hatte, um Nate zu widersprechen.

Ein Teil von ihr sorgte sich, dass Ian sie verlassen würde. Am Altar oder davor, wenn das Gefühl, in der Falle zu sitzen, zu viel für ihn wurde. Schließlich hatte er noch nie mit ihr zusammengelebt. Sie wusste, dass sie … schrullig war, und er hatte ihre Schrullen meistens verstanden, aber er musste noch nie rund um die Uhr mit ihnen leben. Es ging kein Weg dran vorbei. Sie mussten mit dem Experiment weitermachen und selbst herausfinden, ob sie wirklich das hatten, was sie brauchten, um den ganzen Weg zu gehen.

Ian erkannte vollkommen an, dass Kate eine wunderschöne, sexy, brillante Frau war. Er mochte es einfach nicht, dass all diese anderen Jungs es auch erkannten. Kate nahm ihn mit zur Trivia Night ins O'Donoghue's mit ihrer sie anbetenden Jungs-Crew. Sie saßen an einem großen Tisch, nicht zu weit von dem Ort entfernt, an dem der Quizmaster die Fragen stellte. Die Bar war in der Nähe des Campus und voller Studenten im legalen Alter und einer Handvoll Professoren. Nate ging direkt zur Bar.

Ian legte einen Arm um Kate. „Was möchtest du trinken?" Er hoffte irgendwie, dass sie Eistee sagen würde. Er war nicht heiß darauf, dass Kate Bier trank und in Anwesenheit dieser Jungs Lust bekam. Er musste sich fragen, ob sie es schon mal gewesen war, wenn er nicht als Zeuge dabei gewesen war.

Kate gestikulierte zur Bar. „Nate holt schon."

Er schaute hinüber dorthin, wo Nate anscheinend für sie bestellte.

Ian eilte an die Bar. „Hey, Nate, was holst du?"

„Zwei Bier, mein Freund", sagte Nate.

Der Barkeeper kam; Nate zahlte und gab ein ordentliches Trinkgeld, bevor er wieder zum Tisch ging. Nate war also ein großer Trinkgeldgeber. Er war Doktorand (die hatten normalerweise wenig Geld), also musste er aus reichem Hause kommen. Ein weiterer Strike gegen ihn, dachte Ian grimmig.

Ian bestellte sich selbst auch ein Bier, und als er wieder an den Tisch kam und neben Kate Platz nahm, hatten sich alle zu Paaren zusammengetan. Nate saß auf Kates anderer Seite.

„Ian, du bist mit Mike zusammen", sagte Kate.

„Kate und ich sind immer ein Team", sagte Nate selbstgefällig. „Unbesiegt." Er hob eine Faust, und Kate gab ihm einen Fauststoß.

„Eigentlich, Kate, möchte ich bei dir sein", sagte Ian. Zum Teufel mit der Subtilität. Sie brauchte eine klare Botschaft, und er war nur zu glücklich, sie zu senden.

Nate meldete sich zu Wort. „Wir dürfen unsere Serie nicht durchbrechen. Zwei weitere Levels und wir werden die Champs sein. Wir bekommen den O'Donoghue-Cup und tausend Dollar." Er zuckte mit dem Daumen dorthin, wo am Tisch des Quizmasters eine große Trophäe auf einem Ehrenplatz stand.

Tut mir leid. Es ging um viel mehr als nur um eine Trophäe und ein Preisgeld, und Ian musste sich behaupten. Er würde Kate nicht teilen, und vor allem nicht mit dem Typen, der sie offen verehrte und der ihren Kopf mit Zweifeln über Ians und Kates Beziehung füllte. Nö. Das würde nicht passieren.

„Kate", sagte Ian nur. Er wollte sich wirklich nicht wieder mit Nate anlegen, aber der Mann war ein wenig zu selbstgefällig über seinen Platz bei Kate, und Ian wollte ihn ernsthaft schlagen.

Kate schob ihre Haare hinter die Ohren. „Was?"

„Sag ihm, dass du in meinem Team sein möchtest", sagte Ian. Direkt, ehrlich, auf den Punkt gebracht. Sie würde das schätzen, wenn man bedachte, dass sie so tickte.

Kate schaute von ihm zu Nate, wie zerrissen.

„Es sollte wirklich keine so schwierige Entscheidung sein", sagte Ian.

„Die einfachste Entscheidung der Welt", sagte Nate. „Geh mit dem Gewinner." Er stieß seine Fäuste in die Luft. „Sieg!"

„Niemand will mit dem dummen alten Mike spielen", sagte Mike vom anderen Ende des Tisches. „Was auch immer."

„Tut mir leid, Mann", sagte Colt zu Mike. „Du hast dich einfach nicht mit uns verstanden. Außerdem haben Ty und ich eine Geschichte in diesem Spiel. Letztes Jahr waren wir auf dem zweiten Platz."

„Mike, sei doch bitte nicht traurig!", rief Kate. „Ich werde in deinem Team sein."

Mike grinste. „Wirklich? Großartig!"

Kate stand auf.

„Kate!", sagten Ian und Nate gleichzeitig.

„Ian wird meinen Platz im Team einnehmen", sagte sie und deutete Ian zu Nate. „Und, Jungs, macht nicht den Gorilla bei mir." Sie schnappte sich ihr Bier und ging von beiden zum anderen Ende des Tisches.

Nate schoss Ian einen finsteren Blick zu. „Ohne Kate werden wir nicht gewinnen."

„Hey, ich bin ein guter Spieler", sagte Ian. „Du könntest immer noch die große Trophäe gewinnen, um dein kleines –"

„Halt die Klappe", blaffte Nate.

„Da unten alles in Ordnung?", fragte Kate vom anderen Ende des Tisches.

„Alles großartig!", sagte Ian. „Ohne dich werden wir definitiv verlieren."

„Oh, Ian! Du bist so lustig!" Sie kicherte und trank etwas Bier.

Er grinste, lehnte sich zurück und legte die Hände hinter dem Kopf zusammen. Heute Abend würde jemand Glück haben. Und es war nicht Nate.

Kurze Zeit später begann das Trivia-Spiel. Der Quizmaster verkündete die Kategorie und dann die Frage. Sie hatten sechzig Sekunden Zeit, um eine Antwort in einer App auf ihrem Mobiltelefon einzugeben. Die App hatte den Internetzugriff vorübergehend deaktiviert, um Schummeln zu verhindern. Die erste Frage war Sport.

„Kennst du dich mit Sport aus?", fragte Nate Ian.

„Ja", sagte Ian, obwohl er nur Baseball kannte.

„Okay", sagte Nate, „Du nimmst Sport. Ich werde mich um alles andere kümmern."

„Was machst du, wenn mit Kate Sport kommt?", fragte Ian.

„Wir raten", sagte Nate.

„Mike kennt sich mit Sport aus!", rief Kate mit einem

großen Lächeln. Sie wandte sich an Mike. „Wir werden *so* gewinnen!"

Mike grinste.

„Wer erzielte die ersten Punkte in der Super Bowl Geschichte?", fragte der Quizmaster. „Sechzig Sekunden."

Nate schaute gespannt auf Ian.

„Reggie Jackson", antwortete Ian, nur um ihm eins reinzuwürgen. Das war ein ehemaliger Yankees Baseballspieler.

Nate tippte es eifrig ein. Ian verkniff sich ein Lächeln. Das könnte lustig werden.

Nächste Frage, auch Sport: Welcher Basketballspieler spielte die meisten Saisons in der NBA?

Nate schaute Ian an.

„Terry Bradshaw", antwortete Ian mit einem ernsten Gesicht. Das war ein ehemaliger Football-Quarterback.

Nate gab es pflichtergeben ein. Jedes Mal, wenn Nate ihm eine Frage stellte, gab Ian ihm die falsche Antwort. Sicher, es war kindisch, aber der Typ hatte es verdient. Und jedes Mal, wenn Nate dachte, er wüsste die Antwort, sah Ian über seine Schulter und ließ Zweifel aufkommen. „Bist du dir sicher bei der Antwort?"

„Ja, ja, ich bin sicher", sagte Nate dann.

„Hmm ...", machte Ian kryptisch.

Dann würde Nate, ganz allein, ein mögliches Szenario entwickeln, in dem es auch eine andere Antwort geben könnte. Natürlich stimmte Ian bereitwillig der geänderten falschen Antwort zu. Das war fast zu einfach. Der schwierigste Teil war es, alles mit ernstem Gesicht durchzuziehen.

Eine Stunde später rief der Quizmaster die Ergebnisse auf dem Computer auf und erklärte Kate und Mike für die Gewinner.

„Ja!", schrie Mike.

Kate hüpfte auf ihrem Sitz und grinste von einem Ohr zum anderen. „Wir haben es geschafft!"

Sie gaben sich mit der ersten Hand, dann mit der anderen und dann mit beiden ein High Five.

Nate verzog das Gesicht.

„Ach, naja", sagte Ian, „aber gutes Spiel. Jetzt muss ich meine lüsterne Frau einsammeln."

Nate schnaubte. „Ich kann es nicht fassen, dass wir so schlecht abgeschnitten haben."

Ian versuchte wirklich kräftig, nicht zu lachen. „So ist das Leben."

„Ich dachte, du kennst dich mit Sport aus", sagte Nate.

Ian beendete sein Bier und stand auf. „Ich weiß mehr als du."

Nate begann, auf seinem Handy zu tippen, und suchte wahrscheinlich nach den Antworten, nachdem er wieder eine Internetverbindung hatte. Zeit zu gehen.

Er ging zum anderen Ende des Tisches, wo Kate auf ihre direkte ehrliche Weise Mike Ratschläge zu Frauen gab.

„Du bist wirklich ein wunderbarer Partner", sagte sie gerade. „Es gibt keinen Grund, warum nicht jede Frau in dieser Bar gerne zu dir kommen würde."

Mike wurde rot und starrte auf den Tisch. „Danke, Kate", murmelte er.

„Es gibt zwei Dinge, die du tun musst, bevor du eine Partnerin für dich gewinnen kannst", sagte Kate sachlich. Mikes Kopf zuckte hoch. „Du musst deine Haare waschen."

„Ich wasche meine Haare", protestierte Mike.

Es sah wirklich nicht so aus. Die fettigen Strähnen hingen dünn und zu lang herunter.

„Dann musst du die Frequenz hochfahren", sagte Kate.

„Mehr als einmal pro Woche?", fragte Mike.

„Ja, ich würde vorschlagen, jeden zweiten Tag", sagte Kate. „Alternativ könntest du sie richtig kurz schneiden und zu alle drei Tage übergehen."

„Oh-kay", sagte Mike langsam. „Wenn du wirklich meinst, dass das hilfreich ist."

„Eine Frau gibt dir einen Frauenrat", warf Ian ein. „das ist Gold wert."

Mike nickte und schob sich die strähnigen Haare aus den Augen.

Kate fuhr fort. „Und obwohl ich den Hang zu alten

bequemen T-Shirts verstehe, einige von meinen sind sieben Jahre alt –"

„Das hier ist zehn Jahre alt", sagte Mike stolz, indem er das Shirt, das an mehreren Stellen mit Pizzasoße befleckt war, am Saum vorzog.

„Du brauchst Shirts ohne Flecken", sagte Kate. „Ich schicke dir einen Link zu einem Online-Shop, in dem du mehrere Farben zu einem sehr günstigen Preis kaufen kannst."

„Aber neue T-Shirts sind nicht so bequem", sagte Mike.

Kate neigte den Kopf. „Möchtest du gern, dass eine Frau auf dich aufmerksam wird? Ich habe Resignation und Verzweiflung in deinem Plädoyer gespürt, dass niemand jemals eine Partnerschaft mit dem alten Mike wollte."

Ian verkniff sich ein Lächeln. Kate überraschte ihn immer wieder. Sie las zwischen den Zeilen und handelte entsprechend. Vielleicht könnte er sie noch ein wenig mehr auf sie einwirken und sie hätte es wirklich raus.

Mike errötete. „Ich bin nicht verzweifelt oder so."

„Wann warst du das letzte Mal mit einer Frau zusammen?", fragte Kate. *Au! Sie packte ihn an den Eiern.* Armer Mike.

Als Mike nicht antwortete, bemühte Ian sich um einen Ausdruck, als wäre alles ganz normal. „Kein Urteil hier", sagte Ian.

„Ist schon'ne Weile her", gab Mike zu.

Kate nahm ihren Mantel und ihre Handtasche. „Okay. Nächsten Monat bei der Trivia Nacht möchte ich dich mit sauberen Haaren und einem sauberen Hemd sehen, und dann gehen wir zu einer netten Frau und laden sie ein, deine Partnerin zu sein. Ich werde für deine Geschicklichkeit und deine allgemeine Großartigkeit bürgen."

Mike grinste. „Du bist dabei."

Kate winkte der Gruppe zu. „Bye, ihr alle! Ich seh euch dann morgen."

„Bye, Kate!", riefen die Männer im Chor.

„Das nächste Mal bist du wieder in meinem Team!", rief Nate.

„Oh, Nate!" Kate lachte und schüttelte den Kopf. „Ich seh dich morgen." Sie ging zur Tür. „Er ist so lächerlich", flüsterte sie zu Ian. „Er ist besser in Trivia als ich."

Ian ließ einen Arm über ihre Schultern fallen, zog sie an sich heran und küsste ihre Wange. „Du bist erstaunlich."

Sie drehte sich mit großen Augen zu ihm um. „Warum sagst du das?"

Er hielt ihr die Tür offen. „Du hast Mike wirklich auf eine Weise geholfen, wie wahrscheinlich niemand sonst es hätte tun können. Sehr direkt und ehrlich."

Ihre Brauen zogen sich zusammen. „Ich weiß nicht, wie ich anders sein könnte."

Er ging mit ihr nach draußen und ergriff ihre Hand. „Und das ist zu Mikes Vorteil."

Sie lächelte auf zu ihm. „Das kommt allen zugute. Jeder sollte ehrlich sein."

Er fuhr mit dem Daumen über die Unterseite ihres Handgelenks. „Wie fühlst du dich nach diesem Bier?"

„Lüstern. Du bist oben, Furnukle."

Er warf seinen Kopf zurück und lachte. „Ich liebe dich, Kate."

„Ich liebe dich auch. Bist du dabei?"

Er packte sie und knabberte an ihren Hals, atmete ihren Duft nach frischer Seife und fruchtiger Grapefruit von ihrem Shampoo ein. „Für dich immer." Ihre Wange berührte seine, und er erkannte, dass sie lächelte.

Sie zog sich zurück, drehte sich um und sah ihm in die Augen. „Danke, dass du keine große Sache daraus gemacht hast, in Nates Team zu sein. Ich dachte nur, Mike wollte wirklich einmal spielen."

„Kein Problem. Das hat Spaß gemacht."

„Wirklich? Ich dachte, du magst ihn nicht."

Er hob eine Braue. „Und warum sollte ich ihn nicht mögen?"

„Ich weiß nicht. Weil er mit mir nach Genf kommt, weil er mich anbetet, weil er gesagt hat, dass du und ich keinen Probelauf brauchen sollten."

„Nein, ich glaube, er ist prima", antwortete er mit seiner besten sarkastischen Menschenskind-Stimme.

Sie kicherte und ging wieder weiter. „Ich bin gespannt auf unseren Probelauf. Hast du jemals einen Mitbewohner gehabt?"

„Lange nicht. Seit der Graduiertenschule nicht. Ich bin sicher, du wirst die beste Mitbewohnerin sein, die ich je hatte."

„Woher weißt du das?"

Er grinste. „Weil du meine erste Mitbewohnerin mit gewissen Vorzügen sein wirst."

„Sollten wir einen Zeitplan für unsere Lebensgestaltung erarbeiten?"

„Das würde dir doch gefallen, oder nicht?"

Sie nickte lebhaft.

„Vorzüge jeden Abend und jeden Morgen."

„Du glaubst nicht, dass du es leid wirst? Ich meine, das ist toll für einen Urlaub, aber hast du wirklich die Ausdauer dafür?"

Er blieb stehen und tat so, als rammte er sich ein Messer ins Herz. „Du hast mich verletzt."

„Nicht, dass du alt bist oder so."

„Ich habe die Ausdauer. Himmel, Kate, ich bin erst achtundzwanzig. Ich mache langsamer, wenn ich tot bin."

Sie schenkte ihm ein schelmisches Lächeln. „Ich sage nur, dass es ja wohl einen Grund gibt, warum es diese kleinen blauen Pillen gibt."

Er riss sie gegen sich, küsste sie lang und tief und ließ die Dinge direkt auf dem Bürgersteig erhitzen. Sie stieß ein bedürftiges Stöhnen aus, schlang ihre Arme um seinen Hals und hob einen Moment später ihr Bein, um es um sein Bein zu legen. Er liebte es, wenn sie seinen Körper bestieg. Es bedeutete, dass sie ihn ganz dringend wollte.

Er beugte sich vor, um mit leiser Stimme nahe an ihrem Ohr zu sprechen. „Lass uns gehen! Ich muss dir was beweisen."

„Ich hoffe, du schaffst eine Zehn."

„Ich schaffe immer eine Zehn." Er blieb stehen und nahm ihr schelmisches Lächeln wahr. „Du!"

Sie hörte auf zu lächeln. „Was?"

„Du hast mich mit dieser Zehn geärgert. Ich war schon immer eine Zehn. Du willst mich bloß antreiben."

Sie legte eine Hand auf die Hüfte, ganz keck. „Und was, wenn ich das getan habe?"

Er packte sie und wirbelte sie herum. Sie lachte wie verrückt und wand sich von ihm frei. „Ich kann dir nicht glauben", sagte er. „Du weißt, wie hart ich *jedes Mal* arbeite, um dem gerecht zu werden?"

Sie warf ihre Arme um ihn, stellte sich auf Zehenspitzen und flüsterte ihm ins Ohr: „Du bist die Inspiration für das Rating-System. Du warst die perfekte Zehn, vom ersten Mal an, und niemand sonst hat dich jemals erreicht."

Sein Hals verschloss sich. Er war ihr erster gewesen, und sie hatte es nach ihm nie besser gehabt. *Er* hatte die Messlatte gelegt. Das bedeutete ihm etwas. „Kate", brachte er hervor, und seine Stimme war heiser vor Emotionen.

„Komm schon", sagte sie und führte ihn zurück zu ihrer Wohnung. „Ich kann deine nächste Zehn kaum erwarten. Und keinen Durchhänger!"

Er schlug ihr auf den Hintern, und sie jauchzte. „Du wirst diese Worte bereuen."

9

Mai in Boston …

Die Tortur beginnt. Ian hatte Kate kaum dabei geholfen, ihr ganzes Gepäck in seine Einzimmerwohnung zu bringen, als sie sich auf dem Sofa im Wohnzimmer niederließ, ihren Laptop öffnete und verkündete: „Ich habe das Experiment durchgeführt und alle relevanten Datenpunkte ausgearbeitet."

Es war Sonntagnachmittag, und aus irgendeinem verrückten Grund hatte er gedacht, vielleicht würde sie ausgehen wollen. Oder, noch besser, direkt ins Bett. Nicht, dass sie sofort mit dem wissenschaftlichen Zeug loslegen würde. Sie hatten den ganzen Monat. Der Frühling in Boston war herrlich – einundzwanzig Grad mit leichter Brise, blauem Himmel und all den blühenden Bäumen in voller Blüte. Es war ein kurzer Spaziergang zum wunderschönen Boston Common von seiner Wohnung aus. Er hätte es wirklich besser wissen sollen. Aber in den letzten anderthalb Monaten, als sie wieder in ihrer Fernbeziehung gewesen waren, hatte sie das Experiment nicht einmal erwähnt. Er hatte irgendwie gehofft –

„Ich habe alles vorbereitet, was wir brauchen", fuhr Kate ernsthaft fort. Sie warf ihm einen kurzen Blick zu. „Setz dich doch bitte." Ihr Ton war formell, was bedeutete, dass sie aufgeregt war bei diesem Experiment. Sie gestikulierte in einer ruckartigen, steifen Bewegung zum anderen Ende des Sofas weg von sich.

Er ging zum Sofa und versuchte, sich neben sie zu setzen. Sie schob seinen Hintern. „Du darfst nicht zu nahe sein. Du weißt, dass du meinen Kreislauf durcheinanderbringst. Ich brauche all meine geistige Kraft."

Er drehte sich um, schob seine Hand in ihre Haare und beugte sich zu ihr vor. Ihre Augen schlossen sich, und er strich seine Lippen über ihre. „Das kann warten. Ich habe dich vermisst."

Sie lehnte sich zurück und antwortete dann auf ihre direkte Weise: „Wir werden Liebe machen, sobald wir Teil eins des Experiments abgeschlossen haben."

Allmählich bekam er ein wirklich ungutes Gefühl. „Wie viele Teile gibt es?"

„Zwölf. Bitte nimm Platz, damit wir beginnen können. Je früher wir anfangen, desto schneller können wir die Sache ins Schlafzimmer verlagern."

Er unterdrückte ein Stöhnen und setzte sich ans andere Ende des Sofas.

Sie rückte ihre Brille zurecht. „Dieser erste Teil, schätze ich, dauert eine Stunde oder mehr, wenn die Diskussionsthemen andere relevante Bereiche öffnen, die wir untersuchen sollten."

Das fühlte sich an wie dieses Spiel mit hohen Einsätzen, das sie ihm auf der Flugreise nach Chicago im März zugemutet hatte. Er hatte nicht so gut abgeschnitten. „Das müssen wir nicht tun, Kate."

Ihre Brauen zogen sich zusammen. „Müssen wir nicht?"

„Lass uns einfach improvisieren. Wir werden einen Monat zusammenleben und sehen, wie es läuft."

Sie verzog das Gesicht. „Aber ich habe so viel vorbereitet. Nicht nur die zwölfteilige experimentelle Untersuchung, sondern auch einen fünfteiligen Beziehungskompatibilitätstest, der die besten Beziehungsfragen des Internets und die häufigsten Gründe für eine Scheidung zusammenstellt."

Er unterdrückte ein Schaudern. Dann griff er hinüber und schloss den Laptop. „Frag mich einfach, was dir Sorgen bereitet."

In einer Flut von Fragen ratterte sie ihre Bedenken herunter. „Wie siehst du unsere Zukunft? Wo werden wir leben? Wessen Karriere wird Vorrang haben? Werden wir Kinder haben? Wer wird sich um sie kümmern? Wer wird den häuslichen Verpflichtungen nachgehen? Wie werden wir mit Geldentscheidungen umgehen?"

Ihm war schwindlig. „Whoa."

„Ich möchte eine Festanstellung an einer Universität. Würdest du dorthin ziehen, wo das ist?"

Er räusperte sich. „Oder alternativ –"

„Wir haben eine Fernehe."

Er bekam Kopfschmerzen. Das war ihr Streit von vor einigen Monaten. „Keine Distanz, sobald wir verheiratet sind", sagte er fest. „Wir müssen alle Optionen prüfen und einen Kompromiss finden."

„Und wenn es keinen Raum für Kompromisse gibt? Wer bekommt Priorität? Der mit dem höheren Einkommen? Ein anderes objektives bedeutendes Maß?"

Er dachte darüber nach. Wie entschied man die Jobpriorität fair? Er hatte sich noch nie damit befasst. „Wir brauchen mehr Informationen", sagte er schließlich. „Lass uns erst auf das Ergebnis deiner Bewerbung warten."

„Gut. Ich sollte es spätestens bis zum 26. Mai hören."

„Dann kommen wir darauf zurück."

Sie nickte einmal. „Dann: werden wir Kinder haben?"

Er entspannte sich ein wenig. „Ja, zwei würden funktionieren, aber keine Eile."

„Für mich ist das auch in Ordnung." Sie sah ihm mit direktem Blick in die Augen. „Und lass mich hier kurz einwerfen, dass ich mich nicht nur darauf freue, diese Kinder mit dir zu bekommen, sondern ich betrachte dich auch als idealen Vater."

Seine Brust schob sich voller Stolz vor. „Danke dir!"

Sie rückte ihre Brille zurecht. „Keine Notwendigkeit, mir zu danken, es ist einfach eine Tatsache. Du hast großartige

Gene sowohl in der körperlichen Attraktivität als auch in der Intelligenz und dazu ein angenehm lockeres Temperament."

Er fühlte sich allmählich wie ein Zuchthengst. Vielleicht wollte sie als Nächstes seine Zähne überprüfen. Er biss eine sarkastische Bemerkung zurück und machte lediglich: „Mhmm."

„Und du kommst aus einer liebevollen Familie mit einem Vater, der sowohl als Versorger als auch als Hausverwalter ein gutes Vorbild abgegeben hat."

„Ja", brachte er über den Kloß in seiner Kehle hervor. Er vermisste immer noch seinen Vater, den brillanten Maschinenbauer und liebevollen Vater mit einem spielerischen Sinn für Humor. Er war vor sechs Jahren an einem Herzinfarkt gestorben. Kate hatte seinen Dad nie getroffen, aber sie wusste von ihm aus den Geschichten seiner Familie.

„Also müssen wir uns entscheiden", sagte Kate, „wenn wir beide Tagesjobs haben, wer wird unsere Kinder hüten. Babysitter? Kindertagesstätte?"

„Ich dachte, du würdest dir freinehmen." Seine eigene Mom war zu Hause geblieben, um ihn und seine beiden älteren Brüder großzuziehen.

„Und ich dachte, du würdest dir eine Auszeit nehmen", feuerte sie zurück.

Er zuckte zusammen. Daran hatte er nicht gedacht. „Ich?"

„Warum nicht? Von uns beiden bist du der Fürsorglichere. Ich hatte dieses Vorbild in meiner Familie sicherlich nicht."

„Aber ich bin der Mann." Er kannte keinen Mann, der das tat, nicht seinen eigenen Vater, nicht seine Freunde, nicht einmal seinen älteren Bruder Barry, der seine Tochter liebte.

Kates Augen blitzten. „Du bist *der Mann* im 21. Jahrhundert."

„Autsch."

„Ja, autsch. Sollen wir zum Geld kommen?"

Er schluckte. „Schätze schon."

„Gemeinsames Konto?"

„Klar."

„Wer entscheidet, wofür was ausgegeben und wie viel gespart wird?"

„Wir beide", antwortete er zuversichtlich.

Sie öffnete den Laptop und klickte ein paar Mal. Dann drehte sie den Bildschirm zu ihm um. „Hier ist eine Tabelle, die ich erstellt habe, mit geschätzten zukünftigen Einnahmen, Timing der Kinder, Zeit für Schwangerschaften und postpartale Betreuung berücksichtigt." Sie sah ihm in die Augen. „Ich habe drei Szenarien für null, ein oder zwei Kinder erstellt. Ich glaube nicht, dass es klug ist, die Kinder zahlenmäßig den Erwachsenen überlegen sein zu lassen ..." Sie wandte sich zurück zu ihrer Tabelle und klickte. „Hier ist, was ich schätze, was wir verdienen müssen, um eine Hypothek, zwei Kinder, College-Ersparnisse und zukünftigen Ruhestand zusammenzubekommen."

Ihm war wieder schwindlig.

„Ian, geht es dir gut?"

Er sah Flecken. Plötzlich war ihm schwindlig, und er legte den Kopf zwischen die Knie.

Einen Moment später kniete Kate an seiner Seite und rieb ihm den Rücken. „Ich kann sehen, dass du nicht bereit bist für eine feste Zukunft mit mir."

Er sprach zwischen seinen Beinen. „Ich dachte, wir würden darüber reden, wer die Wäsche macht."

„Darüber werden wir diskutieren, nachdem wir unsere finanzielle Zukunft für unsere gemeinsame Lebenserwartung erarbeitet haben."

„Das ist so ernst", krächzte er.

„Das Leben ist ernst."

Er hob den Kopf, legte die Ellbogen auf seine Knie und konzentrierte sich auf die Atmung, bis das Schwindelgefühl verging. „Was, wenn wir einfach sagen: was passiert, passiert?"

„Chaos."

„Spaß."

„Ich fühle mich mit diesem Szenario nicht wohl."

Seine Lippen zuckten. „Ich werde dafür sorgen, dass du dich daran gewöhnst."

„Ian, ich bin schwanger."

Er wurde ohnmächtig.

Kate starrte auf einen bewusstlosen Ian herunter, der seitlich aufs Sofa fiel. Sie seufzte. Wenn er nur mit ihrem Experiment mitgemacht hätte, hätte sie die harten Fragen etwas gemildert. Sie ging in die Küche, füllte eine Tasse mit einer kleinen Menge kaltem Wasser, ergriff ein Papiertuch und kehrte zu Mr. Kalte Füße zurück.

Sie spritzte ihm das Wasser ins Gesicht.

Er prustete und schüttelte den Kopf. „Was ist passiert?"

Sie reichte ihm das Papiertuch zum Trocknen. „Das war ein Test. Ich bin nicht schwanger, und du bist eindeutig nicht bereit für eine dauerhafte Verpflichtung."

Er wischte sich das Gesicht mit dem Tuch ab und warf es beiseite. „Ein Test?", fragte er mit einem scharfen Unterton.

Sie trat einen Schritt zurück, aber er schnappte sie an den Hüften. „Ian!"

Er zog sie auf sich. „Ein Test? *Teste* mich nicht, Kate!" Er klopfte ihr leicht auf den Hintern, und sie jauchzte. „Lass uns dich testen, okay?"

Sie sah ihm in die warmen braunen Augen. „Bitte, nur zu."

„Aww, Kate, ich liebe dich."

„Ich liebe dich auch", sagte sie, ihr ganzer Körper füllte sich mit Wärme bei den Worten, die sie von ganzem Herzen meinte. Oder vielleicht war das Ians Körper, der sie aufheizte.

Er schob eine Strähne hinter ihr Ohr. „Lass uns einfach weiter machen, was wir tun. Ich werde diesen Monat sogar von zu Hause aus Teilzeit arbeiten, um unsere Zeit zusammen zu maximieren. Ist nicht das Zusammenleben der beste Weg, um zu sehen, ob wir kompatibel sind?"

„Ich weiß nicht. Ich befürchte, dass dein Ohnmächtigwerden ein Warnsignal ist, das ich nicht ignorieren kann."

Er verzog das Gesicht. „Ich gebe zu, dass ich *im Moment* noch nicht bereit für Kinder und eine Hypothek bin, aber das bedeutet nicht, dass ich nicht bereit bin, mich zu verloben. Einen Schritt nach dem anderen."

Sie dachte darüber nach. Vielleicht war sie zu sehr vorgeprescht. Sie genoss es, ihre Zukunft geplant zu haben, aber vielleicht brauchte Ian einen loseren Rahmen. Dennoch hatte sie sich so sehr auf ihr Experiment vorbereitet, dass sie es hasste, all diese Arbeit zu verschwenden.

„Was ist mit meiner Kalkulationstabelle über unsere finanzielle Zukunft?", fragte sie.

„Speichere sie, bis wir mehr Daten haben."

„Und meine Kompatibilitätsbefragungen?"

„Ich nehme *eine*."

Sie strahlte und küsste ihn. „Danke dir!"

Er fuhr mit seinen Händen unter ihr T-Shirt und streichelte die nackte Haut ihres Rückens. Überall, wo er sie berührte, strahlte warmes Kribbeln aus. Sie sagte sich, sie solle sich konzentrieren, bevor der Kurzschluss ihr Gehirn vollständig abschaltete.

„Können wir noch mein zwölfteiliges Experiment machen?", fragte sie drängend. Ihr BH sprang auf. Sie beeilte sich, hinzuzufügen: „Ich denke, es ist solide konstruiert und hat potenziell nützliche Ergebnisse."

„Können wir es ein wenig komprimieren?", fragte er. Seine Hände streichelten ihre Seiten nach oben, schoben ihren BH aus dem Weg, und ihr scharfer Fokus wurde mit ihrem Körper weicher.

„Wie?", keuchte sie.

„Ein Versuchsthema pro Tag?", schlug er vor und strich an den Seiten ihrer Brüste entlang. Die bebende Lust schoss blitzartig durch sie hindurch.

„Bitte", sagte sie seufzend. „Zwölf Tage in Folge. Und jetzt: beeindruck mich!"

Seine Hand rutschte den Rücken hinunter zu ihrem Hintern und umfasste sie zwischen den Beinen. Seine Finger rollten hinein und drückten durch ihre Jeans an ihrem Eingang. Eine Hitzeflut und Feuchtigkeit stürzten zwischen ihre Beine. Irgendwie traf er auch durch ihre Kleidung immer die richtigen Stellen. Kurzschluss ausgelöst, sie schmolz gegen ihn.

Seine andere Hand glitt in ihr Haar und neigte ihren Kopf nach oben. „Es ist wirklich wichtig, dass wir die experimentellen Tests im Schlafzimmer weiterführen", sagte er mit einem verschlagenen Lächeln.

„Ich bin offen für alles und jedes mit dir", sagte sie eifrig.

Sein Blick wurde heiß, seine Finger verkrampften sich in ihren Haaren, bevor sein Mund ihren für sich forderte. Ihr Gehirn schloss sich, als das schamlose Verlangen übernahm. Er küsste sie atemlos, seine Hände überall an ihr; dann setzte er sich auf, nahm sie mit und riss ihr das Oberteil über den Kopf. Ihr BH flog davon. Und dann war sie in der Luft, Ian trug sie zum Schlafzimmer für die erste von vielen brillanten experimentellen Erkundungen.

Ihr Freund war ein verdammtes Genie.

~

Seine Freundin war ein verdammtes Genie.

Er wusste das, aber er hatte nicht darüber nachgedacht, was das für ihn bedeutete, wenn er tatsächlich mit ihr lebte. Es war erst eine Woche und, zur Hölle, es war schwer mit ihr zu leben. Seine Wohnung war ein Katastrophengebiet. Nicht, dass er Mr. Ordentlich war, aber … sie hinterließ Post-its mit Gleichungen überall, er fand sogar eines auf den Eiern, und in die Butter war ein seltsames Symbol geschnitzt. Der kleine Badezimmerspiegel war regelmäßig mit Lippenstift-Gleichungen bedeckt, was es ihm unmöglich machte, einen guten Blick auf sich selbst zu bekommen, wenn er sich rasierte. Schlimmer noch, und ekliger, die Duschwand war mit seltsamen verstreuten Punkten seiner Rasiercreme bedeckt. Er durfte keines dieser Dinge berühren, wie er herausgefunden hatte, als er nach drei Tagen, in denen er auf seltsame, spitze harte Rasiercremepunkte gesehen hatte, versuchte, die Duschwand abzuspülen.

„Ian! Das war ein wichtiger randomisierter Streuungsgraph! Ich bin noch nicht ganz fertig mit der Berechnung. Ich muss es beim Duschen studieren."

„Könnten wir ein Bild davon machen, bevor es verschimmelt und ekelhaft wird?"

„Ich habe oft Durchbrüche in der Dusche. Ich brauche sie dort."

Er sagte sich, sie sei eine brillante Physikerin und manchmal hätten brillante Menschen kleine Macken. Aber am folgenden Montag schien diese kleine Masche eher wie ein pathologischer Deal-Breaker. Es war früh am Morgen, er war in Eile, wie üblich, aber heute war es besonders wichtig, weil er mehrere Bewerber für Gespräche im Labor erwartete und wie ein kompetenter Chef aussehen musste. Das Problem war, als er den Spiegelschrank über dem Waschbecken öffnete, war keine Rasiercreme mehr da. Sofort hatte er den pathologischen Gleichungsschreiber im Verdacht. (Würde es sie töten, Stift und Papier zu verwenden?)

Er fand Kate im Wohnzimmer an ihrem Laptop, bereits geduscht und angezogen.

„Wo ist meine Rasiercreme?", verlangte er zu erfahren. Er hatte sich das ganze Wochenende nicht rasiert, und jetzt war er in diesem ungepflegten Stadium zwischen Stoppeln und Vollbart. Nicht angemessen für die Arbeit.

Sie blinzelte langsam und starrte ihn unverständig an. Er hatte gelernt, dass, wenn sie in Gleichungen eingetaucht war, es ein paar Augenblicke dauerte, bis sie in die reale Welt zurückkehrte.

„Ich kann meine Rasiercreme nicht finden", sagte er. „Hast du sie?"

Sie blickte verträumt in die Ferne.

„Kate!"

Dann zuckte ihr Kopf zurück zu ihm. „Oh. Mein Lippenstift war leer."

Er marschierte zurück ins Bad, riss den Duschvorhang zurück und sah den Beweis. Sie musste die Dose geleert haben, weil sie auf alle drei Wände der Dusche von oben bis unten Symbole und Zahlen geschrieben hatte, die nur Kate verstand. Er atmete tief ein. Er durfte nicht zu spät kommen. Sein erstes Vorstellungsgespräch war um acht Uhr. Er hatte genau fünfundvierzig Minuten Zeit, um sich zu rasieren, zu duschen, sich anzuziehen und den Zug zu erwischen. Er hatte keine Zeit, in den Laden zu laufen, und wenn er sich mit Seife rasierte, hinterließ das immer eine Million winziger Schnitte. Er marschierte zurück ins Wohnzimmer, wo Kate zu den Gleichungen zurückgekehrt war, die sie faszinierten.

„Kate!"

Ihr Kopf zuckte hoch, und sie blinzelte ihn an. Ihr Blick wanderte über seine nackte Brust zu seinen Boxershorts, wo er hängenblieb. Sein verräterischer Schwanz richtete sich unfreiwillig auf. Verdammt. Dies war nicht der Zeitpunkt.

„Das ist wichtig", sagte Ian durch zusammengebissene Zähne. „Ich muss heute Bewerbungsgespräche führen."

Langsam hob sie ihren Blick und sah ihm in die Augen. „Dann solltest du dich jetzt besser fertigmachen."

„Ich muss mich rasieren, und es gibt keine Rasiercreme mehr."

Sie nahm ihren Laptop herunter. „Ich gehe ins Geschäft."

„Dafür ist keine Zeit!" Außerdem lief Kate jedes Mal, wenn sie etwas besorgen wollte, stundenlang um die Blöcke und dachte nach. Die Hälfte der Zeit vergaß sie, wofür sie das Haus verlassen hatte.

„Es tut mir leid", sagte sie. „Ich wusste nicht, dass die Dose fast leer war."

„Sie war nicht fast leer, bis du sie über drei Wände gesprüht hast!"

Sie hob einen Finger. „Einen Moment. Ich werde mein Handy fragen." Sie nahm ihr Telefon.

Ian begann, auf und ab zu gehen. „Großartig! Frag dein Handy. Sicher hat es auf *alles* eine Antwort."

Kate nickte und bemerkte seinen Sarkasmus überhaupt nicht. Sie drückte den Knopf auf ihrem Handy und sprach langsam und klar. „Was sind Alternativen zu Rasiercreme?"

Das Telefon antwortete mit einer weiblichen Roboterstimme. „Hier sind Seiten im Internet mit Alternativen zu Rasiercreme."

Ian knirschte mit den Zähnen.

Kate tippte ein paar Mal und rappelte mehrere Optionen herunter, von denen er keine hatte. „Handlotion, Mandelöl, Aprikosenöl –"

„Ich habe nichts von dem Scheiß! Vergiss es! Dann werde ich eben wie ein Faultier aussehen."

„Seife!", sagte sie triumphierend. „Du hast definitiv Seife."

„Das funktioniert aber nicht so gut!" Dann habe ich am Ende blutige Schnitte."

Sie sah wieder auf ihr Handy hinab. „Erdnussbutter."

„Ja. Ich würde gerne den ganzen Tag nach Erdnussbutter riechen." Er stieß einen Atemzug aus. „Gut, ich werde Seife verwenden. Wen kümmert es, wenn ich blutend bei der Arbeit erscheine?"

„Ich könnte dich rasieren."

„Nein, danke." Sie würde ihm wahrscheinlich ein mathematisches Symbol ins Gesicht rasieren, während sie von Gleichungen träumte. Er wäre Pi-Man.

Er schnaubte und marschierte zurück ins Bad, gab sein Bestes mit der Seife und tauchte mit fünf Toilettenpapierfetzen auf, die an seinem Hals und Kiefer klebten, um die Blutung zu stoppen. Dann duschte er schnell und zog sein bestes Business Casual Outfit an. Er kehrte ins Wohnzimmer zurück. „Wie sehe ich aus?"

Sie hob ihren Kopf von ihrem Laptop und murmelte: „Großartig. Viel Spaß."

Er war sich nicht sicher, ob sie ihn überhaupt angeschaut hätte. Oder dass sie verstand, dass Vorstellungsgespräche keinen „Spaß" machten. Sie sah nur verdammte Gleichungen. „Bye."

„Bye, Pookie!", rief sie.

Er verkrampfte den Kiefer und ging weiter zur Tür. Offenbar sagte die Eheliteratur, dass Paare mit niedlichen Spitznamen füreinander zufriedener in der Ehe waren. Er konnte nicht einmal …

„Ich werde hier sein, wenn du zurückkommst", sagte sie, was irgendwie süß war. „Es sei denn, ich gehe spazieren", fügte sie hinzu.

„Ja", sagte er lapidar und marschierte aus der Tür.

Als er nach Hause zurückkam, nachdem sich herausstellte, dass es doch kein so schlechter Tag gewesen war, traf Kate ihn an der Tür, nahm seine Hand und führte ihn zurück in Richtung Schlafzimmer. Sein Tag wurde einfach viel besser. Aber in der letzten Sekunde drehte sie ihn in Richtung Bad und drückte die Tür auf.

„Ta-dah!", rief sie. „Ich habe mich um das Problem gekümmert."

Da stand eine Pyramide aus Rasiercremedosen, die den ganzen freien Raum einnahm. Mussten mindestens hundert Dosen gewesen sein. Vermutlich würde sie ihm so schnell nicht mehr ausgehen.

Langsam schüttelte er den Kopf, verwirrt. Er wandte sich um und sah, dass sie eifrig auf seine Antwort wartete. „Du hast dich aber gründlich um das Problem gekümmert."

Sie strahlte. „Diesen Streit werden wir nie wieder haben."

Nur Kate. Das Leben mit ihr wäre nie langweilig. Das war sicher. Dann kam ihm ein Gedanke. „Was benutzt du denn bei dir zu Hause, wenn du unter der Dusche einen Einfall hast?"

„Ich habe ein wasserdichtes Notizheft und einen Stift."

„Bestell hundert von denen für hier."

„Einhundert? Das scheint mir ein wenig viel."

Er deutete auf die hundert Rasiercremedosen.

„Das sind einhundertfünf. Ich musste in sechs Geschäfte gehen." Bei seinem harten Blick ruderte sie rasch zurück. „Großartige Idee."

Er zog sie an sich und küsste sie oben auf den Kopf. „Okay, Kate. Problem gelöst."

„Eine Woche erfolgreich abgeschlossen", zwitscherte sie. „Noch drei."

„Kinderspiel", sagte er und versuchte, es wirklich zu meinen.

10

Kate saß auf dem Sofa im Wohnzimmer und tippte auf ihren Laptop, während Ian duschte. *Woche zwei des Gefangenschaftsexperiments. Männliche und weibliche Schimpansen bleiben verliebt mit häufiger gründlicher Kopulation (täglich). Weibchen hat sich an neue Umgebung angepasst und nutzt die vorhandenen Ressourcen. Männchen zeigt Anzeichen von Territorialität. Hinweis: Kann mit einem vermeintlichen Mangel an Ressourcen zusammenhängen. Frau arbeitet daran zu bestimmen, welche Ressourcen im Überfluss zur Verfügung stehen müssen. Rasiercreme ganz oben auf der Liste.*

Aufgrund der Nichteinhaltung aller Aspekte des Experiments durch den Mann war sie gezwungen, ihr komprimiertes Experiment mit detaillierten Beobachtungen zu ergänzen. Als Wissenschaftlerin war es wichtig, dass sie einen objektiven Abstand bewahrte, wie sie Ian gesagt hatte, und so beschrieb sie ihre Beobachtungen, als würde sie zwei Schimpansen beobachten, die sie noch nie zuvor getroffen hatte. Sie überlegte einen Moment, ob es noch andere Lösungen für das Territorialitätsproblem gäbe.

Sie tippte erneut. *Alternative Lösung: Schilder für ihn und sie auf als hochwertig empfundenen Artikeln.*

„Kate!"

Kate hob widerwillig ihren Blick vom Laptop und beobachtete den männlichen Schimpansen, der auf und ab ging in einer Zurschaustellung von Frustration, Spannung und möglicher Alpha-Dominanz (er war bis auf ein Handtuch um seiner Taille nackt und beeindruckend in seiner Männlichkeit — groß, breitschultrig, definierter Bizeps, dunkles invertiertes Dreieck aus Brusthaar, das zu seiner üblichen Aufwölbung führte).

„Augen nach oben!", verlangte er.

Sie blinzelte, sah ihm in die Augen und wartete auf eine klarere Botschaft. Er war frisch aus der Dusche. Das entspannte ihn normalerweise. Warum also diese feindselige Haltung? Angespannter Kiefer, die Hände an den Hüften, die Füße weit auseinander.

Sie schaute in die Ferne und dachte über dieses Rätsel nach. Die Duschwände waren jetzt sauber. Sie hatte sie letzte Nacht geschrubbt, als sie endlich auf die Gleichung gekommen war, die sie brauchte, um das Streudiagramm an ihre Theorie anzupassen. Hmm ... es gab sicherlich keinen Mangel an Ressourcen im Badezimmer. Sie war eine Frühaufsteherin und hatte vor ihrer eigenen Dusche heute Morgen alles begutachtet, was seiner Meinung nach von hohem Wert sein könnte. Klar, sie hatte keinen Lippenstift mehr, aber das sollte für ihn keine territoriale Sache sein.

„Kate!"

Ihr Blick zuckte zu ihm. „Was?"

„Warum habe ich keine einzigen engen Boxershorts?", erkundigte der männliche Schimpanse sich in feindseligem Ton. Ah! Mögliche Garderobenfehlfunktion. Sie kannte sowohl die Lösung als auch die Ursache.

Sie begann schnell, ihre Beobachtung einzutippen. Plötzlich wurde der Laptop zugeschlagen. Sie schaute auf, um das Männchen zu sähen, das mit geblähten Nüstern auf sie herabstarrte. Sie stand auf und zog es vor, das Alpha-Gehabe nicht aus dem Ruder laufen zu lassen. Mmm, er roch so gut.

Sie ging auf Zehenspitzen hoch und küsste seine glattrasierte Wange, nur um ihn einzuatmen – frische, saubere Seife, holzig mit einem Hauch von Zitrusfrüchten von seinem Parfum und einfach nur sexy Mann.

Er packte sie an den Oberarmen und schaute ihr direkt in die Augen. „Kate, was hast du mit meinen engen Boxershorts gemacht?"

„Sie sind weg."

„Weg? Weg?" Seine Stimme stieg sowohl in Tonhöhe als auch in Lautstärke bei dem wiederholten Wort. Das müsste sie später noch festhalten.

„Ja."

„Warum sind sie weg?"

„Um Platz für deine anderen Boxershorts zu schaffen. Oh! Sie sind immer noch in der Tasche im Schrank —"

„Warum hast du mich von engen Boxershorts auf weite Boxershorts umgestellt, ohne es mir zu sagen?", fragte er in einem überraschend vernünftigen Ton in Anbetracht seiner früheren Haltung. Er ließ sogar ihre Arme los und gab ihr ein wenig Raum.

Sie schürzte ihre Lippen, unsicher, welche Frage wichtiger war. Der Wechsel? Oder warum sie ihm das nicht gesagt hatte?

Er beugte sich vor und knurrte in vollem Alpha-Gehabe: „Du hast drei Sekunden, bevor alle deine Höschen weg sind. Und ich werde nichts an ihre Stelle setzen."

„Ian!"

„Ohne Unterwäsche, Kate. Das ist richtig. Eins."

„Ich kann unmöglich die ganze Zeit ohne Wäsche herumlaufen! Einige meiner Kleider könnten reiben –"

„Zwei."

„Du hast dir fast ins Höschen gemacht! Du warst so angespannt über deine Sachen. Ich weiß nicht einmal, welche Dinge du teilen willst und welche ich nicht einmal berühren soll!" *Territorialität weitet sich auf Unterwäsche aus.*

„Soll das ein Scherz sein?"

„Nein", erwiderte sie langsam. „Es war eine Metapher. Dein Höschen, ich meine, du bist das Männchen, also deine *Unterwäsche* – da hast du dir fast reingemacht. Du warst so angespannt mir gegenüber."

Seine Lippen spielten mit einem Lächeln, das sie

vorsichtig machte. „Ich bin das Männchen." Aus irgendeinem Grund konzentrierte er sich auf das Falsche.

„Du solltest jetzt feststellen, dass lockerer sein musst – wie deine Wäsche", sagte sie hilfsbereit.

Seine große Hand legte sich an ihren Nacken, und zog sie an sich. Sein Blick fiel auf ihren Mund, und ihr Puls zitterte. „Du musst das Weibchen sein."

„Das ist, ähm —" Sie schluckte, als sie den heißen Blick in seinen Augen sah „—nicht der Punkt."

Sein Kopf senkte sich tiefer, seine Worte sandten ein heißes Flüstern in ihr Ohr. „Du bist auch angespannt." Seine Hand fiel von ihrem Hals, beide Hände legten sich auf ihre Hüften.

„Wenn ich angespannt bin, dann nur, weil du – oh!"

Die Geschicklichkeit des Männchens erwies sich als beeindruckend. Er zog ihre Shorts und Höschen in einer schnellen Bewegung aus. Sie sah ihn mit offenem Mund an. Er hielt ihr lila Höschen an einem Finger. „Sag Goodbye zu dem!"

Sie griff nach ihm, aber er warf es in Richtung Foyer; dann packte er sie und senkte sie beide auf das Sofa, sie unter ihm in einem klassischen Dominanzspiel. Er glitt mit seinen Fingern in ihr Haar und hielt sie in seinem Griff, während seine andere Hand ihren Hals hinunterstreichelte. Hitze rauschte durch sie.

Seine Augen schlossen sich für einen atemlosen Moment. „Du hast mir eine gute Lektion erteilt, Kate. Jetzt kann ich dir auch eine gute Lektion erteilen."

Ihr Herz hämmerte vor Spannung. „Aber ich war nicht angespannt über meine Sachen."

Er lehnte sich nach unten und klemmte seine Zähne an die Seite ihres Halses, eine Bewegung, die ihr Körper gut von früherem animalischem Sex her kannte. Heiß und nass und pochend, ihr Atem trat zitternd hervor.

Er ließ ihren Hals los und knurrte in ihr Ohr. „Solange ich weite Boxershorts trage, wirst du nichts tragen."

„Ich kann nicht —"

Er betrachtete sie mit erhitztem Blick. „Das wirst du. Und

es macht es so viel einfacher, dich überall und wann immer ich will zu nehmen."

Sie war atemlos, überall heiß, ihre Brüste kribbelten, ihr Körper schmerzte. „Ja, nimm mich."

„Fuck, Kate, du sagst immer die richtigen Dinge." Er hob sich gerade lange genug von ihr, um sich das Handtuch abzureißen, und eroberte ihren Mund in harter Besitzübernahme.

Das Weibchen ergab sich sofort dem Vergnügen.

Ein paar Augenblicke später hob Ian sich von ihr, zog sie hoch und entfernte ihr Oberteil und ihren BH, was ihrem Gehirn Zeit gab, wieder zu arbeiten. Sie sollte ihre Schimpansen-in-Love-Beobachtungen auch über Sex machen. Das würde das Bild wirklich abrunden.

„Ich habe eine tolle Idee", kündigte sie an.

Das Männchen grunzte. Er hob sie an, um sie rittlings auf seinen Schoß zu setzen, wo er nun auf dem Sofa saß. „Sprich weiter", murmelte er, bevor er sie so anordnete, dass sie auf beiden Seiten seiner Beine auf den Knien war. Sie hing an seinen Schultern.

„Ich möchte, dass du ein Tier bist", sagte sie. „Schnell, hart und grob. So urtümlich wie ein Mann nur sein kann."

„Immer das Richtige", murmelte er, ehe sein Mund sich auf ihr Geschlecht legte und kräftig saugte. Elektrisches Vergnügen schoss durch sie. Ihr Rücken wölbte sich, und sein Arm umspannte ihre Taille und hielt sie fest. Ihre Nägel gruben sich in seine Schultern. Es fühlte sich so unglaublich gut an, eine gerade Linie der Lust zu ihrem pochenden Geschlecht. Sie wollte sich an ihm reiben, aber es war unmöglich, so wie er sie festhielt.

„Ich werde auch ein Tier sein!", keuchte sie.

Er hob seinen Kopf. „Ja, das wirst du."

Er bewegte sich zu ihrer anderen Brust und saugte hart. Sie hielt seinen Kopf an sich, die unglaubliche Lust, die sie hoch, hoch und immer höher zu dem Gipfel brachte, nach dem sie sich sehnte. Plötzlich ließ er sie los, packte ihren Hintern und stand mit ihr vorne an sich gedrückt auf, Arme und Beine um sich herum wie ein Schimpanse. Er brachte sie an die Wand, ihr nackter Rücken schlug auf die kalte Oberfläche, ein scharfer Kontrast zu der Hitze an ihrer Vorderseite.

„Hart", knurrte er, hob sie an und drückte nur ein wenig nach innen, was sie in den Wahnsinn trieb.

„Ja. Und grob und —"

Er stieß tief zu, ihr Körper füllte sich plötzlich und vollständig, der Schock und das Vergnügen waren so intensiv, dass sie keuchte. Er hob sie wieder auf halbe Höhe, und ihr Körper zitterte in Erwartung. „Lass mich hören, wie urtümlich klingt", drängte er und stieß wieder tief zu.

Sie ließ einen Urschrei aus, von dem sie nie gewusst hatte, dass er in ihr war. Er fluchte und hob sie wieder an, griff zwischen sie, um ihren süßen Fleck zu streicheln, und ließ sie um ihn schaudern. Dann konnte sie nichts anderes tun als zu keuchen, während Ian sie wie ein Tier nahm, hart und schnell und grob, ihre urtümlichen Schreie harsch, klagend, verzweifelt bedürftig. Der Druck war unerträglich. Sie brauchte ihre Erlösung; ihre Nägel kratzten an seinem Rücken hinab. „Fuck", murmelte er, bevor sein Mund auf ihren krachte und ihre Schreie schluckte, während er immer wieder in sie fuhr. Sie klammerte sich an ihn, ihr Inneres verspannte sich, als er sie mit jedem Stoß aufschob. Ihr Höhepunkt traf sie scharf und heiß und brachte Schockwellen des Vergnügens. Er hielt sie fester, seine Hände auf ihrem Hintern und stieß immer noch durch ihre Erlösung. Ihr Atem kam in kurzen Stößen, ihr Körper erregte sich wieder und baute sich zu einem weiteren Gipfel auf.

„Ich bin schon wieder nahe!", rief sie.

Er grunzte, hob ihre Hüften schräg an und stieß tief. Sie kam heftig, nahm ihn mit sich, sein Stöhnen laut und lang gegen ihren Hals.

Ein Moment verging mit nichts als dem Geräusch ihres Keuchens. Tier. So tierisch.

Er lehnte seine Stirn gegen ihre und sprach endlich. „Du überraschst mich immer wieder."

Sie merkte, wie sie lächelte. „Du befriedigst mich immer wieder."

Er lachte. „Also wirst du die Boxershorts ersetzen, die du

rausgeworfen hast? Ich vermute, du hast sie rausgeworfen. Du machst nie etwas halbherzig." Als sie kurz nickte, fuhr er fort: „Oder hast du vor, den Rest des Monats ohne Unterwäsche rumzulaufen, während ich Boxershorts wie ein alter Mann trage?"

„Sie sind nicht wie die eines alten Mannes", schnaubte sie. „Sie sind eine nützliche metaphorische Erinnerung."

Er hob eine Braue. „Ohne Unterwäsche für dich gefällt mir immer besser. Das ist eine verdammt nützliche Erinnerung."

Sie schürzte die Lippen. „Auf keinen Fall werde ich meine Unterwäsche aufgeben. Weißt du, wie schwer es ist, ein Höschen zu finden, das sowohl bequem als auch sexy ist?"

Er legte sie auf den Boden und hielt sie an den Hüften fest. Ihre Beine fühlten sich zittrig an. Wie seltsam. Sie musste sich diese animalischen Nebenwirkungen notieren.

„Kate?"

„Hm?"

„Ich sagte, du schuldest mir vierzehn Paar Boxershorts. Es sei denn, du willst den anderen Weg gehen ..."

„Vierzehn Paare", murmelte sie. Definitiv territorial, wenn es um Unterwäsche ging. *Das Männchen will genau die gleiche Menge, also kein Mangel an Ressourcen.*

Er hob ihr Kinn. „Worüber denkst du denn so angestrengt nach?"

„Ich muss an meinen Laptop."

„Warum?"

„Ich muss einige Dinge aufschreiben. Unsere Aktivitäten haben im Nachhinein eine Menge Neuronen losgefeuert."

Seine Lippen zuckten. „Okay. Tier genug für dich?"

„Es war sehr zufriedenstellend, aber vielleicht sollten wir es das nächste Mal so tun, wie es die Tiere tun."

Er brach in ein breites Lächeln aus. „Da bin ich ganz bei dir. Wie die Hunde."

„Wie die Schimpansen", korrigierte sie und schloss sofort den Mund.

Er musterte sie einen Moment, was sie dazu brachte, sich zu winden. Sie wollte ihre Schimpansen-Erkenntnisse wirklich noch nicht mit ihm teilen. Sie hatte das Experiment noch nicht beendet und musste die Daten analysieren und nach Mustern suchen. Außerdem vermutete sie, dass ihm der Vergleich nicht gefallen könnte. Er war empfindlich über die seltsamsten Dinge. Sie waren schließlich Primaten. Um ihn abzulenken, fiel sie auf den Boden, ging auf alle Viere und bot sich ihm auf eine schöne, offene Art und Weise an, wie es ein weiblicher Schimpanse tun würde.

„Verdammt", murmelte er. „Wenn ich nur könnte. Du bringst mich noch um, Kate. Heute Abend."

Sie lächelte vor sich hin, stand auf und ging zum Foyer, um nach dem lila Höschen zu suchen, das zu ihrem BH passte.

„Ah, Kate", rief Ian. „Ich habe meine Boxershorts noch nicht, oder?"

Sie schnaubte. „Du wirst sie heute Abend bekommen." Sie schnappte sich ihr Höschen, aber bevor sie es anhatte, war Ian da.

Er schnappte es weg und grinste. „Du bekommst es zurück, wenn ich meine Sachen habe."

„Du wirst nicht einmal wissen, ob ich Unterwäsche trage oder nicht, du wirst bei der Arbeit sein."

„Oh, ich werde es wissen." Er küsste sie. „Ich sollte mich besser fertigmachen." Er ging zum Schlafzimmer, ihr Höschen wirbelte um seinen Finger. *Mann.*

Sie hatte eine Schublade voller Höschen im Schlafzimmer, aber er war da drin, also wartete sie. Für den Moment würde sie ihn im Glauben lassen, er habe seinen Willen durchgesetzt. Das männliche Ego brauchte manchmal Bestätigung, hatte sie beobachtet.

Sie schlenderte zurück zum Sofa und fand ihre Kleidung. Zuerst zog sie ihre Shorts an. Eigentlich fühlte sich das ohne das Höschen gar nicht so schlimm an. Die Shorts waren aus weicher Baumwolle. Sie setzte sich, um nach ihrem BH auf dem Boden zu greifen und ooh! Diese Sache ohne Unterwäsche fühlte sich irgendwie nett an. „Mmm", machte sie.

Ian kicherte, als er ins Wohnzimmer zurückkehrte, wo er den Reißverschluss seiner schwarzen Hose über seinen neuen schwarzen metaphorischen Erinnerungs-Boxershorts zuzog.

Sein Hemd war über seinen Unterarm drapiert, und er hielt seine Socken und Schuhe in einer Hand. „Ich wollte dir beim Anziehen zusehen. Du bist gerne ohne Unterwäsche?"

Sie hob den Kopf und sah ihn an. „Mmm-hmmm."

„Warum hast du Schimpansenart gesagt?", fragte er, ließ die Schuhe und Socken fallen und zog ein schwarzes Button-Down-Shirt an. „Das habe ich nie gehört."

Sie stand abrupt auf. Ihre Brüste hüpften bei der plötzlichen Bewegung, was den unbeabsichtigten Effekt hatte, dass er seine Aufmerksamkeit dorthin lenkte. *Merke: Brüste sind eine gute männliche Ablenkung.* Er schien seine Schimpansenfrage vergessen zu haben. Das gab ihr Zeit, das Gespräch auf ein wichtiges Thema zu lenken.

„Ich habe deine Frage für heute." Sie hatte sich täglich mit einem wichtigen Thema beschäftigt, nämlich ihrer komprimierten Version des zwölfteiligen Experiments. Sie waren beim neunten Teil. Sie zeigte sich vorsichtig optimistisch über die Ergebnisse. Einige Dinge waren immer noch beunruhigend und/oder rätselhaft. Die Territorialitätssache stand ganz oben auf der Liste. Außerdem: was hatte es mit dem Glas gemischter Nüsse auf sich? Warum wurde er wütend, dass sie alle Cashews gegessen hatte? Warum mussten sie als eine zufällige Handvoll verzehrt werden? War es nicht der Sinn eines Glases mit gemischten Nüssen zu wählen, wonach einem gerade war?

Er schloss den Raum zwischen ihnen, sein Blick blieb auf ihren Brüsten. „Ja, was?"

„Was ist für dich in einer Beziehung das Wichtigste?"

„Nacktheit." Seine Augen klebten immer noch an ihren Brüsten.

Sie verschränkte die Arme. „Du sagtest, du würdest unser wissenschaftliches Experiment ernst nehmen."

Er streckte beide Hände aus und kniff ihre Brustwarzen, was einen elektrischen Rausch an Lust durch sie sandte. Sie ließ ihre Arme fallen und beobachtete, wie die Daumen und Zeigefinger seiner beiden großen Hände ihre Brustwarzen rollten und dann zupften. Ihre Knie wurden schwach, als ihr Atem sie in einem Whoosh verließ. „Bitte", flüsterte sie.

Er ließ seine Hände fallen und hielt sie einen halben Meter an den Schultern von sich. „Du bist unersättlich."

„Das ist deine Schuld", konterte sie.

Er lächelte sie schief an und holte seine Schuhe und Socken. „Zieh deine Kleidung an, wenn du eine bessere Antwort von mir haben willst. Ich kann nicht denken, wenn du nackt bist."

Sie zog schnell ihren BH und ihr Hemd an, weil sie sich wirklich Gedanken über Teil neun machen musste. „Okay, ich bin angezogen. Und jetzt sag mir, was für dich in einer Beziehung das Wichtigste ist."

Er beugte sich hinunter und band seine Schuhe fest. „Ehrlichkeit."

Sie strahlte und patschte mit bloßen Füßen auf ihn zu. „Ich bin immer ehrlich."

Er sah zu ihr auf und lächelte sie freundlich an. „Dann musst du das Wichtigste in einer Beziehung sein."

Sie blinzelte, augenblicklich fassungslos. Und dann füllte sich ihr Herz, dass es fast platzte. Als könnte sie einfach auf einer Wolke aus Liebe wegschweben. Wow.

Er stand auf, gab ihr einen schnellen Kuss, nahm seine Laptoptasche vom Foyertisch und öffnete die Tür. „Ich seh dich heute Abend, und du solltest besser ohne Unterwäsche sein", warf er über seine Schulter und ging.

Verzückung!

Sie eilte zurück zu ihrem Laptop. *Männliches Lob wiegt schwer bei Weibchen. Gegenseitigkeit ist in Ordnung.*

Vier Stunden später erschien Kate bei Ian mit einer hübschen silbernen Geschenktüte, die mit Herzen geschmückt war und sein Mittagessen enthielt. Sie hatte sein Lieblings-Hühnchen-Ranch-Sandwich von seinem Lieblingslokal in der Nachbarschaft geholt und in die Geschenktüte gesteckt, damit es eine Überraschung wäre. Auf der kurzen Zugfahrt zum MIT-Campus versuchte sie, sich die besten lobenden Worte für das auszudenken, was Ian bei der Arbeit tat. Ihr fiel *fantastisch* ein, *beeindruckend*, und *sehr nett*. Die würden gut zu jedem Niveau technologischer Raffinesse passen, die sie im Labor fand. Es half, in neuen Situationen

Worte parat zu haben; sonst verlor sie sich in Gedanken, und die Leute waren manchmal beleidigt und dachten, sie würde nicht aufpassen. Das Problem war, dass sie zu viel aufpasste, was sie tief zum Nachdenken brachte.

Sie versuchte, sich zu merken, ihm später noch mehr Boxershorts zu kaufen, da er so sehr an ihnen hing. Sie hatte einen weiteren Slip aus ihrer Schublade gezogen (Ian hatte ihr freundlicherweise zwei Schubladen für die Dauer ihres Gefangenschaftsexperiments geräumt). Sie dachte, Ian würde es nicht bemerken, wenn sie bei seiner Arbeit nicht ohne Unterwäsche auftauchen würde. Es war nicht so, als würde er sie dort begrapschen oder in ihre Shorts schauen, um das zu überprüfen.

Als sie im Labor ankam, einem freistehenden zweistöckigen Backsteingebäude am Rande des MIT-Campus, drückte sie den Summer, um eingelassen zu werden. Sie schaute durch das Glas in der oberen Türhälfte und sah eine große Frau, die vorbeiging. Kate summte wieder, und die Frau drehte sich um und kam direkt auf sie zu. Kurze glatte schwarze Haare, scharfe braune Augen, hohe Wangenknochen, schlank mit großen Brüsten. Kate schluckte kräftig, schockiert, verletzt und wütend auf einmal. Sie hatte keine Ahnung, dass *sie* hier arbeitete. Aber es gab keine Zeit für einen Ausraster, denn die schöne Frau war fast an der Tür.

Kate machte sich auf den Effekt gefasst.

Die Frau zog die Tür auf, ihre braunen Augen waren direkt. „Kate, ich hatte mich schon gefragt, wann du hier auftauchst."

Kate stand von Angesicht zu Angesicht Ians Freundin gegenüber, mit der er drei Jahre lang zusammen gewesen war. Ex-Freundin. Die Frau, die ihm ein Ultimatum gestellt hatte und dafür verlassen worden war. Dieselbe Frau, die Ian keine Zeit mit Kate als Freundin hatte verbringen lassen, weil sie wusste, dass Ian und Kate eine Geschichte hatten.

Kate richtete sich zu ihren ganzen einsachtundfünfzig auf, da die andere Frau hoch über sie aufragte. „Hallo, Morgan. Ich bin mir nicht sicher, ob Ian dich darüber informiert hat, aber wir sind jetzt verlobt und wollen heiraten."

Verdammt. Sie redete immer zu förmlich, wenn sie nervös war.

Morgan starrte sie einen langen Moment an. „Ich bin informiert worden." Ihre Lippen verzogen sich zu einem Lächeln, das ihre Augen nicht erreichte. „Du siehst schockiert aus, mich zu sehen. Ha! Ich kann es kaum erwarten, dass Ian sich da rausredet."

Sie drehte sich um und machte sich auf den Weg dorthin, wo Kate annahm, dass Ian dort arbeitete. Kate folgte, ihr Herz raste, ihr Geist durcheinander mit all den Anspielungen. Wie lange hatte Morgan schon mit Ian gearbeitet? War das der Grund, weswegen er den Job übernommen hatte? War sie sein Boss oder umgekehrt? Und außerdem: was zum Teufel!

Was zur Hölle! War das Ehrlichkeit? Die wichtigste Sache in einer Beziehung? Morgan war zurück in seinem Leben? Wie lange ging das schon so?

„Schau, wen ich gefunden habe", sang Morgan und steckte den Kopf in ein Glasbüro. Sie riss Kate nach vorn und in die Mitte. „Deine *Freundin* Kate."

Ian erschrak dort, wo er an seinem Schreibtisch saß. Sein Blick schoss von Morgan zu Kate und zurück zu Morgan.

Kate war so wütend, so außer sich, dass sie nicht einmal wusste, wo sie anfangen sollte.

„Geh wieder an die Arbeit, Morgan", sagte Ian.

Morgan stand einfach da und grinste. „Sie sah ziemlich überrascht aus, mich zu sehen. Schätze, du hast ihr nicht gesagt, dass du mein Chef bist. Wie du mich besonders als neue Mitarbeiterin ausgesucht hast. Was das alles bedeutet."

Kate fiel die Kinnlade herunter. Die Geschenktüte schlug auf den Boden, fiel aus ihrer schlaffen Hand.

„Hör auf", blaffte Ian Morgan an. „Raus aus meinem Büro."

Ian wandte sich ihr zu. „Kate —"

„Bonobo!", brüllte Kate, wirbelte herum und stampfte davon. Ein Bonobo war ein Affe, der Sex benutzte, um zu bekommen, was er wollte. Sie hatte gedacht, er sei ein netter Alpha-Schimpanse, aber nei-i-i-in, jetzt war alles klar.

Ian war ein Bonobo mit einem großen B.

11

„Kate, warte!" Ian rannte hinter Kate her. Er wusste, dass dies schlecht aussah, aber er konnte es erklären. Morgan hatte Scheiße geredet. Sie war immer eifersüchtig auf Kate gewesen. Hatte ihn immer der Lüge beschuldigt, wenn er sagte, sie seien nur Freunde. „Mach mal langsamer!", rief er, weil Kate praktisch lief.

Sie schaute über ihre Schulter und schrie: „Nein!" Dann drehte sie sich um und lief gegen Shawn Vogel, der mindestens zweihundert Pfund mehr als sie drauf hatte, und prallte ab. Ihre Arme ruderten in der Luft, aber Shawn packte sie und hielt sie aufrecht.

Shawn, mit seinen kurzen dunkelbraunen Haaren und seinem ordentlich getrimmten Bart war der Liebling der Frauen im KI-Labor. Ein seltenes Exemplar – der Körper eines Linebackers, der scharfe Geist eines Ingenieurs. Er lächelte zu ihr hinab. „Hey, Süße, woher dieses Feuer?"

Kate starrte ihn mit großen Augen an. „Wer sind Sie?"

„Shawn Vogel. Ich arbeite als Ingenieur an den fahrerlosen Autos."

„Kate", hauchte sie.

„Ich habe sie", sagte Ian und zog Kate aus Shawns kräftigen Händen.

Kate riss sich von Ian weg. „Lass mich in Ruhe."

„Da hast du dir ja einen kleinen Hitzkopf geangelt", sagte Shawn. „Weißt du, was du mit all dem Feuer tun kannst?"

„Kümmer dich um deinen eigenen Kram", blaffte Ian.

Shawn zwinkerte Kate zu. „Denn ich wüsste es schon."

Kate kicherte und glättete ihr Haar. „Vielen Dank, Shawn Vogel. Wenn Sie mich entschuldigen, ich muss wirklich gehen."

Sie drehte sich um, um zu gehen, und Ian ergriff ihre Hand, bevor sie ihm entkommen konnte. „Ich möchte unter vier Augen mit dir reden", sagte er.

Kate verzog das Gesicht und murmelte: „Dummer Bonobo."

Shawn grinste. „Später."

Ian hob sein Kinn in Shawns Richtung und wandte sich zu Kate zurück. Sie sah ihn finster an. Zumindest schaute sie Shawn nicht nach. „Lass uns nach draußen gehen, um zu reden."

Sie ging mit ihm und murmelte die ganze Zeit über Gegenseitigkeit und den vollständigen Zusammenbruch des Primatenkommunikationssystems, was keinen Sinn ergab, aber er dachte, er solle sie es einfach loswerden lassen.

Als sie nach draußen kamen, nahm er ihre beiden Hände für ihr Gespräch, damit sie nicht wegkommen konnte. „Morgan hat nur versucht, dich eifersüchtig zu machen, weil sie immer eifersüchtig auf dich war."

„Warum ist sie hier?"

„Sie hat einen Vertrag, um an dem Weltraumprojekt zu arbeiten."

„Du bist also ihr Boss?"

„In gewisser Weise. Sie muss mich und Dr. Wilson über ihre Fortschritte auf dem Laufenden halten, aber sie ist eine Auftragnehmerin, also ist ihr Chef immer noch ihr Chef aus dem Unternehmen, in dem sie arbeitet."

Sie riss ihre Hände frei. „M-hmm. Und wo ist diese ganz wichtige *Ehrlichkeit* in unserer Beziehung, wie?"

„Ich habe über nichts gelogen."

„Du hast mir nicht gesagt, dass deine schöne Ex-Freundin mit dir zusammenarbeitet!", schrie sie, so laut sie konnte.

„Dummer Bonobo! Dumm! Dumm! Dumm!" Sie ging hin und her und schob dann einen Finger in seine Richtung. „Das kommt in meinen Bericht."

Irgendwie fehlte ihm hier eine wirklich wichtige Information, aber er war sich nicht sicher, was es war. „Warum nennst du mich ständig Bonobo? Was ist das?"

Sie starrte ihn finster an und sprach durch ihre Zähne. „Ein Bonobo ist ein Affe, der Sex benutzt, um zu bekommen, was er will. Ich hab immer gedacht, du bist wie ein netter Alpha-Schimpanse, aber du bist eindeutig die Bonobo-Sorte eines Affen."

Er kratzte sich am Kopf. „Okay, Affen?"

„Ja!"

Er ließ das eine durchgehen. „Ich verwende Sex nicht als Währung."

„Du benutzt Sex, um zu bekommen, was du willst, und um Kommunikation zu vermeiden, was der Grundstein einer soliden Beziehung ist!"

Er schaute sich um und hoffte, dass ihre Worte nicht zu jemandem ins Labor drangen. Er senkte seine Stimme, in der Hoffnung, dass sie auch ihre senken würde. „Ich brauche keinen Sex zu benutzen, um das zu bekommen, was ich von dir will. Ich bekomme, was ich will, nur wenn ich mit dir zusammen bin."

Sie verschränkte die Arme. „Wie lange ist sie schon hier?" Wenigstens war ihre Lautstärke wieder normal.

„Hat heute erst angefangen."

„Warum hat sie es dann so klingen lassen, als wäre sie schon eine Weile hier? Sie sagte und ich zitiere: ‚Kate, ich habe mich schon gefragt, wann du hier auftauchst', als wäre sie schon lange hier."

Er zog sie in seine Arme, und sie legte ihre Arme zwar nicht um ihn, aber sie zog auch nicht weg. „Ich habe dir gesagt, dass sie dich ärgern will. Sie hat mich immer beschuldigt, ich habe mehr als die Art von Gefühlen für dich, die Freunde haben. Und du weißt, sie hatte guten Grund, eifersüchtig zu sein, weil es so war. Du hattest immer mein Herz, egal wie weit wir auseinander waren oder wie viele Menschen zwischen uns waren."

Sie lehnte ihren Kopf an seine Brust. Er blieb ruhig, wissend, dass sie gerne seinem Herzschlag zuhörte und dass es sie beruhigte. Sie sah zu ihm auf, ihre blauen Augen sahen direkt durch ihre Brille. „Warum hast du mir nicht gesagt, dass sie hier arbeiten würde?"

„Ich wollte es dir erzählen, sobald sie anfing."

„Warum warten?"

„Ich weiß nicht. Ich schätze, ich dachte, es gab nichts zu bereden, bis es geschah."

„Als Referenz für die Zukunft: ich würde gerne wissen, was passiert, sobald es passiert."

„Okay, ist notiert. Siehst du, das ist eine gute Kommunikation. Kein Sex beteiligt."

Sie verzog das Gesicht. „Also hat sie heute erst angefangen, und du hast ihr gesagt, dass wir verlobt sind."

„Ja."

„Hat sie gefragt, ob du mit jemandem zusammen bist, oder hast du ihr einfach so diese Information geliefert?"

Er dachte kurz nach. Morgan hatte ihn in den Pausenraum gedrängt, wo er sich Kaffee holen wollte, und gesagt, sie habe ihn vermisst. Er hatte ihr sofort gesagt, dass er verlobt sei. Wie viel sollte er Kate sagen? Er wollte ihr nicht unnötig Angst machen. Er richtete seine Augen auf Kates direkten Blick und entschied sich, wie Kate zu sein – ehrlich bis ins letzte Detail. Er erzählte ihr genau, was geschehen war, Wort für Wort.

Kate schluckte und sah über ihre Schulter. „Sie ist sehr hübsch. Und intelligent."

Er umfasste ihr Kinn und drehte sie zu sich zurück. „Du auch."

„Ian, du bist voreingenommen, weil ich mit dir schlafe. Ich bin nicht so hübsch. Morgan sieht aus wie ein Model —"

Er schob seine Hand in ihre Haare und sah ihr in die Augen. „Du bist die schönste sexy Frau, die ich je kennengelernt habe. Ehrlich."

Sie schob schmollend ihre Unterlippe vor. „Aber ich bin nicht groß und dünn."

„Du bist zierlich und kurvig. Glaub mir, das funktioniert für einen Kerl."

„Meine Haare sind immer unordentlich. Ihre haben einen eleganten, schicken Schnitt."

Er streichelte ihr Haar und bewunderte die Schattierungen von Gold und den Glanz. Es war wie üblich in einem chaotischen Halbknoten, nur er konnte es locker und fließend im Bett sehen. Das gefiel ihm. „Jungs mögen lange Haare. Vertrau mir auch dabei. Ich liebe es, dein Haarband herauszuziehen und meine Finger hindurchzustreichen."

„Ich bin ein Nerd."

Er sah in ihre Augen und grinste. „Ich auch."

Sie lachte schnaubend.

Er zog sie an sich und küsste sie. „Ich liebe dich. Und nichts, was du sagen kannst, wird mich von etwas anderem überzeugen."

Ihre Augen begannen zu glänzen. „Ich liebe dich auch."

„Komm, du willst sehen, woran wir arbeiten?" Er verflocht seine Finger mit ihren und zog sie zurück zur Tür.

„Wie lange wird Morgan hier arbeiten?"

„Der Vertrag gilt für ein Jahr."

„Großartig!"

Ian ging vor ihr her, strich seinen Ausweis über den Sensor und öffnete die Tür. „Was hat dich heute hierhergeführt?"

„Gegenseitigkeit", erwiderte sie.

Er gesellte sich im Flur zu ihr. „Weil ich dein Labor besucht habe?"

„Nein, weil du etwas Süßes darüber sagtest, dass ich in einer Beziehung wichtig sei, also wollte ich etwas Schönes machen. Ich habe dir Mittagessen gebracht."

Er verkrampfte sich. „Du hast, äh, gekocht?"

Sie schlug ihm auf den Arm. „Du kannst dich entspannen. Du wirst keine Lebensmittelvergiftung bekommen. Ich habe dir was geholt. Dein Lieblings-Hühnchen-Ranch-Sandwich."

„Aww, danke." Er ging den Flur hinunter. „Weißt du, wer ein gutes Paar abgeben würde?"

„Wer?"

„Morgan und Nate."

„Nate ist viel zu nett für sie."

„Nicht wirklich."

„Ian! Er ist einer der nettesten Typen, die ich kenne. Morgan ist eine Aufrührerin und *nicht* die gute Art!"

„Nun, diese Aufrührerin wird viel Zeit mit deinem Verlobten verbringen", sagte Morgan und tauchte hinter ihnen auf.

Kate drehte sich um. „Du bist eine Lügnerin! Halt mich zurück, Ian." Sie zog ihre Ellbogen für ihn zurück, und er hielt Kate gehorsam. Nicht, dass sie eine Chance gegen die viel größere Morgan gehabt hätte. „Ich werde ihr wie ein Gorilla den Arsch versohlen!"

„Dumme Schlampe", murmelte Morgan, strich an ihnen vorbei und ging auf die Treppe zu.

„Morgan", blaffte Ian, „entschuldige dich bei Kate, sonst wirst du mit Dr. Wilson über deine Zukunft hier sprechen."

Morgan hielt auf halbem Weg die Treppe hinunter an und drehte sich um. „Entschuldige", murmelte sie.

„Deine Entschuldigung wird in der Art und Weise akzeptiert, in der sie gegeben wurde", sagte Kate. „Halbherzig und ohne jegliche Aufrichtigkeit."

Kate drehte sich in die entgegengesetzte Richtung von Morgan, und Ian folgte. Gott, er liebte diese Frau.

∼

Kate besichtigte das Labor, beeindruckt von der Arbeit, die sie dort verrichteten. Sie war nicht glücklich über Morgans Anstellung, aber Ian war eindeutig nicht gut auf die Frau zu sprechen, nachdem sie sie so genannt hatte, also war es eben so. Natürlich hatte Kate sie als Aufrührerin bezeichnet, aber das war hinter ihrem Rücken gewesen, also sollte es wirklich nicht zählen.

Sie besichtigte den ersten Stock, wo viele Doktoranden

unter Ians Aufsicht an einer Vielzahl von sozialen Robotern arbeiteten. Es gab Roboter von unterschiedlichem Aussehen, einige niedlich, andere wie lustige struppige Aliens, einige mehr wie Menschen (aber ohne Haare) für so abwechslungs-reiche Anwendungen wie das Unterrichten von Fremdspra-chen, Kameradschaft für todkranke Kinder, und der, der sie wirklich ansprach, war der Vertrauens-Roboter. Er wurde als Vermittler verwendet, sodass Kinder, die sich möglicherweise nicht wohl dabei fühlten, sich einem Therapeuten gegenüber zu öffnen, sich dem Roboter anvertrauen konnten, der mit Fragen programmiert war, während der Therapeut nur in der Nähe war. Kate hätte einen solchen Vertrauens-Roboter gebrauchen können, um sich ihm als Kind anzuvertrauen. Nicht, dass sie viele dunkle Geheimnisse hatte. Sie hatte einfach nur einen Freund gewollt, mit dem sie während der langen einsamen Nachmittage sprechen konnte, bevor ihre Eltern nach Hause kamen. Im ersten Stock gab es Büros und Computerstationen sowie einen offenen Bereich, in dem robo-tische Haustiere aus projizierten Lichtern, digitale Malerei, geschaffen von tanzenden Füßen, und einige mobile spre-chende Roboter getestet wurden.

Ian hielt an der Treppe, die in die untere Ebene führte. „Hier arbeitet Morgan. Bist du dir sicher, dass du sie sehen möchtest?"

„Natürlich. Wenn sie hier arbeiten wird, bin ich sicher, dass ich sie regelmäßig sehen werde." Kate hatte nicht vor, sich durch Morgans Anwesenheit hier davon abhalten zu lassen, die gesamte Anlage zu besuchen. Außerdem wollte sie Morgan zeigen, dass Kate und Ian eine vereinte Schimpan-senfront waren. Egal, dass die beiden Schimpansen das Expe-riment noch nicht erfolgreich abgeschlossen hatten und Probleme hatten.

„Das musst du nicht", sagte Ian.

„Bitte, Ian, hör auf, mich zu verhätscheln. Ich komme schon damit klar."

„In Ordnung."

Sie folgte ihm bis zu einem großen offenen Raum. Die Hälfte des Platzes war für ein Auto vorgesehen, an dem

Shawn, der riesige Typ, mit dem sie vorhin zusammenge-stoßen war, mit ein paar anderen Jungs zusammenarbeitete. In der anderen Hälfte war ein gedrungener Metallhaufen mit mehreren ausgestreckten Armen, von denen sie annahm, dass sie für das Weltraumprogramm bestimmt war, weil die verlo-gene Schlampe dort mit drei anderen Leuten arbeitete.

Sie ging zuerst zu Morgan, um Ian zu zeigen, dass es für die reife Frau, die er heiraten wollte, überhaupt kein Problem war.

„Hi, Leute", sagte Ian. „Das ist meine Verlobte, Kate. Ich zeige ihr nur alles."

Die beiden Männer und eine Frau, die mit Morgan zusam-menarbeiteten, sagten Hi. Morgan schenkte ihr ein kleines Lächeln, das geradezu abschreckend war.

„Da treffen wir uns ja schon wieder", sagte Morgan. Und sie hätte auch *ua-ha-ha* hinzufügen können, solch ein böser Vibe ging von ihr aus.

Ian erklärte, dass es sich hierbei um den bislang am weitesten entwickelten Roboter im Weltraumprogramm handelte, der auf Weltraumspaziergängen den Platz eines Menschen einnehmen sollte. Er wies auf die verschiedenen Funktionen hin, während Kate versuchte zuzuhören und Morgans Begutachtung ihrer Kleidung nicht zu bemerken. Kate trug ein schlichtes T-Shirt aus purpurfarbener Baum-wolle und schwarze Shorts aus Baumwolle. Sie hatte nicht zweimal über ihr Outfit nachgedacht und hatte auch Morgans nicht bemerkt, aber jetzt bemerkte sie es. Morgan trug einen Blazer in Marineblau über einem weißen Seidenhemd mit einer blassrosa Rose und eine enge, marineblaue Hose, die an den Knöcheln schmal zulief. Sie trug goldene Metallic-Absätze. Kein Wunder, dass die Frau Kate in ihren Sneakers überragte.

Morgan ging zu einem Laptop in der Ecke des Raumes, und Kate stieß einen erleichterten Atemzug aus.

„Komm, Kate", sagte Ian und zog sie zum Auto.

„Da ist sie ja!", rief Shawn. „Bereit, sie auszuchecken? Hüpf rein."

Kate lief rot an. Shawn öffnete die Beifahrertür für sie und deutete an, dass sie einsteigen solle. Sie rutschte hinein, und er stieg auf der Fahrerseite ein. Ian schaute durch das Fenster auf ihrer Seite hinein.

„Das ist also Ike", sagte Shawn und zeigte auf ein kleines Robotergesicht auf dem Armaturenbrett mit einem Mobiltelefon, das an die Basisstation angeschlossen war. „Er ist sowohl am Telefon als auch am Auto angeschlossen. Er kann navigieren, die Fahrzeugsysteme und deine Nachrichten überprüfen." Er grinste. „Ich arbeite auch an einigen Gesprächsfähigkeiten. Ein entspannter Fahrer ist ein guter Fahrer."

„Ich dachte, das wäre ein fahrerloses Auto", sagte Kate.

„Das hier kann so oder so fahren. Man kann ihn so programmieren, dass er das Fahren übernimmt, oder man kann ihn als Fahrer-Assistent verwenden."

„Cool!", rief sie.

„Wie funktioniert die Verkehrsumgehung?", fragte Ian.

„Ja, ich wollte, dass du dir das ansiehst." Shawn stieg aus dem Wagen. Kate sah sich noch ein wenig im Auto um, es sah größtenteils aus wie ein normales Auto, und dann stieg sie auch aus. Ian war über einen Computer gebeugt und schaute sich etwas mit Shawn an.

Kate wanderte auf die andere Seite des Raumes und dachte über die Bedeutung von Ians Arbeit nach – nützliche Anwendungen, die das Leben der Menschen verbessern könnten. War das wichtiger als das Universum zu verstehen? Ihre Arbeit hatte keine unmittelbaren lebensverändernden Auswirkungen. Was war eine objektive Methode zur Bestimmung des Karrierevorrangs? Ging es angesichts zweier gleich wichtiger Arbeitsplätze in zwei sehr unterschiedlichen Bereichen wirklich nur noch um das Geld?

„Was ist dein Geheimnis?", fragte die Stimme einer Frau.

Kate zuckte zusammen und wirbelte herum, um Morgan zu sehen, die hinter ihr stand. „Geheimnis?"

Morgan warf einen Blick zu Ian, dessen Rücken ihnen zugewandt war, und zurück zu ihr. „Wie hast du ihn dazu gebracht, sich festzulegen? Wie lange seid ihr zusammen?

Anderthalb Jahre? Seit Ian und ich uns getrennt haben, wette ich."

„Fünf Monate", korrigierte Kate automatisch. Sie konnte Ungenauigkeiten nicht leiden bei Zahlen.

Morgan hob eine Braue. „Ich bin überrascht, dass er überhaupt gewartet hat. Also fünf Monate, und ihr seid verlobt. Ich war *drei Jahre* mit ihm zusammen, und in dem Moment, in dem ich die Ehe erwähne, verlässt er mich. Also, was ist dein Geheimnis?" Ihr Blick fiel auf Kates flachen Bauch. Als wäre eine Schwangerschaft der einzige Grund, warum Ian sie heiraten würde!

Kate hob ihr Kinn. „Nun, ich habe ihm kein Ultimatum gestellt."

Morgans Lippen verzogen sich. „Er hat also einfach von selbst einen Antrag gemacht?"

„Ich habe ihn gefragt, und er hat ja gesagt."

Morgan lachte schallend. „Du hast ihn gefragt?" Sie senkte ihre Stimme. „Idiot. Er wollte nicht nein sagen. Ich wette, er druckst herum und stottert und versucht, da rauszukommen. Hat er dir gesagt, dass er kalte Füße hat?"

Kate presste die Lippen fest aufeinander. Ian war immer noch über einen Computerbildschirm gebeugt. Sie würde nicht weglaufen. Sie würde für sich einstehen. „Das geht dich nichts an."

„Oh mein Gott, er hat es getan! Und weißt du was? Das ist Schritt eins. Schritt zwei ist zur Tür hinaus." Sie machte mit den Fingern eine Gehbewegung in der Luft.

„Du irrst dich", sagte Kate fest. Obwohl sie ein kleines Nagen der Sorge spürte.

„Es sei denn, er hat nicht die Eier dazu. Dann lässt er dich einfach am Altar sitzen."

Kates Magen zog sich zusammen. Die Vorstellung, ihre märchenhafte Traumhochzeit zu planen, nur um in ihrem schönen, bauschigen Kleid und ihrer Tiara sitzengelassen zu werden, war entsetzlich.

„Ich muss jetzt gehen", erwiderte Kate steif und ging auf Ian zu.

„Viel Glück!", rief Morgan. „Ich beneide dich sicher nicht."

Sie kam an Ians Seite, fast vibrierend vor Spannung. Sie wusste, dass Morgan eifersüchtig war, wusste, dass sie eine Lügnerin war, aber sie war erschüttert. Ian hatte kalte Füße. Ihr Experiment war überhaupt nicht schlüssig. Oh Gott. Was wäre, wenn er sie am Altar sitzenlassen würde? Wie konnte sie sich seiner sicher sein?

„Hey", sagte Ian und wandte sich an sie. „Bin hier fast fertig."

„Keine Eile", sagte sie. Sie konnte spüren, wie ihr formeller Ton wieder übernahm, aber sie war zu aufgebracht, um sich dagegen zu wehren. „Ich gehe jetzt. Vielen Dank für den informativen Rundgang durch die Anlage. Genieß dein Hühnchen-Ranchsandwich in der dekorativen Geschenktüte."

Ians Kopf schwenkte zurück zu ihr. „Was ist los?"

„Nichts ist los. Ich bin lange genug hier eingedrungen, und ich habe eigene Arbeit, um die ich mich kümmern muss." Sie küsste seine Wange, damit er sicher wusste, dass sie wirklich damit umgehen konnte, seine Ex-Freundin gesehen zu haben, und eine reife, ausgeglichene Partnerin war. „Ich seh dich dann heute Abend."

Sie drehte sich um, um zu gehen, und er schnappte sie um die Taille und zog sie zurück. „Warte. Fünf Minuten, und ich werde mit dir zu Mittag essen."

Sie versuchte, sich zu entfernen, und er schnappte sich den elastischen Bund an der Rückseite ihrer Shorts. „Ich habe keinen Hunger", sagte sie in einer so würdevollen Stimme, wie sie sie nur aufbringen konnte, angesichts der Lücke zwischen seiner Hand und ihrem freiliegenden Rücken, die jedem einen Blick auf ihr lila Höschen gab. Sie näherte sich ihm einen Schritt, in der Hoffnung, die Lücke zu schließen. „Aber vielen Dank für die freundliche Einladung."

Sie versuchte, sich seitlich aus seinem Griff zu drehen, und Ians Arm legte sich um ihre Taille und zog sie vor sich. Sie drückte an seinem Arm, und er festigte seinen Halt. Ihre Wangen brannten, als Shawn über den Austausch lächelte. Sie starrte auf den Bildschirm, der Ians Aufmerksamkeit hatte, und tat so, als ob dies alles völlig normal wäre. Aber sie sah nichts. Codezeilen, die vor ihren wässrigen Augen verschwammen. Ians Stimme rumpelte ein paar Minuten lang auf ihrem Rücken, während sie sich sagte, dass Morgan sie nur ärgern wollte und sie sie nicht in ihren Kopf lassen dürfe. Aber die harte Wahrheit war, dass Ian kalte Füße hatte. Und das war genug, um es glaubwürdig zu machen, dass er zu jedem Zeitpunkt, sogar im letzten möglichen Moment, einen Rückzieher machte, und wenn sie ehrlich zu sich selbst war, dann war das der ganze Grund, warum sie überhaupt ein Experiment gemacht hatte.

Und sie machten es schrecklich! Jedes Mal, wenn eine Meinungsverschiedenheit aufkam, benutzte Ian ihren Kurzschluss, um ihr den Mund zu schließen. Sie hatten zu viel Sex in der Zeit, in der sie gute Kommunikationssysteme hätten aufbauen und das häusliche Leben verhandeln sollen. Sie hatten überhaupt noch nicht über etwas Wichtiges gesprochen! Sie lebten von bestelltem Essen, die Wäsche häufte sich, und obwohl Kate auf keinen Fall Miss ORDENTLICH war, war seine Wohnung ein Katastrophengebiet! Es lagen immer Barthaare im Waschbecken, Zahnpastaflecken auf dem Waschtisch, er trank sehr unhygienisch direkt aus der Milchtüte, und die Hälfte seiner schmutzigen Socken lag auf dem Boden *neben* dem Korb, weil er sie aus irgendeinem seltsamen Grund wie ein Basketballspieler aus der Ferne warf. Und wenn er nicht traf, blieben sie da. Total schmutziges, ekliges Katastrophengebiet, und sie weigerte sich, ihm hinterherzuräumen, nur weil sie das Weibchen war.

Ians Griff lockerte sich, und seine Stimme rumpelte in ihrem Ohr, was trotz ihrer Aufregung heiße, prickelnde Vibrationen durch sie sendete. „In Ordnung", sagte er ganz sexy. „Lass uns zu Mittag essen."

Das war das Problem mit Ian. Die ganze Zeit über, wenn sie wichtige Probleme zu lösen hatten, brachte er Sex in alles hinein. Sie zog ihn von der Gruppe und sagte so leise wie möglich: „Sex löst nicht alles!"

Ian neigte seinen Kopf. „Ich habe das Gefühl, dass du reden willst." Er zog sie rasch zur Treppe.

Sie ging steif. „Ja, es gibt einige Dinge, über die wir reden müssen."

„Kann es bis heute Abend warten?"

„Ja, natürlich", antwortete sie herzlich, weil sie eine reife, ausgeglichene Partnerin war. „Genieß dein Hühnchen-Ranchsandwich in der dekorativen Geschenktüte. Ich sehe dich dann heute Abend im Wohnzimmer, wo wir uns unterhalten werden."

Sie zog ihre Hand frei, eilte die Treppe hinauf und sah zu, dass sie wegkam. Durch den Flur, durch die Eingangstür. Sie wollte nicht, dass Ian sah, wie sehr Morgan sie getroffen hatte. Sie war sich schwach bewusst, dass Morgan sie wahrscheinlich auf der Flucht sah, aber ihr Fluchtbedürfnis übertrumpfte alles. Bis heute Abend würde sie sich genug für ein rationales Gespräch beruhigt haben. Vielleicht würde sie eine Liste von Themen erstellen, die sie ansprechen mussten. Kommunikation stand ganz oben an der Spitze der Liste.

Sie erreichte die Tür, packte den Griff und flog rückwärts gegen eine harte männliche Brust.

„Nicht so schnell, Dr. Lewis", knurrte Ian, seine Arme legten sich um ihre Brust und drückten ihre Arme an die Seiten.

Ians formeller Ton verriet ihr zwei Dinge: Er war wütend, und er hatte es auf sie abgesehen.

Dennoch versuchte sie, sich loszureißen und wand sich in seinem Griff, bevor sie schließlich aufgab. Er war größer und stärker, also musste sie ihren Verstand einsetzen. Ihr eigener Ton würde ihm alles erzählen, was er wissen musste. „Dr. Furnukle, das ist weder die Zeit noch der Ort. Bitte lassen Sie los, und wir werden heute Abend unser wichtiges Gespräch führen."

„Sprich."

„Nicht hier", sagte sie zwischen zusammengebissenen Zähnen.

„Ich werde dich gehen lassen, um die Tür zu öffnen, aber wenn du mir abhaust, werde ich dich fangen, dich über meine Schulter werfen, und wir werden dieses Gespräch draußen auf dem MIT-Campus führen, wo jeder meine Affenfreundin auf dem Kopf hängen sehen kann, um zu reden. Du wirst der Affe sein, Kate. Nicht ich."

„Ian!"

„Und meine Hand wird die ganze Zeit über auf deinem Hintern sein."

„Ian!" Verdammt. Er törnte sie an. „Hör auf, ein Bonobo zu sein."

„Provozier mich nicht, Kate. Ich schwöre, ich mache es."

„Okay, okay."

Er ließ sie los und öffnete die Tür. Sie schoss davon.

12

Kate lief wie ein verrücktes Eichhörnchen, jagte nach links und rechts und hoffte, ihn auszumanövrieren, auch wenn sie ihm nicht entkommen konnte. Sie war in einer verrückten mentalen Verfassung zwischen Erheiterung von der Verfolgungsjagd und der reinen Scham wegen ihrer Unfähigkeit, mit seiner Ex umzugehen. Seine Beine waren viel länger, was ihm einen unfairen Vorteil gab. Sie lief diagonal über den Campus; glücklicherweise kannte sie den Ort von ihrem Studium. Allmählich war sie außer Atem, schaute über ihre Schulter, sah, dass er fast bei ihr war und stolperte über eine Baumwurzel. Sie stolperte; dann fiel sie und hätte fast den Boden geküsst, als er sie ergriff und sie hochzog. Er legte seine Hände um ihre Taille und zog sie zurück gegen seine Brust. Sie konnte an der Art und Weise, wie seine Brust sich gegen sie erhob, feststellen, dass auch er außer Atem war.

„Ernsthaft", schnaubte er. „So willst du das spielen?"

Sie entschied, dass das Unerwartete ihre beste Strategie war, um die Demütigung eines Gesprächs auf dem Kopf mit seiner Hand auf ihrem Hintern zu vermeiden. „Ja. Ich genieße sehr deine Hand auf meinem Hintern, also möchte ich, dass du mich über deine Schulter wirfst, deine Hand so weit wie möglich auf meinem Hintern spreizt, ihn vielleicht auch ein bisschen schlägst, wenn du schon dabei bist, und mit mir über unsere Probleme sprichst."

Seine Brust zitterte vor Lachen. „Himmel, Kate, du bringst mich um." Er beugte sich hinab und küsste ihre Schläfe. „Warum bist du so traurig?", fragte er vorsichtig. „Hat Morgan was zu dir gesagt?"

Sie schluckte. „Nichts, was ich nicht schon wusste."

Er drehte sie in seinen Armen um. „Und das wäre?"

„Dass kalte Füße dazu führen, dass man verlassen wird."

„Und wie funktioniert das genau?"

Sie sprach zu seiner Brust. „Du weißt schon."

„Ich weiß nicht. Ich habe nie gesagt, dass ich dich verlassen würde. Vielleicht ist es das, was Morgan will, aber es ist nicht das, was ich will."

„Wir machen es nicht so gut." Sie wies auf das Offensichtliche hin. Manchmal übersah das Männchen diese offensichtlichen Hinweise.

„Wie das?"

„Wir sind erst am 9. Tag und unsere Kommunikation ist ätzend, wir haben viel zu viel Sex, den du benutzt, um mich zum Schweigen zu bringen, leugne es nicht!" Sie erwärmte sich für das Thema. „Keiner von uns hat im häuslichen Leben eine Aufgabe übernommen. Niemand hat gekocht, die Wäsche häuft sich, und deine Wohnung ist ein Katastrophengebiet!"

Er stemmte die Hände in die Hüfte. „Du bist diejenige, die die Wohnung zu einem Katastrophengebiet gemacht hat! Rasiercreme an den Wänden!"

„Barthaare im Waschbecken!"

„Lippenstift über dem ganzen Spiegel!"

„Zahnpastaflecken auf dem Waschtisch!"

Er stieß ihr einen Finger entgegen. „Gleichungen überall! Sogar auf dem Essen." Er verengte die Augen. „Ich habe ein Sigma in die Butter geschnitzt entdeckt."

„Das war eine abgeleitete Funktion!" Sie verzog das Gesicht. „Du trinkst aus der Tüte."

„Zumindest kaufe ich Lebensmittel. Du wanderst einfach

durch die Stadt, vergisst, was du holen solltest, und kommst nach Hause."

„Das heißt Denken, du Affe!"

„Was hat es mit dem ganzen Affenkram auf sich?"

„Nichts."

Langsam schüttelte er den Kopf, dann packte er sie.

„Ah!", schrie sie, als er sie über seine Schulter warf und seine Hand mit einem Schlag auf ihrem Hintern landete. „Ian!" Das Blut schoss in ihren Kopf. Die Leute begannen zu starren.

Sie schlug ihm mehrere Male auf den Hintern. Er ignorierte sie.

„Jetzt bist du der Affe", sagte er. „Sag mir, warum du von Affen besessen bist, mein kleiner Bonobo."

„Ich mag einfach Tiere."

Seine Finger breiteten sich weit auf ihrem Hintern aus. „Falsche Antwort."

Verdammt. Diese öffentliche Antörn-Sache war nicht so, wie sie sich ihr gemeinsames Mittagessen heute vorgestellt hatte. „Dein Hühnchen-Ranchsandwich sollte wahrscheinlich gekühlt werden."

„Ba-diddy-dum", sang er zu dem Rhythmus, den er mit seiner Handfläche auf ihrem Po spielte.

„Ian", stöhnte sie.

„Oh, was ist das denn? Mein kleiner Bonobo ist angetörnt? Großartig! Lass uns über unsere Probleme reden."

Sie klemmte ihren Mund zu.

Er spielte einen geheimnisvollen Rhythmus auf ihrem Hintern, während er ging und sie hinter einem Gebäude zu einem Parkplatz brachte. Er ließ sie nicht herunter. Stattdessen sprach er beiläufig, seine Hand immer noch fest auf ihrem Hintern und hielt sie wie einen Sack Reis. Ehrlich gesagt, wenn sie gewusst hätte, dass es so war, wenn man sich verlobte, war sie sich nicht so sicher, ob sie sich dafür angemeldet hätte. Ian passte sich einfach nicht so an, wie er es sollte. Er sollte die Rolle eines hingebungsvollen, liebestrunkenen Verlobten spielen. Keinen wütenden Schimpansen mit Pseudo-Bonobo-Tönen. Das alles würde so in ihren Bericht kommen.

„Kate!"

„Hm?"

„Hast du ein Wort von dem gehört, was ich gesagt habe?"

„Ja."

„Wiederhole es."

„Du möchtest dich aufrichtig für das Mit-dem-Kopf-nach-unten-und-Hand-auf-meinem-Hintern-Gespräch entschuldigen, und außerdem wirst du dein Bestes tun, kein Faultier zu sein, wirst lernen, für uns beide zu kochen, wirst zu einem Therapeuten gehen, um bessere Kommunikationssysteme einzurichten, Und wirst Morgan feuern, damit ich sie nie wieder sehen muss." Alle Paare in der Eheliteratur hatten Therapeuten mit sehr positiven Ergebnissen.

„Ba-dum-bum", sagte er und spielte einen komischen Trommelwirbel auf ihrem Hintern. „Der war gut, Kate. Was habe ich wirklich gesagt?"

„Du schätzt all meine Macken und verstehst, dass Gleichungen überall und zu jeder Zeit passieren und das Teil meines Prozesses ist."

Er stellte sie wieder auf die Füße und schaute sie für einen langen Moment an. Sie war still und wartete darauf, dass sich das Blut wieder in ihrem Körper niederließ. Leider war sie immer noch angetörnt. Doch da konnte man eben nichts machen. Ian hatte einen tierischen Reiz, auf den ihr Körper reagierte, ob ihr Gehirn an Bord war oder nicht.

„Kate, es ist nicht einfach, mit dir zu leben", sagte er schließlich.

Sie verzog das Gesicht. „Mit dir auch nicht."

„Aber ich schätze deine Macken." Er umfasste ihren Kiefer, seine Finger waren warm an ihrer Wange. „Ich habe mich in dich verliebt, weil du einzigartig bist. Du faszinierst mich, erregst mich, überraschst mich. Ich will immer wissen, woran du gerade denkst. Ich will immer mit dir reden und dich berühren und, ja, dich ficken. Viel."

Ihre Kehle wurde eng, ihre Augen heiß. „Ian", sagte sie leise, „wir müssen noch —"

„Wir werden alles tun, was wir tun müssen. Das war's, Kate. Das Experiment ist vorbei. Ich bin ganz dabei."

„Aber –"

Seine andere Hand umfasste ihren Kiefer und umrahmte ihr Gesicht mit seinen Händen. „Die Probefahrt ist vorbei. Die Liebe gewinnt." Er blickte ihr tief in die Augen. „Wir beide gewinnen."

Sie war sprachlos. Sie konnte nicht glauben, dass er diesen Vertrauenssprung wagte ohne irgendwelche Daten, um ihn zu sichern. Sie hatte ihm nicht einmal mitgeteilt, was sie herausgefunden hatte. Sie hatten noch drei Themen, die sie durchgehen mussten.

Seine Lippen trafen auf ihre, warm und zart, und ihr Gehirn machte dicht. Sie schmolz gegen ihn, Erleichterung überflutete sie. Seine Arme legten sich um ihre Taille, und seine Lippen drückten sich gegen ihr Haar, als er sie in eine lange Umarmung zog. Sie legte ihre Arme um seine Taille und drückte ihn fest.

Ein paar Augenblicke später löste er sich von ihr und sah ihr in die Augen. „Ist jetzt alles gut?"

Sie nickte, zu erstickt, um irgendetwas anderes zu bewältigen.

Er nahm ihre Hand und ging in Richtung seines Büros.

Endlich fand sie ihre Stimme wieder. „Es tut mir leid, dass ich dich Bonobo genannt habe."

„Dito."

„Kann ich dir meine experimentellen Ergebnisse noch mitteilen?"

„Ich würde sie gerne hören."

„Sie sind in einem tierischen Rahmen, aber wir sind Primaten, weißt du."

Er blieb abrupt stehen, und sie sah den Moment, als das Verständnis dämmerte. „Zwei verliebte Schimpansen, die wir nicht kennen. Das meintest du! Du hast uns wie zwei Schimpansen beobachtet."

Sie strahlte, so froh, dass er sie wirklich verstand.

„Du weißt, dass ich der Alpha-Schimpanse bin", sagte er und setzte ihren Gang fort.

„Das ist nicht immer eine gute Sache", murmelte sie.

„Uu-uu-uu-ah-ah!" Ians Schimpansen-Imitation war ziemlich gut. Kate errötete, als sich Köpfe drehten. Dann packte er sie um die Taille und hob sie an und trug sie an seiner Vorderseite. Sie legte ihre Arme und Beine um ihn wie ein Schimpanse. „Da ist ja mein kleiner Affe", sagte er mit rauer Stimme in ihr Ohr.

„Da ist mein riesiger Affe!", erwiderte sie.

„Verdammt richtig."

Sie vergrub ihr Gesicht an seinem Hals und atmete ihn ein. Die Liebe hatte gewonnen. Zum ersten Mal seit ihrer Ankunft in Boston entspannte sich ihr ganzer Körper. Und gerade rechtzeitig. Es gab eine Reihe von Hochzeitplanungsdingen, die sehr bald bevorstanden. Sie hatte gehofft, dass die Dinge zwischen ihnen gut genug laufen würden, um sie tatsächlich zu verfolgen. Morgen hatte sie einen Mädelstag in Clover Park (die Idee ihrer Schwester), um mit ihrer Schwester, Mom und Schwiegermutter ein Hochzeitskleid zu suchen. Ian wusste nur, dass es ein Mädelstag war, nicht den Zweck des Ausflugs, und er wusste immer noch nichts über die Party.

Sie hob den Kopf. „Amber hat unsere Verlobungsfeier für Samstag arrangiert, bevor ich nach Chicago zurückkehre."

Er blieb abrupt stehen. „In zwei Wochen?"

„Ja."

„Seit wann ist das geplant?"

„Seit März?"

„Ist das eine Frage?"

„Nein?"

Er seufzte und murmelte: „Immer eine Überraschung."

„Ich wollte es nicht erwähnen und unserem Gefangenheitsexperiment Voreingenommenheit oder unangemessenen Druck hinzufügen. Auch der Zweck des Mädelstages ist es, ein Hochzeitskleid zu finden."

„Ah", sagte er, und dann viel lauter, „Gefangenschaft!" Seine Schultern zitterten, und sie merkte, dass er lachte. „Affen! Ist es das, woran du die ganze Zeit an deinem Laptop gearbeitet hast? Daten und Affenbeobachtungen?"

„Natürlich nicht. Ich bin eine ernsthafte Physikerin. Ich habe wichtige Arbeit zu erledigen."

„Ich möchte heute Abend sehen, was du über uns hast."

„Ich werde einen Bericht vorbereiten".

„Mach das, Kate. Ich würde ihn wirklich gern lesen."

Sie umarmte ihn fest mit ihren Armen und Beinen und wusste, dass sie ihn zufrieden gestellt hatte.

Ian war nicht zufrieden. Er war nach der Arbeit nach Hause zurückgekehrt, um einen zehnseitigen Bericht zu finden, der auf ihn wartete, mit detaillierten Beobachtungen über ihn und Lösungsvorschlägen für *seine* Probleme. Territorialität? Alpha-Gehabe? Als wertvoll *empfundene* Dinge? Vielleicht brauchte er Rasiercreme und Unterwäsche! Fetisch für gemischte Nüsse? Tiertrieb? Nun, das war nicht schlecht. Moment, was war das? Feindseliger Ton und Haltung? So sah Kate ihn?

„Feindselig?", bellte er. „Ich bin nicht feindselig!"

Sie rückte ihre Brille zurecht. „Dies sind lediglich Beobachtungen von Ereignissen aus dem wirklichen Leben."

Er überflog den Bericht und suchte nach irgendetwas Schmeichelhaftem. Nichts an *ihm*. Aber alles am Weibchen war sehr schmeichelhaft. Weibchen passt sich an die Umwelt an. Weibchen nutzt Ressourcen gut. Völlig voreingenommen!

Er drehte sich zu Kate, die neben ihm auf dem Sofa saß und ganz überlegen aussah. „Dieser Bericht ist fehlerhaft. In der Tat ist dein ganzes Experiment fehlerhaft."

„Was? Das ist unmöglich! Ich habe sehr darauf geachtet, einen objektiven Abstand zu zwei verliebten Schimpansen einzuhalten, die ich nie getroffen habe."

„Warum sehe ich dann aus wie ein knurrender Affe, und du siehst aus wie ein gut angepasster, vollkommen harmonischer Schimpanse?"

Sie schob ihre Haare hinter die Ohren. „Dies sind lediglich Beobachtungen von Ereignissen aus dem wirklichen Leben."

„Ich bin nicht feindselig!"

„Vielleicht wäre ein Video-Feedback nützlich."

Er knirschte mit den Zähnen. „Ich bin auch nicht territorial. In der Tat glaube ich nicht, dass man einen viel lockereren Kerl als mich finden könnte."

Sie schnaubte.

„Du hast all meine Rasiercreme verbraucht", sagte er.

„Die ich ersetzt habe."

„Du hast meine engen Boxershorts rausgeworfen."

„Die ich durch eine Alternative ersetzt habe."

„Du hast alle Cashews gegessen."

Sie seufzte und verdrehte die Augen. „Genau davon rede ich ja! Ich glaube, es ist dein wahrgenommener Mangel an Ressourcen, der dieses Territorialitätsproblem verursacht. Wenn du nur eine Liste von dem erstellen könntest, was du als wertvoll erachtest, könnte ich diese Artikel bevorratet haben und –"

„Jeder Typ wäre wütend, der mit dir zusammenleben würde!"

Sie blinzelte, und ihre Lippen drückten sich in eine flache Linie. „Vielleicht hast du recht. Ich habe noch nie mit einem Mann zusammengelebt. Vielleicht bin ich für solch ein Arrangement schlecht geeignet." Sie legte verkrampft ihre Hände in ihrem Schoß ineinander und starrte sie an.

Jetzt fühlte er sich wie ein Arsch. Er legte einen Arm um ihre Schultern und zog sie an sich. „Du bist nicht schlecht geeignet oder was auch immer. Wir bekommen das schon hin.

Sie sah zu ihm auf. „Vielleicht könnte uns ein Paartherapeut beim Aufbau effektiver Kommunikationssysteme helfen. Das findet man in der ganzen Literatur."

„Wir brauchen das nicht. Wir kommunizieren gut."

Sie richtete sich auf. „Vielleicht ist es gut, dass wir morgen ein wenig Zeit voneinander getrennt verbringen." Sie nahm ihre Brille ab und reinigte sie eifrig mit dem Saum ihres T-Shirts. „Es wird uns sowohl eine Perspektive als auch eine Chance geben, uns hinreichend zu beruhigen, um ein rationales Gespräch führen zu können."

Er wusste nicht, was er dazu sagen sollte. Sie hatte wahrscheinlich recht, aber er hatte das Gefühl, dass, wenn er zustimmte, dass ein Zeitabstand gut sein würde, sie es falsch auffassen könnte. Also sagte er nichts.

Kate setzte ihre Brille wieder auf. „Vielleicht werde ich auch in Clover Park übernachten."

Sie nahm morgens sein Auto, um hinzufahren. Er konnte entweder mit ihr fahren und warten, während sie all ihren Mädelskram machte, oder er konnte sie gehen lassen, und vielleicht brachte ihre Schwester sie dazu, in ihrer voreingenommenen Sicht auf ihr Gefangenschaftsexperiment Vernunft anzunehmen. Er entschied schnell, dass das Beste war, mit dem, was sie sagte, einverstanden zu sein.

„Klar, wenn es das ist, was du möchtest," sagte er. „Ich werde etwas Papierkram nachholen. Viel Spaß."

Sie stand abrupt auf. „Ich muss meine Schwester anrufen."

Er ließ sie gehen. Wahrscheinlich wollte sie die Details für das Wochenende festmachen. Kate mochte eine geplante Agenda.

Er ließ sich auf dem Sofa nieder, legte seine Füße auf den Couchtisch und zog sein Handy heraus, um ein paar Spiele zu spielen. *Gefangenschaftsexperiment.* Er schüttelte den Kopf.

Kate ging ins Schlafzimmer und schloss die Tür. Ein paar Augenblicke später schnappte er Ausschnitte von Kates Seite des Gesprächs auf. „Komplette Pause ... pauschal ... verweigert Paartherapie ... will sich nicht anpassen."

Er setzte sich gerade auf, seine Füße schlugen auf den Boden. Sich anpassen! Wenn jemand in dieser Beziehung lernen musste, sich anzupassen, dann war es Kate. Sie musste sich verdammt nochmal viel besser anpassen, bevor sie etwas darüber sagen konnte, wie er sich ihr anpasste! Er tolerierte schon eine Menge!

Sie wurde eine Weile still, also musste sie zuhören. Er hoffte, dass Amber ihr den Kopf zurechtrückte. Dann hörte er sie sagen: „Das wäre eine lange Liste."

Er ging zur Tür und klopfte dagegen. Er war überrascht, als sie aufschwang. Er dachte, er müsste sie überzeugen, sie zu öffnen.

„Oh, gut", sagte Kate ins Telefon, „aber ich habe dir schon

alles gesagt." Sie seufzte. „Hier." Sie reichte ihm den Hörer. Großartig! Jetzt würde ihn seine Schwägerin zusammenstauchen.

Er schnappte sich das Telefon und bellte: „Meine Verlobte sollte diejenige sein, die mit mir spricht!"

„Hey, jetzt", sagte Barry. „Lass es uns eine Kerbe runterfahren."

Kate schob sich an ihm vorbei und kehrte ins Wohnzimmer zurück. Sie zog ihren Laptop heraus und begann zu tippen, weil sie wahrscheinlich noch mehr Feindseligkeit beobachtet hatte.

„Warum mischst du dich ein?", fragte Ian.

„Amber liebt euch, Mann. Sie möchte, dass ihr glücklich seid. Kate hat ihr über einen schwierigen Punkt in unserer Beziehung geholfen. Das bedeutete ihr eine Menge."

„Also hat dich Amber dazu gebracht?"

„Sie dachte, ein Mann-zu-Mann-Gespräch würde helfen."

„Du stehst so unter dem Pantoffel."

„Und bin glücklich darüber."

Ian rieb sich eine Hand über das Gesicht. Er wollte das *nicht* zu einer ganzen Familiensache machen.

„Sie hat das Gefühl, dass du feindselig bist", sagte Barry.

„Ich bin nicht —"

„Du bist laut. Frauen nehmen sich das zu Herzen."

Er musterte Kate, die ernst aussah und wie verrückt tippte. Er hatte sie nie für so sensibel gehalten, aber vielleicht war sie es unter ihrem ernsthaften wissenschaftlichen Äußeren. Und er hatte seine Brust wie ein Gorilla geschlagen.

Barry fuhr fort. „Komm am Samstag runter. Das ist eine Anordnung, keine Bitte."

„Oder was?"

„Oder Amber tritt dir in den Arsch."

Ian lachte, obwohl seine kleine Schwägerin hart war, wenn sie es sein musste. „In diesem Fall sollte ich mein Kung Fu besser auffrischen."

Barry schmunzelte.

„Uns geht es gut", sagte Ian, „aber danke."

„Hör zu", sagte Barry, seine Stimme senkte sich, „du hast

mir mit Amber geholfen, erinnerst du dich? Du hast mir gesagt, dass ich die Hawaiihemden wegschmeißen soll. Du hast mich ermutigt, zu meinen schauspielerischen Wurzeln zurückzukehren, um einen dringend benötigten Selbstvertrauensschub zu bekommen. Es hat Amber geholfen, mich in einem neuen Licht zu sehen. Jetzt möchte ich den Gefallen erwidern. Ich bin auf deiner Seite."

Er stieß einen Atem aus. „Sie will ein Mädelswochenende haben, das ist es also, was sie bekommen wird."

„Sie will dich."

„Sie sagte — ach, vergiss es. Ich möchte nicht mit dir darüber reden. Ich weiß, du meinst es gut, aber nein. Ich muss jetzt los." Er wollte schon auflegen, hörte aber noch den letzten aufdringlichen Zug seines Bruders.

„Sie ist es wert!", rief Barry.

Ian verdrehte die Augen und legte auf. Im Ernst. Nur weil Barry glücklich verheiratet war, glücklich unter der Fuchtel, glücklich alles, bedeutete das nicht, dass Ian ihn als Vermittler wollte. Ihm und Kate würde es gut gehen. Sie sagte, sie wolle ein Wochenende weg für die Perspektive, sodass er ihr geben würde, was sie wollte.

Er drehte sich um und blickte auf Kate – seine einzigartige, nervtötende, sexy Verlobte. Dann ging er zu ihr, gab ihr das Handy zurück und setzte sich neben sie auf das Sofa.

Schnell schloss sie den Laptop und stellte ihn auf den Couchtisch. Er war sich sicher, dass sie an weiteren Beobachtungen über sein feindseliges Schimpansen-Gehabe gearbeitet hatte.

Er ergriff ihre Hand. „Tut mir leid wegen meines feindseligen Tons."

„Ich verzeihe dir."

„Schreibst du gerade noch mehr über mich?"

„Barry hat vorgeschlagen, dass ich einen Fehlerbericht über unsere Beziehung erstelle. Du weißt schon, eine Liste der Fehler, damit wir sie systematisch abarbeiten können. Ich sagte ihm, dass es eine lange Liste sein würde."

Er unterdrückte ein Stöhnen. Klassische Softwareentwicklerlösung für das Problem. Er konnte sich gut vorstellen, was auf ihrer langen Liste stand.

Kate fuhr fort. „Du solltest an deinem eigenen Bericht arbeiten und alle Fehler aus deiner Perspektive ansprechen. Wir können sie angehen, wenn ich von meinem Wochenendausflug zurückkehre."

„Okay." Ihm würden vielleicht ein paar einfallen. Fehlerbericht Nummer eins: Meine Verlobte beobachtet mich gerne wie einen Schimpansen.

„Wir haben nur dreißig Tage Zeit, um es richtig zu machen", sagte sie in einem ausdruckslosen Ton. Sie nahm wieder ihren Laptop. „Eigentlich bleiben nur siebzehn Tage, um es richtig zu machen." Das stimmte. Ende des Monats flog sie zurück nach Chicago. „Oder auch nicht", fügte sie hinzu.

Er fühlte sich ein wenig unruhig, obwohl er nicht ganz benennen konnte, warum. War es, dass ihnen die Zeit davonlief? Ihr flacher Ton, als hätte sie schon aufgegeben? Die Tatsache, dass sie eine lange Liste von Beziehungsfehlern zu katalogisieren hatte, womit sie wahrscheinlich Ian-Fehler meinte?

Aber Moment, der ganze Grund, warum sie nach Clover Park fuhr, war, um ein Hochzeitskleid zu kaufen. Das musste gut sein. Sie muss letztlich glauben, dass sie die Dinge ausarbeiten würden. Richtig?

13

Kate fuhr mit einem unerwünschten Passagier – Untergangs-stimmung – nach Clover Park. Das drohende Gefühl des Untergangs, das sich an sie klammerte, war so stark, dass es ihr zartes Herz zerdrückte, es fühlte sich an wie eine physische Präsenz im Auto.

Ian hätte sie *nicht* so leicht gehen lassen sollen. Da er wusste, dass sie nur noch siebzehn Tage übrig hatten (woran sie ihn erinnert hatte), bevor sie sich wieder lange trennten, möglicherweise sogar für ein Jahr, wenn sie das Genfer Stipendium bekam, hätte er sie dieses Wochenende begleiten *wollen* sollen. Stattdessen hatte der Papierkram Priorität. Und nicht irgendein Papierkram. Morgans Papierkram für einen Zuschussantrag. Er hatte sie heute Morgen informiert, dass er sich mit Morgan zum Kaffee treffen würde, um das durch-zugehen.

Hör auf, sagte sie sich. *Es ist bloß Arbeit.*

Er hat die Zusammenarbeit mit Morgan dir vorgezogen, sagte der Untergang vom Beifahrersitz aus.

Nein, es war alles in letzter Minute. Ian hatte nichts davon geplant. Er war stellvertretender Direktor des Labors. Er würde sich wahrscheinlich mit jedem treffen, der an einem Samstagmorgen ein Kaffee-Date benötigte.

Sie knirschte mit den Zähnen. *Das ist kein Date.*

Er hatte eine Wahl, sagte der Untergang. *Er hat sie gewählt*.

Sie stellte das Radio auf NPR und zwang sich, sich auf die Stimmen zu konzentrieren. Sie hasste es, sich so zu fühlen, kribbelig, eifersüchtig und dumm. Ja, sie fühlte sich dumm. Da machte sie sich auf den Weg zu ihrem ersten Mädelstag, um ein Hochzeitskleid zu kaufen, während sich ihr Verlobter mit seiner Ex traf.

Dumm. Sie vertraute ihm entweder, oder sie tat es nicht. Sie hatte es früher immer. Diese Verlobungssache fühlte sich plötzlich wie zu viel Druck an. Wie konnte sich jemand unter all diesen hohen Erwartungen behaupten? Wenn es nur klare, einfache Regeln gäbe, um eine glückliche Zukunft zu gewährleisten. Sie blühte in Umgebungen, in denen sie die Grenzen und Regeln verstand. So war sie erzogen worden. Und das war die Art der Physik.

Sie schaltete das Radio auf einen Hard Rock-Sender und ließ es krachen. Sie musste auf dieser dreistündigen Fahrt einen klaren Kopf bekommen, sonst könnte sie nie mit ihrer Mutter umgehen. Das erforderte immer maximalen Aufwand. Ihre Mutter drückte all ihre Knöpfe, besonders, seit sie sich in Ian verliebt hatte. Dass sie zu Ian am Beginn ihrer Beziehung nicht wie eine normale Person „Ich liebe dich" hatte sagen können, ließ sie erkennen, dass ihre Erziehung ungewöhnlich kalt gewesen war. Sie hatte diese emotionale Barriere schließlich durchbrochen, nachdem Ian aufgrund ihrer schlechten Küche (Lebensmittelvergiftung durch nicht genug gegarten Truthahn) ins Krankenhaus eingeliefert worden war. Ihn bewusstlos in der Ambulanz zu sehen, hatte die Liebesworte direkt aus ihrem Mund gedrückt.

Worte, die sie nie von ihrer eigenen Mom gehört hatte. Oder ihrem Dad. Verdammt. Warum hatte sie Amber ihre Mom einladen lassen?

Zu der Zeit, als Kate in der wohlhabenden Stadt Greenport, Connecticut, parkte, wo sie sich zum Mittagessen treffen und dann in den nahe gelegenen Brautboutiquen einkaufen wollten, war sie etwas gereizt. Okay, sehr.

Sie fand Le Jardin, das schöne französische Restaurant, in dem ihre Schwester reserviert hatte, und ging hinein. Amber winkte ihr von dort aus zu, wo die Frauen bereits an einem quadratischen Tisch mit einer weißen Tischdecke saßen. Sie nahm ihren Platz neben Amber ein, die, als die fabelhafte ältere Schwester, die sie nun mal war, Kate sofort ein Glas gekühlten Chardonnay einschenkte und sie ins Gespräch miteinbezog.

Ein halbes Glas Wein später wanderten ihre Gedanken. *Also jetzt bin ich eine Braut.* Die Frauen sprachen über Violet und die Vorschulen, die Amber für den Herbst suchte. Ihre Mom, eine zierliche Frau mit sehr kurzen grauen Haaren, einer Drahtbrille und scharfen elfenähnlichen Gesichtszügen, saß ihr gegenüber. Kate nahm an, dass sie das Glück hatte, einige der weicheren Züge ihres Vaters zu haben. Sie hatte die scharfen Wangenknochen ihrer Mom und eine kleine, nach oben gebogene Nase, aber die vollen Lippen ihres Vaters und das abgerundete Kinn. Neben ihrer Mutter saß ihre Schwiegermutter Susan. Kate wünschte sich plötzlich, Ian wäre bei ihnen. Er war so gut darin, eine Unterhaltung lustig zu gestalten, immer neckend und mit lustigen kleinen Witzen. Die Leute dachten oft, dass, weil sie sich so ernst verhielt, sie ernsthaft mit ihr sprechen mussten, aber sie schätzte es sehr, wenn sie es nicht taten, weil es schön war, eine Pause von sich selbst zu machen.

Sie beendete ihren Wein auf fast leerem Magen, was den angenehmen Effekt hatte, das drohende Gefühl des Untergangs von einer Klippe zu stoßen. Sie lächelte vor sich hin. Die Heilung für alle Beziehungssorgen! Dummer Schimpanse. Sie verkniff sich ein Kichern über ihren eigenen Affenscherz. Und dann überraschte Susan sie.

„Schaut uns an, wie wir die ganze Zeit über Violet plaudern, obwohl es Kates besonderer Tag ist", sagte Susan und lächelte Kate freundlich an. „Lasst uns Champagner bestellen und anstoßen."

„Großartige Idee!", sagte Amber, die bereits die Kellnerin rief. Bisher hatten sie nur Brot und einen ersten Gang Salat.

„Danke, Susan", sagte Kate. „Das ist nett von dir."

Susans warme braune Augen starrten sie liebevoll an. So ähnlich wie Ians. Er hatte so viel Glück, eine Mom mit warmen, liebevollen Augen zu haben. „Du gehörst jetzt zur Familie."

Ihre Mom, Maxine, sprach mit ihrer festen, knappen Stimme. „Technisch gesehen gehört Kate erst dann zur Familie, wenn die Heiratsurkunde im Gerichtsgebäude eingereicht wurde. Kate, wirst du deinen Nachnamen behalten? Ich empfehle es dringend aus beruflichen Gründen."

„Ja, ich werde Lewis behalten", antwortete Kate. „Ich dachte, für unsere Kinder würden wir dann einen Doppelnamen wählen, wie Amber und Barry es gemacht haben, um Verwirrung zu vermeiden."

„Lewis-Furnukle ist ein Zungenbrecher", sagte ihre Mutter.

„Für uns ist das in Ordnung", sagte Amber.

„Ich habe meinen Mädchennamen behalten", sagte Susan. „Ich stimme voll und ganz zu, dass Furnukle ein Zungenbrecher ist."

Amber kicherte, und Kate schnaubte und verkniff sich ein Lachen. Ihre Schwester war *so* unangemessen. *Ha-ha-ha.*

„Was auch immer angenehm für dich ist, Schatz", fügte Susan hinzu.

Ich kann den ganzen Furnukle nehmen.

„Danke", sagte Kate mit ernstem Gesicht. Amber grinste immer noch. Kate hielt ihren Blick auf Susan und nicht auf ihrer kichernden Schwester. Sie wollte nicht, dass ihre Schwiegermutter dachte, sie habe ihre Zunge am Furnukle ihres Sohnes. Auch wenn sie es regelmäßig tat. Sie spürte, wie sie rot anlief, und erinnerte sich an das letzte Mal. Ian packte ihre Haare und sagte ihr, dass er ihren Mund ficken würde. So ein Dirty Talker. Sie drückte ihr kaltes Wasser an die Stirn.

Ein paar Minuten später kam Gott sei Dank der Champagner, und der Kellner schenkte ihnen jeweils ein Glas ein.

„Auf Kate und Ian", sagte Susan und hob ihr Glas.

„Auf Kate und Ian", sagten die Frauen im Chor. Kate hielt ihr Glas, unsicher, was sie sagen sollte.

Sie stießen mit den Gläsern an und tranken. Kate entspannte sich mehr, als sie in der Nähe ihrer Mom jemals für möglich gehalten hatte.

Ihre Mom rümpfte die Nase. „Champagner hat mich nie interessiert." Kate trank einen weiteren Schluck Champagner wie die Rebellin, die sie nie war. „Kate, dein Vater und ich möchten dir eine große Summe Geld für eine Anzahlung auf ein Haus oder für die Hochzeit anbieten. Deine Wahl."

Kate verschluckte sich fast am Champagner. Sie hatte nicht erwartet, dass ihre Eltern etwas anderes tun würden, als zum vereinbarten Zeitpunkt für die Hochzeit aufzutauchen.

„Ich empfehle die Hausoption", sagte ihre Mom. „Im Falle einer Scheidung kommst du immer noch gut davon. Fünfzig Prozent der Ehen enden in einer Scheidung."

„Maxine!", ermahnte sie Amber. „Das hier ist eine Feier."

Kate hob ihre Hand. „Ich kenne die Statistiken und die Literatur über die Eheergebnisse gut, Mom."

„Ausgezeichnet", sagte ihre Mom. „Ich wünschte, ich wäre vor meinen frühen Ehen so gut informiert gewesen. Ich wünschte auch, ich hätte meinen Namen behalten."

„Was? Deine was?", rief Kate. „Ich dachte, du wärst nur mit Dad zusammen gewesen."

Amber sah auch überrascht aus. Susan nippte diskret an ihrem Champagner.

Ihre Mutter holte ein weiches Brillenreinigungstuch aus der Tasche ihrer maßgeschneiderten Hose, setzte ihre Brille ab und reinigte sie eifrig. Sie blinzelte, ihre blauen Augen jetzt sanfter, als sie über den Tisch in Kates sah. „Ich war zweimal vor deinem Vater verheiratet."

Kate fiel die Kinnlade herunter. Sie rechnete kurz nach. Ihre Mom war fünfunddreißig Jahre alt gewesen, als sie Kate bekam. Für zwei gescheiterte Ehen davor musste sie jung angefangen haben. „Wer? Wie lange warst du verheiratet? Wie alt warst du da?"

„Ich war zweiundzwanzig und sechsundzwanzig", erwiderte ihre Mom und beantwortete damit nur die letzte Frage. Sie setzte sich ihre Brille wieder auf. „Ich habe auf die harte Weise gelernt, dass man einen Arbeitspartner für eine erfolgreiche Beziehung will. Keiner meiner Ex respektierte meine Karriere als Physikerin."

„Heilige Scheiße", sagte Amber.

„Hast du diese anderen Männer geliebt?", fragte Kate.

Ihre Mutter räusperte sich, bevor sie sich ihnen anvertraute: „Ja."

„Aber was ist passiert? Warum sind diese ersten beiden Ehen gescheitert und die mit Dad hat gehalten?" Sie packte ihre Hände fest zusammen, fürchtete sowohl die Antwort und musste es doch wissen. Denn Kate war leider sehr wie ihre Mom.

Ihre Mom seufzte. „Wenn du es wissen musst, waren diese ersten beiden Ehen nur kochend heiß." Sie beugte sich über den Tisch. „Kate, verstehst du meine subtile Andeutung?"

„Ja", flüsterte sie. Sex. Ihre Mutter hatte wilde Sex-Beziehungen gehabt. Sie erschauerte bei dem Gedanken.

Leider war das genau das, was sie mit Ian hatte.

Der Untergang zog einen Stuhl heraus und setzte sich.

Ihr Blick schoss am Tisch herum. Amber und Susan wendeten ihre Augen in höflicher Stille ab.

Ihre Mom fuhr fort. „Dein Dad war auch Physiker, der an derselben Universität arbeitete. Wir sind, wie gesagt, Arbeitspartner. Unsere Ehe war schon immer ein Treffen des Geistes. Ich wünsche dir dasselbe."

Ihr war schwindlig. Das ruhige, kalte häusliche Leben ihrer Kindheit ergab jetzt einen Sinn. Die Ehe ihrer Mom, die funktionierte, war kein leidenschaftlicher Liebeskampf, sondern eine intellektuelle Fusion. Ihre Eltern hatten wahrscheinlich nur das eine Mal Sex gehabt, das notwendig gewesen war, um sie zu zeugen!

Würde ihr leidenschaftlicher Liebeskampf zerfallen? Hatte sie falsch berechnet?

Verdammt! Sie hatte gar nicht gerechnet!

„Auf jeden Fall", fuhr ihre Mutter fort, „haben wir für diese Gelegenheit gespart und sind bereit, für dein erstes Haus oder deine erste Ehe zu bezahlen. Da du für deinen Abschluss nach Princeton gegangen bist, konnten wir erhebliche Einsparungen bei den Studiengebühren machen." Kate hatte kostenfrei studiert, da ihre Eltern beide Professoren dort waren. Sogar in der Graduiertenschule hatte sie ein Teilstipendium bekommen.

Deine erste Ehe, flüsterte der Untergang in ihr Ohr und klang genau wie ihre Mutter. Die Worte hallten durch ihren Kopf und verspotteten sie. Ihre Mutter war zweimal geschieden. Ihr Dad war einmal geschieden worden. Kate hatte schlechte Gene und einen schlechten Hintergrund. Und der arme Ian kam aus einer stabilen, liebevollen Familie. Warum in aller Welt würde er eine Unglücksfrau wie sie haben wollen?

Ihr brach der Schweiß aus, und sie schlürfte ihren Champagner und dann auch ihr Eiswasser, um sicherzugehen.

Das Essen kam, und Kate starrte auf ihren Teller mit Rosmarin-Huhn, der Appetit war weg.

Schließlich meldete Susan sich mit übermäßig enthusiastischer Stimme zu Wort. „Kate, ich würde gerne helfen, für die Hochzeit zu bezahlen, damit du und Ian einen besonderen Tag habt. Dann könnt ihr das großzügige Geschenk deiner Mom für ein Haus nutzen."

„Das müsst ihr nicht", sagte Kate. Susan war Witwe mit einem festen Einkommen.

„Ich habe etwas Lebensversicherungsgeld", sagte Susan. „Barry hatte sein eigenes Geld für seine Hochzeit, und wer weiß schon, wann Daniel sich jemals niederlassen wird, also bleibt Ian. Bitte halte mich nicht davon ab, meinen jüngsten Sohn zu verwöhnen!" Daniel war der mittlere Sohn, ein Soldat, jetzt im militärischen Nachrichtendienst. Er hatte noch nie auch nur gedatet. Nur Bettgeschichten. Ian hatte ihr alles darüber erzählt, als sie Daniel zum ersten Mal bei Barrys und Ambers Hochzeit getroffen hatte, und dachte, er sei heiß. Dennoch.

„Ich weiß nicht", sagte Kate.

„Es ist das, was sein Vater gewollt hätte", sagte Susan leise. Es gab keine Möglichkeit, nein dazu zu sagen. Kate hatte Ians Vater nie getroffen, aber sein Tod vor sechs Jahren war ein schwerer Verlust für ihre ganze Familie gewesen. Susan war ihrem Mann sehr nahe gewesen.

Kate schluckte kräftig. „Natürlich, danke!"

Ihre Mom meldete sich zu Wort. „Dann ist das abgemacht.

Jetzt müssen wir die Logistik für die Verlobungsparty festmachen."

Alle begannen zu essen und sich über die Verlobungsfeier zu unterhalten, die Susan, Amber und anscheinend ihre Mom für sie planten, aber Kate merkte, dass sie nicht einmal lächeln konnte. Ihr Bauch war aufgewühlt, ihr Geist war totales Chaos, und ihr Herz schmerzte.

Denn jetzt hatte sie kalte Füße.

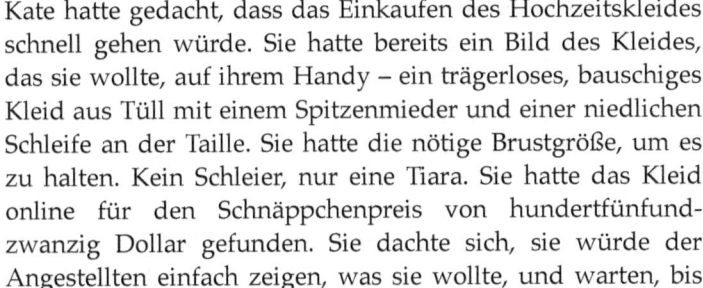

Kate hatte gedacht, dass das Einkaufen des Hochzeitskleides schnell gehen würde. Sie hatte bereits ein Bild des Kleides, das sie wollte, auf ihrem Handy – ein trägerloses, bauschiges Kleid aus Tüll mit einem Spitzenmieder und einer niedlichen Schleife an der Taille. Sie hatte die nötige Brustgröße, um es zu halten. Kein Schleier, nur eine Tiara. Sie hatte das Kleid online für den Schnäppchenpreis von hundertfünfundzwanzig Dollar gefunden. Sie dachte sich, sie würde der Angestellten einfach zeigen, was sie wollte, und warten, bis sie es gebracht oder bestellt hätten.

Leider hatte die wunderschöne Brautboutique, in der sie direkt nach dem Mittagessen einfielen, nicht das Kleid, das Kate wollte. Sie nahm das als ein sehr schlechtes Zeichen. Das an sich war ein sehr schlechtes Zeichen, weil Kate nicht an schlechte Zeichen glaubte. Sie konnte fühlen, wie sie den Verstand verlor, als ein schlechtes Zeichen sich auf das nächste türmte. Die gehobene Boutique hatte mindestens fünfzig Kleider im Petite-Bereich, keins von ihnen unter fünfhundert Dollar. Sie war kurz davor zu hyperventilieren. Dies war nicht nur ihre erste Ehe, es war ihr erstes Mal, dass sie viel Geld ausgab. Das Geld anderer Menschen, was es viel schlimmer machte. Was, wenn es nicht klappte? Was wäre, wenn jeder für diese Hochzeit und die Verlobungsarbeiten bezahlen würde und es nur für einen Tag, eine große Party wäre, die ihre letzte Hochzeit sein könnte oder ihre erste von vielen.

Vielleicht war sie durch die Vorhersage ihrer Mutter zum

Scheitern verurteilt. Ian war überhaupt kein Arbeitspartner. Und das war die Ehe, die allein für ihre Mom funktionierte. Ian hatte keine Ahnung, woran sie arbeitete, obwohl er nickte und in angemessenen Abständen lächelte. *Keuch. Keuch.* Sie hyperventilierte. Ihre erste Panikattacke konnte nicht weit weg sein. *Keuch. Keuch.* Sie hatte über Panikattacken bei Bräuten gelesen, die mit den falschen Männern verlobt waren. *Keuch. Keuch.*

Sie rannte nach draußen und saugte Luft ein.

Einen Moment später erschien Amber an ihrer Seite. „Geht es dir gut?"

Kates Mund fühlte sich eng an. Als hätte sie die knappe Stimme ihrer Mutter durch schmale Lippen. Sie verwandelte sich bereits in ihre Mom! *Atme, verdammt!*

Amber legte ihr eine Hand auf den Arm. „Kate?"

Kate atmete einmal tief ein und aus. Sie hörte ihre eigene knappe Stimme wie aus einiger Entfernung und hörte wie eine entsetzte Passantin zu. „Ich fühle mich nicht wohl bei den Preisschildern an diesen Kleidern." Und viele andere unbequeme Dinge, die sie nicht zu sagen wagte, damit sie ihnen nicht Macht gab und sie alles zerstörten! *Atme.*

Amber umarmte Laura. „Ist schon okay. Maxine sagt, dass sie es für dich kaufen will. Es ist ein Geschenk von ihr und Dad, da du ihre einzige Tochter bist."

Kate versteifte sich und kam bei dieser schrecklich unge-nauen Aussage wieder zu sich. „Das stimmt nicht. Du bist auch ihre Tochter. Haben sie für dein Hochzeitskleid bezahlt?" Amber war zwar ihre Halbschwester, aber sie hatten denselben Dad und hatten zusammengelebt, seit Kate sechs und Amber dreizehn war. Sie. Waren. Familie.

Amber lächelte. „Nein, aber ich habe einen reichen Mann." Das stimmte. Barrys Giggle Snap App war ein Goldregen gewesen. Irgendwie hatte Amber den reichen genialen Ehemann und Kate den Charmeur bekommen. Nicht wie sie gedacht hätte, dass es mit Amber als freigeis-tiger Künstlerin und Kate als Wissenschaftlerin gehen würde. *Keuch. Keuch.* Alles war schief. Was wäre, wenn sie die Brüder wechseln würden? Ihr Gehirn wurde jetzt noch verdrehter und versuchte verzweifelt, ihrer Angst mit vernünftigen Plattitüden zu entkommen. Ian war wundervoll. Sie war schrecklich. Ian war nicht hier. Sie wollte nicht hier sein.

Sie war dem Untergang geweiht und zog Ian mit sich nach unten!

Jeder würde bei dieser Hochzeit, die vielleicht ein großer Fehler sein könnte oder nicht, pleitegehen!

Sie hätte nie den Antrag machen sollen!

„Kate", sagte Amber sanft, „du siehst ein wenig blass aus."

Atme.

Kate atmete einmal tief ein und aus. Als sie schließlich sprach, kam ihre Stimme heraus und klang wie ihre Mom, trotz der Anstrengung, normal zu klingen. „Ich bevorzuge es, das preiswerte Kleid online zu bestellen." Zumindest würde niemand wegen ihrer verkorksten Person pleitegehen.

„Bist du über etwas verärgert?", fragte Amber.

„Ich wünschte, Ian wäre hier", murmelte sie.

„Aww, ihr seid so süß. Ich liebe es, euch verliebt zu sehen. Komm, ich helfe dir beim Aussuchen. Ich weiß, was du unter all den bauschigen Kleidern magst. Wir werden gemeinsam etwas finden."

„Lass uns etwas Verrücktes machen", sagte Kate, weil sie wirklich nicht wieder dort hineingehen und hyperventilieren wollte, was unweigerlich zu einer Panikattacke führen würde, was bewies, dass sie eine Braut war, die mit dem falschen Mann verlobt war.

Amber grinste. „Schlag zu."

Kate schlug ihr auf den Arm.

„Au! Du Dummkopf." Amber gab ihr einen kleinen Schlag zurück auf den Arm. „Ich meinte das nicht wörtlich."

„Oh."

„Schlag zu mit deiner besten verrückten Idee."

„Ich möchte ein Piercing." Die Idee war die verrückteste Sache, an die sie im Moment denken konnte, wenn man bedachte, dass sie Nadeln hasste.

„Wo?"

Kate zeigte auf ihre Ohrläppchen. „Ich habe noch nie Ohrringe gehabt."

„Mit Ohrringen würdest du so niedlich aussehen! Vor allem, wenn dein Haar oben ist. Wir können dir Kristalltropfen-Ohrringe kaufen, die wunderbar mit deiner Traum-Brauttiara aussehen würden."

„Oder einfach für jeden Tag", sagte Kate. „Außer im Labor."

Amber schob Kates Strähne hinter ihr Ohr. „Perfekt. Du kannst sie jederzeit an- und ablegen. Sie austauschen. Sie werden dir nicht im Weg sein wie ein Armband oder eine Halskette."

„Tut es weh?", fragte Kate etwas verspätet. Nicht, dass es wichtig war. Alles, um das Karussell des Grauens zu vermeiden – Panikattacken, Geldverschwendung, ihre Mutter –, das sie in der Brautboutique erwartete. Ihre Mom stand jetzt sehr nahe an einem Spiegel in der Mitte des Ladens und starrte sich an. Dieses seltsame Verhalten schien ein sehr schlechtes Zeichen auf einem riesigen Haufen schlechter Zeichen zu sein.

„Kleinigkeit", erwiderte Amber. „Das machen wir nach der Maniküre. Lass uns Kleider anprobieren!"

„Maniküre? Wie lang dauert dieser Tag?", platzte Kate heraus. Auf Ambers verärgerten Blick hin korrigierte sie sich schnell: „Ich meine, wie viele Dinge habt ihr geplant?"

„Das ist eine Überraschung. Jetzt einfach entspannen und genießen."

Kate stemmte sich mit den Fersen dagegen. „Entspannen und genießen" waren nicht in ihrer DNA, und der Alkohol hatte sich so weit abgebaut, dass sie sich daran erinnern konnte. Sie platzte das erste, was sie sich vorstellen konnte, heraus, um ihre Schwester abzulenken. „Vielleicht wäre auch ein Tattoo eine gute Idee. Das könnte ich im Labor tragen."

Amber verengte die Augen. „Du willst ein Tattoo? Du? Du wirst jedes Mal, wenn du eine Spritze bekommst, ohnmächtig."

Kate schaute durch das Vorderfenster der Boutique, sah,

wie ihre Mutter auf und ab ging, und aus irgendeinem Grund machte sie das noch nervöser. „Ja."

„Was für eins?", fragte Amber.

„Groß und bunt", antwortete Kate. „Die Art, die sieben Stunden oder mehr dauert."

„Sieben Stunden, wie?"

„Oder mehr." Warum ging ihre Mutter auf und ab? Wusste sie, dass die Ehe zum Scheitern verurteilt war?

„Und was würdest du bekommen?"

„Hoffentlich nicht Hepatitis C oder eine andere übertragbare Krankheit."

„Ich meinte, was für ein Design", sagte Amber trocken.

Kate wandte sich wieder ihrer Schwester zu. „Ich werde den Künstler bitten, mich zu überraschen."

Amber zog ihr Handy heraus und drückte ein paar Knöpfe. Sie reichte Kate das Handy. „Sprich."

„Hallo", sagte Kate. „Wer ist da?"

„Ich bin's", sagte Ian.

Seine tiefe Stimme beruhigte sie sofort. „Hi", sagte sie und drehte Amber den Rücken zu, um Privatsphäre zu haben.

„Warum rufst du mitten an deinem Mädelstag an?", fragte Ian.

„Ich habe nicht anrufen. Amber hat es getan."

„Hol Amber an den Apparat."

Sie gab Amber das Telefon zurück, die sagte: „Wir sind in der Brautboutique. Sie ist ausgeflippt, du musst sie beruhigen", und gab das Telefon zurück.

„Was ist los?", fragte Ian.

Kate schoss ihrer Schwester einen finsteren Blick zu. „Ich drehe nicht durch. Amber ist nur gerade auf einem Große-Schwester-Ego-High."

Amber lachte herzlich und ging zurück in die Boutique.

„Wie war das Mittagessen?", fragte Ian.

„Wie war Morgan?", blaffte sie. „Tut mir leid." Sie sollte in ihrem derzeitigen Zustand wirklich nicht mit Ian sprechen. Er konnte nicht anders, wenn der Untergang, alias ihre Mutter, ihr Gehirn übernommen hatte.

Plötzlich erkannte sie, dass die Frauen, einschließlich der

Verkäuferin, sie alle neugierig aus der Boutique beobachteten. Hier gibt es nichts zu sehen, meine Damen! Nur eine zum Scheitern verurteilte Braut, die mit ihrem ebenso zum Scheitern verurteilten Bräutigam plaudert!

„Es geht ihr gut", sagte Ian ruhig. „Wir haben die Arbeit vor Stunden beendet." Er klang so normal, dass er sie von ihrer verrückten Nervosität zurückzog. „Hattest du ein schönes Mittagessen?"

Sie wandte sich vom Schaufenster und all den neugierigen Augen ab. „Ich hatte Rosmarin-Huhn."

„M-hmm. Wie läuft der Kleiderkauf?"

„Sie haben mein bevorzugtes Kleid nicht."

„Setzt deine Mom dir zu?"

„Wenn du mit zusetzen meinst, dass sie mich angespannt macht, dann ja. Aber das ist immer der Fall."

„Warum drehst du durch?", fragte er vorsichtig.

Sie blinzelte, ihre Augen waren heiß, ihre Kehle war eng.

„Kate", hakte er nach.

„Ich fürchte, ich werde zu meiner Mutter", flüsterte sie.

„Unmöglich. Du bist kein Formwandler."

Sie verkniff sich ein Lachen und wischte die Augen. „Ich fürchte, du weißt nicht, auf was du dich bei mir einlässt."

„Glaub mir, das weiß ich."

Sie wusste nicht, ob das gut war oder schlecht. Er hatte gesagt, dass es schwierig sei, mit ihr zu leben. Sie trat weiter vom Laden fort und flüsterte: „Ich habe gerade herausgefunden, dass meine Mutter vor meinem Vater zweimal geschieden war."

„Und?"

„Sie sagte, dass sie leidenschaftliche Liebesmatches waren, und deshalb hat es nicht funktioniert."

„Sie waren wahrscheinlich Verlierer."

„Oh." Aus irgendeinem Grund hatte sie das nicht in Betracht gezogen. Aber dann erinnerte sie sich an ihren Vater und ihre Arbeitsbeziehung. „Die Ehe, die gehalten hat, war die, in der sich zwei Köpfe getroffen haben."

„Warum sagst du mir das?""

Sie wollte es nicht zugeben, aber Ian hatte ein Recht darauf, es zu wissen. „Ich komme von schlechten Genen."

„Armes Ding, schön, intelligent und sexy. So schrecklich."

Sie schüttelte den Kopf, obwohl er sie nicht sehen konnte. Ian war schrecklich voreingenommen. „Ich habe vor kalten Füßen fast hyperventiliert."

„Ich werde sie beim nächsten Mal aufwärmen, wenn ich dich das nächste Mal sehe."

Ian hatte aber auch auf alles eine Antwort. Aber erkannte er, dass dies möglicherweise ihre erste Ehe sein könnte und das eine Menge Geld für ihre beiden Familien bedeuten könnte? Sie hatte Angst, die Worte „erste Ehe" zu sagen, was sie sogar jetzt noch beunruhigte. Sie steckten in ihrem Kopf fest wie ein schreckliches Lied, das von ihrer Mutter gesungen wurde.

„Was noch?", fragte er.

„Wir sind ein leidenschaftliches Liebespaar. Kein Treffen von Köpfen."

„Für mich ist das gut."

„Oh."

„Obwohl ich argumentieren würde, dass wir uns gelegentlich an einem wirklich mentalen Ort treffen. Leider stimmt es, dass es uns vor allem um Sex geht."

Sie konnte das Lächeln in seiner Stimme hören. „Du willst mich ärgern."

„Du bist nicht deine Mutter."

Sie wollte wirklich, dass das stimmte. Natürlich verstand sie intellektuell, dass sie nicht ihre Mutter war, aber die Ähnlichkeiten und ihre Familiengeschichte ließen sie innehalten.

„Meine Mom möchte mir ein wirklich teures Kleid kaufen", sagte sie und berührte damit subtil das Problem der hohen Kosten für die erste Ehe. „Auch wenn es nur für einen Tag ist."

„Du wärst nicht Cinderella, wenn es für mehr als einen Tag wäre. Lass sie verrückt werden."

„Ja?"

„Wenn sie es angeboten hat, lass sie. Himmel, Kate, wann hat sie dir jemals ein Kleid gekauft?"

Niemals. Er hatte recht. Als Kind durfte sie nie Kleider tragen. Wow. Das war irgendwie seltsam, jetzt, da sie darüber nachdachte.

„Ist es nicht seltsam, dass sie das will?", fragte sie.

„Vielleicht hat sie gemerkt, dass es verdammt Zeit wird."

„Ian", sagte sie langsam, „hast du vorher mit ihr darüber gesprochen?"

„Wärst du dann wütend auf mich?"

Sie schnappte nach Luft. „Ich glaube das einfach nicht!"

„Ich liebe dich auch. Jetzt geh und kauf ein hübsches Kleid." Er legte auf.

Sie stand dort für einen langen Moment, ein wenig benommen, ihr Herz voller Staunen über die Art und Weise, wie Ian auf sie aufpasste. Er muss ihre Mom heute Morgen angerufen haben, als Kate mit dem Untergang unterwegs war. Während sie damit beschäftigt war, über ihre Beziehung nachdachte und was es bedeutete, dass er nicht mit ihr an diesem Wochenende zusammen war, hatte er dafür gesorgt, dass sie eine gute Zeit hatte. Ihre Unglücks-Gene hatten ihn überhaupt nicht gekümmert. Nicht einmal ihre kalten Füße ließen ihn wanken.

Sie straffte ihre Schultern und kehrte in die Boutique zurück.

Die Frauen scheuchten sie in eine Garderobe, in der bereits Kleider darauf warteten, anprobiert zu werden. Sie steckte ihren Kopf hinaus. „Amber?"

Amber eilte herbei. „Ja?"

„Kannst du mir auch eine Tiara suchen?"

„Sollst du haben!"

Kate zog sich aus und die erste Satin- und Tüllschönheit an. Wow. Spitze, Perlen, so viel Bausch. Sie zog ihren Knoten heraus und band ihr Haar in einem hohen Pferdeschwanz zusammen, verdrehte das Ende und steckte es in das Haarband für den vollen Hochsteck-Effekt.

Sie trat hinaus in die Boutique, wo Amber, Susan und ihre Mom auf einem langen weißen Sofa saßen.

„Es ist hübsch", sagte Susan.

„Wunderschön", sagte Amber.

„Mein Mädchen ist ganz erwachsen!", rief ihre Mutter und brach in schluchzende Tränen aus.

Kate starrte entsetzt. Sie hatte nie ihre Mom weinen sehen. Niemals.

„Mom?"

14

Kates Mom schluchzte an Susans Schulter. Kate tauschte einen entsetzten Blick mit Amber aus. Whoa.

Sie ging zu ihrer Mom und schaute hinunter auf ihre zusammengekauerte Gestalt. „Du solltest wissen: ich war schon erwachsen, bevor ich ein Hochzeitskleid angezogen habe. Ich bin mir nicht sicher, warum du jetzt weinst. Warum hast du nicht geweint, als ich die Highschool abgeschlossen habe? Oder von zu Hause ausgezogen bin? Oder auf die andere Seite des Landes gezogen bin?"

Ihre Mom hob ihren Kopf, ihre Brille saß schief. „Ich habe auch damals geweint!"

„Aber du schienst so ernst und emotionslos zu sein", sagte Kate.

„Ich habe mich für dich zurückgehalten", sagte ihre Mom. „Ich wollte, dass du ein starkes weibliches Vorbild hast." Sie wandte sich an Susan. „Ich brauche ein Tuch." Susan fischte eins aus ihrer Handtasche, und ihre Mutter nahm ihre Brille ab und wischte sich die Augen mit dem Tuch ab.

Umgehauen.

Kate schaute zu Amber, die ihre Mom besorgt ansah. Ihre Welt war wieder schief. Sie stand in einem wunderschönen weißen Hochzeitskleid und sah zu, wie ihre Mom sich gehen ließ. Überhaupt nicht die kalte, förmliche Frau, die Kate kannte. Sie überprüfte sich rasch selbst. Ihre Atmung blieb normal, was ihr mitteilte, dass sie tatsächlich den richtigen Mann heiraten würde. Die Spannung war einfach aus dem plötzlichen Perspektivwechsel gekommen. Sie wusste nicht, was sie mit der neuen Information anfangen sollte.

Amber rutschte, um sich neben Kates Mom zu setzen, umarmte sie und deutete an, dass Kate dasselbe tun sollte. Kate tauschte mit Amber die Plätze und umarmte ihre Mutter – eine neue Erfahrung für beide.

Kate klopfte unbeholfen auf ihren Rücken. „Na, na. Ich werde noch für einige Zeit erwachsen sein."

Ihre Mom stieß ein seltsames Halblachen, Halbschluchzen aus.

„Man kann immer noch stark sein und doch Gefühle haben", sagte Kate. „Das hätte ich auch bewundert."

„Es ist nur ..." Ihre Mutter schniefte und putzte sich die Nase. „Ich wollte, dass dir nichts im Weg steht. Ich wollte, dass du dich gegen die anderen Physiker behauptest. Ich wusste, was dir als weibliche Minderheit bevorsteht."

„Du hast mir beigebracht, hart zu arbeiten", sagte Kate, „was ein großer Vorteil war. Die Männer, mit denen ich arbeite, waren sehr angenehm."

„Ich bin sehr froh, das zu hören", antwortete ihre Mom und klang mehr wie ihr altes Selbst. „Vielleicht ist diese jüngere Generation doch nicht so sexistisch."

Kate hatte noch nie darüber nachgedacht, dass es für ihre Mom schwierig gewesen war. Sie schien immer entschlossen, selbstbewusst und begeistert von ihrer Arbeit zu sein. Was hatte es sie gekostet, dieses Bild so lange zu projizieren? Sowohl bei der Arbeit als auch zu Hause. „Vielen Dank für deine tapferen Bemühungen um mich", sagte Kate. „Aber, äh, neue Regel. Von nun an kannst du dich voll und ganz bei deiner erwachsenen Tochter ausdrücken, und wir werden gemeinsam jammern."

„Das würde mir gefallen", sagte ihre Mom leise.

Kate schaute zu Amber hinüber, die leise ihre Tränen wegwischte. „Entschuldige mich, Amber braucht eine Umarmung."

Kate umarmte Amber und dann sicherheitshalber auch Susan, die lächelte, aber sie wollte nicht, dass ihre neue Schwiegermutter aus dem Umarmfest ausgeschlossen wurde.

„Okay", verkündete Kate. „Jetzt helfen mir alle, ein gutes Kleid für meine erste Hochzeit zu finden."

„Und deine letzte!", sagten Amber und Susan gleichzeitig.

Ihre Mom schenkte ihr ein wässriges Lächeln. „Das hoffe ich doch. Es tut mir leid, dass ich mit meinen gescheiterten Ehen ein schlechtes Beispiel gesetzt habe."

„Sie werfen sicherlich kein schlechtes Licht auf dich", sagte Kate großmütig, obwohl sie besser wusste als jeder andere, dass es schwierig war, mit ihrer Mom zu leben. Sie drehte sich in ihrem Kleid, ließ es herumwirbeln und hochfliegen, und ging, um noch teurere Kleider anzuprobieren, für ihre erste Mutter-Tochter-Kleiderzeit.

Stunden später hatte Kate jede Variation von Kleidern ausprobiert – bauschige, fließende, schmale, meerjungfrauenähnliche Verrücktheiten – und sich dann doch für das erste entschieden. „Ich schätze, wir hätten viel Zeit sparen können, wenn ich auf meinen ersten Instinkt gehört hätte", sagte sie. „Es tut mir leid, dass ihr warten musstet."

„Sei nicht albern!", rief Amber. „Wir hatten Spaß. Jedenfalls wusste ich, dass es eine Weile dauern würde. Wir haben noch eine halbe Stunde Zeit, bis wir unsere Nägel machen lassen. Lass uns auf dem Weg ein Eis essen."

„Für mich klingt das gut", sagte Susan.

„Eiscreme ist ein beruhigender Balsam für die Seele", sagte ihre Mutter.

Kate fiel die Kinnlade herunter. „Mom, das war so poetisch."

„Es gibt eine schöne Poesie im Universum", sagte ihre Mom. „Ich habe mich einfach dafür entschieden, es mit mathematischen Gleichungen zu beschreiben."

„Ich auch!", rief Kate.

„Zwei Erbsen in einer Hülse", murmelte Amber. Und dieses eine Mal hatte Kate nichts gegen den Vergleich.

Sie aßen Eis und sprachen über das Essen, das Kate auf der Verlobungsfeier gerne hätte. Sie wollte eine Vielzahl von herzhaften und süßen Speisen, sodass für jeden etwas dabei wäre. Kate war auch überrascht, als sie hörte, dass es im Jorge Chavez Dance Studio stattfinden würde. Amber hatte für sie Tanzstunden im Ballsaal organisiert, gefolgt von einem Buffet mit Speisen und Tanz für alle, die auf die Tanzfläche wollten. Ein weiteres Stück ihrer Aschenputtel-Fantasie fiel an seinen Platz. Sie hatte das Kleid, sie hatte den Prinzen, und jetzt hätte sie den eleganten Walzer.

Schließlich setzte sich Kate zu ihrer ersten Maniküre. „Ich hätte gerne rosa mit violetten Blumen für meine Nichte", sagte sie der Frau.

„Ich werde das Gleiche nehmen", sagte ihre Mom. „Violet ist mein Enkelkind."

Sie ließen sich Seite an Seite nieder. Amber und Susan saßen ihnen gegenüber. Amber bekam Violett, passend zu den violetten Streifen in ihren blonden Haaren. Susan bekam eine elegante Pflaumenfarbe. Es gab eine Menge Lila im Violet-Fanclub.

„Und du willst dir immer noch deine Ohren durchstechen lassen?", fragte Amber Kate.

Ihre Mom drehte sich zu ihr um. „Du weißt, dass du bei Nadeln umkippst."

„Amber sagt, dass es nicht so schlimm ist", sagte Kate. „Richtig? Ein Kinderspiel?"

„Sie verwenden keine Nadeln", sagte Amber und bestätigte nicht ganz den Kinderspiel-Teil. „Es ist eine kleine Nagelpistole."

Kates Magen zog sich zusammen. „Eine Nagelpistole an meinem Ohr?" Sie wollte ihre Ohren schützend verdecken, aber ihre Nägel wurden immer noch gemacht.

„Es ist nicht so schmerzhaft wie eine Geburt", sagte Susan offen. „Und wenn du dafür Medikamente willst, bekommst du eine lange Nadel in deine Wirbelsäule."

„In meine Wirbelsäule!", schrie Kate.

Amber lächelte gut gelaunt. „Ich hatte eine natürliche Geburt bei Violet. Hat verdammt weh getan, aber es lohnt sich. Tatsächlich üben wir schon für Baby Nummer zwei."

„Wunderbar!", rief Susan.

„Ein weiteres Enkelkind", sagte ihre Mutter mit einem glücklichen Seufzer.

„Bist du verrückt?", bellte Kate ihre Schwester an. „Du meldest dich freiwillig noch einmal für ‚verdammt wehtuende Schmerzen'?"

Amber nickte und lächelte.

„Ich werde *nicht* meine Ohren durchstechen lassen", kündigte Kate an. „Ich weigere mich, mir freiwillig Schmerzen zufügen zu lassen, wenn es in meiner Zukunft verdammte Schmerzen oder mögliche lange Nadeln gibt."

„Aber die Kristallohrringe werden mit deiner Tiara so gut aussehen", sagte Amber.

Kate zögerte. Kurz vorher hatte Amber Kate einige zarte wunderschöne Kristallohrringe gezeigt, die sie online gefunden hatte. Verdammt. Sie wollte diese Ohrringe unbedingt. Sie waren perfekt und würden die Kristalle in ihrer Tiara hervorheben. Auf der anderen Seite war sie ein Feigling.

Die nette Frau, die Kate die Nägel machte, schaute auf. „Wir können Ihnen hier die Ohren stechen, wenn Sie wollen. Shanna macht das. Tut nur eine Minute weh."

Ihre Mom drehte sich zu ihr um. „Ich werde mir auch meine durchstechen lassen. Ich habe sie vor dreißig Jahren zuwachsen lassen. Dann können wir Ohrring-Zwillinge sein."

Ein Mutter-Tochter-Ohrpiercing? Wie feminin! Wie Rite de Passage! Wie weibliche Solidarität, die in Körperkunst miteinander schwelgte!

Kate schluckte kräftig. „Okay, aber du zuerst."

„Das ist in Ordnung", sagte ihre Mom. „Ich bin hart."

Der Fehdehandschuh war gelegt.

„Die Lewis-Frauen sind alle hart!", rief Amber.

„Ja. Auch die Dancy-Frauen", sagte Susan mit harter Männerstimme. Dancy war ihr Mädchenname.

Das war's. Es gab keine Möglichkeit, dass Kate, umgeben von all diesen starken Frauen, ein Feigling sein konnte.

Als ihre Nägel fertig waren, und ihre waren ziemlich umwerfend, folgte sie ihrer Mutter zu einem Stuhl nach hinten, wo eine Ohrpiercingstation aufgebaut war. Shanna wartete in der Nähe. Sie sah hart aus, mit ihren auf einer Seite rasierten Haaren und einem Dutzend Ohrringen, die ihr Ohrläppchen auf beiden Seiten umrandeten, sowie einem Nasenpiercing, Augenbrauenpiercing und Lippenpiercing. *Au, au, au, au.*

Kate sah zu, wie ihre Mutter auf den hohen Drehstuhl kletterte und gewohnt ruhig und gefestigt aussah.

Shanna holte eine Präsentation von Starterohrringen auf einem schwarzen Samttablett heraus. „Was hätten Sie denn gern?"

Kate lehnte sich vor, um es zu sehen. Es gab Goldkugeln, Silberkugeln, kleine Strasssteine, Herzen, Sterne, Monde und eine Vielzahl anderer geometrischer Formen. So süß. Sie wusste bereits, dass sie Sterne wollte.

„Du suchst aus", sagte ihre Mom zu Kate.

„Sterne", sagte sie.

„Dann also Sterne", verkündete ihre Mutter. Wow. Sie würden wirklich Ohrringzwillinge sein. Wenn Kate sich nicht drückte. Sie würde warten und sehen, ob ihre Mutter zusammenzuckte oder schrie oder aus ihrem Sitz sprang. Und was davon Kate tun würde. Wenn sie nicht ohnmächtig wurde.

Amber und Susan schauten aus der Nähe zu. Amber hatte ihr Handy in der Hand und machte Bilder. „Du denkst, dass es Dad gefallen wird?", fragte Amber Maxine.

Ihre Mom drehte sich um. „Ich werde es mögen, und das ist es, was zählt." Total toughe Mom.

Shanna zog das Piercing-Werkzeug heraus, das wie eine Nagelpistole aussah, nur viel kleiner, und lud es. Dann reinigte sie die Ohren ihrer Mutter mit einem Alkoholtupfer. Kate brach in Schweiß aus.

Ihre Mutter beobachtete in einem kleinen Spiegel, wie Shanna das erste Ohrläppchen bereitmachte. *Pop!* Kate zuckte zusammen, aber ihre Mutter blieb ruhig und schaute immer noch im Spiegel zu. Shanna machte sich an das andere Ohr. *Pop!* Kate verzog das Gesicht.

„Was meinst du?", fragte Shanna.

Ihre Mutter neigte den Kopf und schaute in den Spiegel. „Mir gefällt es."

Ihre Mutter stand auf und trat zur Seite. Kate starrte auf den leeren Stuhl.

„Nur zu, Kate", sagte Susan. „Du schaffst das."

Amber hielt ihr Handy mit dem Bild der Kristallohrringe, die Kate sich wünschte, hoch.

„Möchtest du, dass ich deine Hand halte?", fragte ihre Mutter.

Kate lief rot an. Ihre Mom hatte ihre Hand bei jeder Spritze gehalten, die sie jemals bekommen hatte. Und sie war dennoch ohnmächtig geworden. Sie wollte nicht wie ein Riesenbaby dastehen. Sie war eine Erwachsene, die gerade dabei war, sich auf die sehr erwachsene Reise der Ehe und der Kinder zu begeben.

„Ja", sagte sie.

Sie nahm Platz, und ihre Mutter hielt ihre Hand. Amber kam näher, um die ganze Sache zu filmen. Jetzt durfte sie wirklich nicht mehr wie ein Feigling aussehen. Amber würde Barry und möglicherweise Violet dieses Video zeigen. Sie musste ein starkes weibliches Vorbild für Violet sein. Außerdem, wenn Ian hörte, dass sie ohnmächtig geworden war, würde er sie unbarmherzig necken. Er hatte im College einen Ohrring gehabt. Wenn Ian das tun konnte, dann sie doch sicherlich auch. Waren Männer härter als Frauen? Nein. Drückten Männer riesige Babyköpfe aus einem winzigen Loch? Nein. Wollte sie diese Kristallohrringe, die ihre Tiara und ihr Kleid perfekt ergänzten? Ja.

Shanna berührte ihr Ohrläppchen mit etwas Kaltem, und Kate zuckte zusammen. „Das war nur der Tupfer", sagte Shanna.

Kate drückte ihrer Mutter die Hand, wie sie es immer tat, wenn eine Nadel näherkommen würde.

„Katherine, vielleicht ist es an der Zeit, dass wir ein offenes Gespräch über das Geheimnis der Männer führen", sagte ihre Mutter in ihrem formellen Ton.

„Mom, wir hatten schon viele Male das Gespräch über die Vögel und die Bienen", sagte Kate. „Mir geht es gut. Gibt es noch ein anderes Geheimnis über Männer, das ich wissen muss?" Kates Geist wirbelte mit Möglichkeiten – dieses

Geheimnis könnte mit ihrem Vater zu tun haben, in diesem Fall war sie sich nicht so sicher, ob sie es wissen wollte. „Hat das mit einem bestimmten Mann oder Männern im Allgemeinen zu tun? Au!"

„Der erste Stern ist drin", sagte ihre Mom. „Nur zu, sieh es dir an."

Ihr Ohr brannte. Sie konnte nicht hinsehen. Oh Gott. Sie dachte nicht, dass sie ein weiteres Pop und Brennen ertragen könnte.

„Es geht um deinen Dad", sagte ihre Mutter.

„Was ist mit Dad?", fragte Kate. Dies sollte jetzt besser nicht sexuell sein. Himmel, sie musste mit ihrer Mutter über Grenzen sprechen, wenn sie dachte, dass diese neue Mutter-Tochter-Bindung-Sache auch Sex-Kram über ihren Vater beinhaltete. „Au!"

„Alles fertig!", rief ihre Mutter.

„Du hast es geschafft!", rief Amber.

„Wie fühlst du dich?", fragte Susan.

Keuch. Keuch. Keuch.

„Du warst so tapfer", sagte Amber. „Warte nur, bis Violet das sieht. Sie wird auch Ohrringe wollen."

Kate atmete einmal tief ein und sah in den Spiegel. Das Gesicht ihrer Mutter erschien neben ihr. „Ohrringszwillinge", sagte ihre Mom. „Supertoll!"

Kate lächelte über das Wort, das ihre Mutter noch nie zu ihr gesagt hatte. „Supertoll", echote Kate.

Sie gingen weg, Kate fühlte sich gefasst und tough, weil sie nicht umgekippt war, als ihr ein Gedanke kam. „Was wolltest du mir von Dad erzählen?"

„Das war ein klassischer Irreführungstrick", sagte ihre Mom. „Du bist immer darauf hereingefallen, wenn du eine Spritze bekommen solltest."

„Aber dieses Mal bin ich nicht ohnmächtig geworden", sagte Kate stolz.

„Das wollte ich auch nicht hoffen. Ohrpiercing ist im Vergleich zu einer Impfung harmlos."

Da Kate fühlte sich etwas weniger tough.

„Aber für dich natürlich schon ein großes Ereignis", sagte

ihre Mom hastig. „Und das erste der Mutter-Tochter-Ereignisse, die noch kommen werden."

„Was kommt als Nächstes?" Sie konnte nicht anders, als zu fragen.

„Ich halte deine Hand während der Geburt."

„Wer hat deine Hand gehalten?"

„Niemand. Ich bin hart."

„Oh, ich glaube, ich bin nicht so hart."

Ihre Mom drückte ihre Hand. „Du bist stark. Genug, um dich auf jemanden zu stützen, wenn du es brauchst, und es selbst zu schaffen, wenn nicht. Das bewundere ich sehr."

Sie musste die Worte über den Kloß in ihrer Kehle hinauszwingen. „Dank, Mom." Ihre Mutter hatte sie noch nie für etwas außer ihrer akademischen Arbeit bewundert.

Danach gingen sie shoppen. Als sie zu Barrys und Ambers Haus zurückkamen, war Kate erschöpft. Sie trat ein und schreckte zusammen.

„Ian! Was machst du denn hier?", rief sie. „Wie bist du hergekommen?" Sie hatte sein Auto genommen.

Er grinste und öffnete seine Arme für sie. „Überraschung! Ich habe den Zug genommen."

Sie spürte, wie ihre Wangen rot wurden. Sie konnte nicht so gut mit Überraschungen umgehen, aber sie war sehr glücklich, ihn nach diesem emotionalen Tag zu sehen. Sie eilte in seine Arme.

„Wir haben das Kleid bekommen und sind mit Ohrringzwillingen nach Hause gekommen!", rief Amber aus und deutete auf Kate und ihre Mutter. „Warte, bis du das Video siehst, in dem Kate ihre Ohren durchstechen lässt."

Barry und Ian hatten den identisch überraschten Ausdruck im Gesicht, erholten sich aber schnell. „Sehr schön", sagte Barry.

„Beide Dr. Lewis sehen wunderschön aus", sagte Ian und legte einen Arm um ihre Schultern.

„Bitte nenn mich Maxine", sagte ihre Mom. „Wir sind bald Familie."

„Okay, Maxine", sagte Ian freundlich.

„Fterne!", rief Violet mit ihrem süßen Lispeln.

„Violet, du musst warten, bis du zwölf bist, bevor du Ohrringe bekommst", verkündete Barry.

„Das sind willkürliche Zahlen", sagte Kate. „Es sei denn, du verwendest es als eine Rite de Passage in die Weiblichkeit und in dem Fall –"

„Wir werden darüber sprechen", sagte Amber.

Ian küsste Kate und schob dann ihr Haar zurück, um sich ihr Ohr anzusehen. „Nicht anfassen", sagte sie. „Es brennt."

„Es ist rot", sagte er. „Was hat dich dazu gebracht, Ohrringzwilling mit deiner Mom sein zu wollen?"

„Das ist so ein Mutter-Tochter-Ding", sagte sie.

Ihre Mom strahlte.

Ian grinste. „In Ordnung."

„Willst du Kates Video sehen?", fragte Amber. Alle versammelten sich in der Nähe, um auf Ambers Handy-Bildschirm zuzusehen. Sogar Kate schaute zu. Von außen sah es so aus, als ob das Durchstechen keine große Sache war. Man konnte nicht einmal den Knall des Piercingwerkzeugs hören, bei dem ihre Mom sie abgelenkt und Kate sich gefragt hatte, worüber zur Hölle ihre Mom sprach. Sie sah nicht so tough aus, wie sie sich danach gefühlt hatte. Mist. Vielleicht würde sie bei der Geburt tough aussehen. Sie bräuchten auch ein Video davon.

Kurze Zeit später bereitete Barry ihnen ein köstliches Abendessen auf dem Grill zu. Ihre Mom brach danach auf und blieb sogar stehen, um Kate für ein nettes Auf Wiedersehen zu umarmen. Das Haus war ruhig, als Amber Violet für ihre Bad- und Bettroutine nach oben brachte. Barry ging wieder nach draußen, um den Grill zu reinigen.

Ian ergriff ihre Hand und führte sie ins Esszimmer. Er zog einen Stuhl für sie vor, nahm den Stuhl auf der anderen Seite des Tischs und sagte: „Lass uns reden."

Da sie allein waren, musste sie fragen: „Bist du hierhergekommen, weil ich kalte Füße hatte?"

Einer seiner Mundwinkel hob sich zu einem leichten Lächeln. „Eigentlich, etwa zehn Minuten nach meinem Arbeitsgespräch, erkannte ich, dass ich ein kompletter Idiot war, auch nur einen Moment unserer gemeinsamen Zeit zu verschwenden. Ich habe mich ausgeloggt, ein Zugticket gekauft und bin dann zu meinem Mädchen gefahren."

Ihr Herz füllte sich, dass es fast platzte. Sie merkte, dass sie wie ein Narr grinste.

Seine warmen braunen Augen sahen in ihre. „Und ich werde diese Woche in Teilzeit von zu Hause aus arbeiten, damit wir mehr Zeit miteinander verbringen können."

„Perfekt!"

Er holte sein Handy hervor und drückte darauf. „Ich habe meinen Fehlerbericht mitgebracht. Wir werden beide Berichte durchgehen und die Details herausarbeiten, die in dieser Beziehung wichtig sind. Weil du wichtig bist."

„Oh, Ian!", rief sie aus und zog ihr Handy heraus. „Das wäre wundervoll. Lass mich Barry holen. Es ist wichtig, einen unparteiischen Dritten zu haben, um diese Dinge zu erleichtern. Das steht überall in der Literatur." Sie sprang auf.

„Ist das wirklich nötig?", fragte er.

Langsam setzte sie sich wieder hin. „Nein, ich schätze nicht. Lass mich einfach, ähm, zuerst mal drüberschauen." Sie war sich nicht sicher, ob ihm etwas von dem Zeug in ihrem Bericht gefiel, und sie wollte nicht, dass er wieder wütend wurde, nachdem er den ganzen Weg gereist war, um sie zu sehen.

Kate gab immer noch vor, ihren Fehlerbericht zu überprüfen und wurde immer nervöser, ihn Ian zu zeigen, als Barry unerwartet zu ihnen kam und sich auf den Platz vor Kopf des Tischs fallen ließ.

„Hey, Turteltäubchen", sagte Barry, „schreibt ihr euch gegenseitig?"

„Eigentlich überprüfen wir die Fehlerberichte, die wir auf deinen Rat hin angefertigt haben", sagte Kate.

Barry wackelte komisch mit seinen Brauen. „Lass mich sehen, was du hast, Kate. Das sollte besser was Gutes sein."

Sie reichte ihm ihr Handy. Ian stöhnte.

Barry las und las und las. „Wow, Kate. Eine Siebenundsechzig-Punkte-Liste. Wie viel steht auf deiner Liste, Ian?"

„Drei Dinge", murmelte Ian. Es war, als ob er in den letzten paar Wochen überhaupt nicht aufgepasst hatte.

Barry gab ihr das Handy zurück und stand auf. „Viel Glück."

Kate bearbeitete ihre Unterlippe. Ihre 67-Punkte-Liste im Verhältnis zu Ians Drei-Punkte-Liste konnte zu einigen Feindseligkeiten führen. Auf seiner Seite.

Sie beobachtete Barry, wie er sich zurückzog, als er ins Wohnzimmer ging. „Wir müssen uns nicht um den Fehlerbericht kümmern", sagte Kate zu Ian.

„Ich weiß, dass es für dich wichtig ist. Worüber machst du dir Sorgen?"

„Ich möchte nicht, dass du wieder wütend wirst. Du bist den ganzen Weg gekommen."

Ian drehte sich um und rief seinen Bruder aus dem Wohnzimmer zurück. Kate bekam ganz große Augen.

„Bist du dir sicher?", fragte Barry, als er in den Raum zurückkam.

„Wir möchten deine unparteiische Meinung", sagte Ian. „Du wirst unser Software-Ingenieur sein, der die Fehler ausarbeitet."

Kate strahlte Ian an, weil er so rücksichtsvoll war. Er zuckte mit dem Kinn in ihre Richtung, eine Geste, die nicht glücklich aussah, aber sagte, dass er ganz dabei war. Technisch gesehen wäre Barry ihr Paartherapeut, kein Ingenieur. Dies schien der perfekte Weg zu sein, um ein positives Ergebnis zu erzielen.

Barry ging in die Küche und kam mit einem Stift und einem kleinen Notizblock zurück. Er setzte sich an den Kopf des Tisches und legte seine Finger vor sich aneinander. „Wo sollen wir anfangen? Mit Kates Sorgen oder mit deinen?"

„Wir können mit ihr beginnen", sagte Ian. „Sie hat ja ein ganzes Buch geschrieben."

„Ich würde eine Siebenundsechzig-Punkte-Liste kaum als Buch bezeichnen!", rief Kate und reichte ihm ihr Handy.

„Erste Regel der Kommunikation", sagte Barry. „Niemand erhebt seine Stimme. Ihr seid beide zu empfindlich, um nicht beleidigt zu sein. Dann eskaliert es. Und dann –", er blickte auf Kates Bericht hinunter, „benutzt Ian einen Kurzschluss irgendeiner Art, mit dem Kate ein Problem hat."

Ian legte seinen Kopf in die Hände und ächzte.

„Vielleicht hätte ich das deutlicher sagen sollen", begann Kate.

Ian hob seinen Kopf. „Kate", sagte er scharf. Obwohl sie bemerkte, dass er sich bemühte, seine Stimme nicht zu heben.

Sie lehnte sich auf den Tisch und senkte ihre Stimme. „Was? Du solltest alles mit deinem Ingenieur teilen."

„Nicht das", brachte Ian zwischen den Zähnen hervor.

Barry schmunzelte. „Ich glaube, ich bekomme allmählich einen Eindruck. Es scheint also, dass eines von Kates Hauptanliegen darin besteht, ein gutes Kommunikationssystem aufzubauen. Ich werde ein paar Regeln für euch beide notieren, an die ihr euch halten könnt. Erstens, niemand hebt seine Stimme. Zweitens verwendet niemand einen Kurzschluss, bis beide Parteien sich darauf geeinigt haben, dass das Problem gelöst ist. Okay?"

„Ja", sagte Kate.

„Ian?", fragte Barry.

„Gut", murmelte Ian. Sie freute sich besonders, dass er das trotz seines Unmuts tat, darüber mit einem unparteiischen Paartherapeuten, äh, Software-Ingenieur, sprechen zu müssen.

Barry schrieb einige Augenblicke lang und lächelte dann. „Das kommt gut voran. Gibt es noch andere Kommunikationsbedenken?"

„Nein", sagte Ian.

Kate meldete sich zu Wort. „Ich möchte, dass Ian genau kommuniziert, was er bereit ist, in seiner Wohnung zu teilen und was er nicht teilen will. Er hat ein Territorialitätsproblem."

„Ich habe *kein* Territorialitätsproblem", knurrte Ian.

„Du machst das wirklich gut, deine Stimme leise zu halten", sagte Kate. Er gab sich wirklich Mühe. Was ihr wiederum die Hoffnung gab, dass er auch den Rest von Barrys Weisheit ernst nehmen würde.

„Ah ja", sagte Barry. „Ich habe von diesen territorialen Vorfällen mit großem Interesse gelesen. Einige sehr detaillierte Beobachtungen, die du hier gemacht hast, Kate."

Kate glättete ihr Haar. „Danke! Ich habe viel Liebe zum Detail. Das ist ein Muss als Physiker."

„M-hm", machte Barry. „Und ist Ian ein Teilchen, das du gerne studierst?"

Sie richtete sich auf. „Ähm, nein, natürlich nicht. Er ist das Männchen."

„Hmm …", sagte Barry.

Ian starrte an die Decke.

Barry klopfte mit seinem Stift auf das Papier und schaute sie an. Sie wand sich. Wartete er darauf, dass sie eine Lösung für Ians Territorialitätsproblem finden würde?

„Kate", sagte Barry schließlich, „vergessen wir Ians Problem für einen Moment, und sprechen wir über dich. Was ist dein wichtigster materieller Besitz?"

„Mein Laptop", antwortete sie gleich.

„Und was, wenn Ian plötzlich unbedingt dein Laptop mit zur Arbeit nehmen muss und dich nicht zuerst gefragt hat? Was wäre, wenn du aufwachst und er einfach weg wäre?"

Sie schoss Ian einen Blick zu. „Warum würdest du meinen Laptop zur Arbeit mitnehmen?"

Langsam schüttelte Ian den Kopf.

„Es ist eine hypothetische Situation", stellte Barry fest.

„Ich wäre wütend", sagte Kate. „Es gibt keinen Grund dafür. Er hat seinen eigenen Laptop und reichlich Computer bei der Arbeit. Es gibt keinen Grund, meinen Laptop mit all meinen wichtigen Arbeiten darauf zu nehmen."

„Du könntest dich also etwas besitzergreifend in dieser Hinsicht fühlen?", fragte Barry. „Ein wenig territorial?"

Einen Moment lang saß Kate schweigend da. Sie war mehr als ein wenig territorial, was ihren Laptop anging. Andererseits stand außer Frage, dass ihr Laptop viel wertvoller war als Rasiercreme. Sie fühlte sich gezwungen, das quantitativ Offensichtliche auszusprechen. „Laptops sind wertvoller als Rasiercreme."

„Was meinst du, Ian?", fragte Barry.

„Sie war ziemlich verdammt wertvoll für mich an jenem Morgen", sagte Ian. „Ich hatte mich das ganze Wochenende nicht rasiert, drei Bewerber, mit denen ich für ihren neuen Job ein Gespräch führen musste, und keine Zeit mehr, im Geschäft welche zu holen."

„In diesem besonderen Umstand", sagte Kate, als es ihr dämmerte, „wurde die Rasiercreme zu einem wertvollen Gegenstand."

„Ausgezeichnete Beobachtung, Kate", sagte Barry. „Ich denke, ich kann sicher sagen, dass jeder bei einem Gegenstand, der in einem bestimmten Moment dringend benötigt wird, territorial werden kann. Stellen wir also als Regel auf, dass die andere Person gefragt wird, bevor man ihre Sachen nimmt, okay?"

„Für mich gut", murmelte Ian.

„Das wäre auch für mich akzeptabel", sagte Kate. „Barry, bitte entschuldige meinen formalen Ton. Dies ist eine sehr emotionale Zeit für mich und hat sicher nichts mit deinen hervorragenden Ingenieursfähigkeiten zu tun."

„Du sprichst, wie immer du willst", sagte Barry leicht. Er kritzelte schnell etwas auf das Papier.

Kate entspannte sich ein wenig und wusste, dass sie bereits drei Regeln hatten. Das war ein toller Start.

„Ich mag es, dass all diese Regeln ausgesprochen werden", sagte Kate. „Danke dir!"

Jetzt musterte er sie von der anderen Seite des Tisches aus. „Du magst Regeln, Kate?"

„Ja."

„Vielleicht werde ich mir ein paar für dich einfallen lassen", sagte er gedehnt.

„Das wäre sehr zufriedenstellend", erwiderte Kate enthusiastisch.

„Du musst ihnen folgen", fügte Ian hinzu. „Jeder einzelnen."

„Natürlich", erwiderte Kate. Sie sah seinen heißen Blick über den Tisch und spürte, wie sich ihr Körper als Reaktion erwärmte, die Brustwarzen kribbelten und einen pochenden Puls zwischen ihren Beinen. *Oh nein.* Sie würde *nicht* bei dieser wichtigen Paartherapie kurzschließen. Sie beugte sich über den Tisch. „Aufhören", flüsterte sie erbittert.

„Ich mache gar nichts", sagte Ian, ein schlaues Lächeln in seinem Ausdruck.

Sie stieß mit dem Finger in seine Richtung und wollte schon *lass diesen Kurzschlussbetrieb* sagen, als Barry unterbrach.

„Okay, wir haben drei sehr solide Regeln hier, die ihr beide bereit seid, einzuhalten. Jetzt denke ich, dass die Idee von Etiketten für sie und ihn kontraproduktiv sein und mehr Territorialität fördern könnte. Könnte ich bei bestimmten Gegenständen vorschlagen, dass ihr zwei kauft?"

„Zwei Milchtüten?", fragte Kate.

„Ja, eine, aus der Ian direkt trinkt", sagte Barry und warf seinem Bruder einen angewiderten Blick zu, „und eine, von der du wie eine zivilisierte Person ein Glas eingießt."

„Für mich ist das in Ordnung!", sagte Kate glücklich. „Ich werde sogar ein kleines Glas Cashews kaufen. Auf diese Weise habe ich nur die Nusssorte, die ich mag, und Ian kann seine Zufällige-Handvoll-Mischnüsse-Obsession fortsetzen."

„Das ist keine Obsession", sagte Ian.

Kate lächelte vor sich hin. Vier sehr klar verständliche Regeln. Sie fühlte sich schon besser.

Barry schrieb schnell, dann legte er den Stift nieder und musterte Kate mit einem ernsten Blick. „Kate, ich fürchte, du neigst dazu, meinem Bruder Eigenschaften zuzuschreiben, die nicht da sind."

Ian schlug auf den Tisch. „Danke dir!"

Kate nahm ihre Brille ab und reinigte sie eifrig mit dem Saum ihres T-Shirts. Sie spürte eine Allianz zwischen den Brüdern und war ohne ihre Schwester hier irgendwie verletzlich. „Wie das?"

„Nun, Ian ist wahrscheinlich der sanfteste, lockerste Kerl, den ich kenne", sagte Barry. „Sogar noch mehr als ich."

„Das ist eines der Dinge, die mich zu ihm hingezogen haben", sagte Kate. „Bei ihm fühle ich mich entspannt."

„Gut", sagte Barry. „Ich freue mich, dass wir uns da einig sind. Wenn du also Wörter verwendest wie *besessen, territorial, feindselig,* kann man sehen, dass diese Bezeichnungen möglicherweise nicht genau zu seiner wahren Persönlichkeit passen."

Kate schoss Barry einen finsteren Blick zu. Dann setzte sie ihre Brille wieder auf und schenkte ihm einen zweiten dunklen Blick, als sie tatsächlich seinen Ausdruck sehen konnte. Er erwiderte ihn mit freundlichem Blick. Sie schnaubte. „Diese Worte waren unter diesen besonderen Umständen alle gerechtfertigt."

„Das sind Worte im Streit, Kate", sagte Barry.

Ian grunzte.

„Eine andere Regel", kündigte Barry an und nahm mit einer großen Geste seinen Stift. „Keine Etiketten, keine Beleidigungen, bleibt einfach bei den Fakten."

Kates Augen stachen. Dieses Mal brachte die Regel ihr überhaupt kein besseres Gefühl. Sie war das Problem? Sie vermasselte die Kommunikation? Sie sah Ian in die Augen, und sein erwidernder Blick war nicht wütend oder selbstgefällig, sondern mitfühlend. Sie biss sich auf die Lippe.

Ian schob seinen Stuhl vom Tisch zurück. „Komm her."

Sie stand auf und ging um den Tisch zu ihm. Er zog sie auf seinen Schoß, sodass ihr Rücken an seiner Vorderseite lehnte. Sie bewegte sich leicht, damit er sie hören konnte. „Es tut mir leid, dass ich unsere Kommunikation vermasselt habe", flüsterte sie. „Ich habe alles dir angelastet. Du hattest recht, mein Bericht war voreingenommen. Ich war kein Schimpanse, den ich nicht kannte."

„Es ist okay", sagte Ian und legte seine Arme um sie. Er strich ihr die Haare aus dem Gesicht und küsste ihre Wange. Sie entspannte sich an ihm.

Barry lächelte. „Ich denke, wir machen hervorragende Fortschritte. Kate, wirst du in Ians Schoß kurzschließen, oder können wir weitermachen?"

Sie fühlte sich zu gut, um sich zu bewegen. „Wir können fortfahren."

Danach ging es glatt. Innerhalb einer halben Stunde hatte Barry eine Liste mit sechs Regeln für eine effektive Beziehung (die sechste Regel, die als Reaktion auf Ians Beschwerden hinzugefügt wurde, sorgte dafür, dass ihre Gleichungen unberührt blieben, solange sie keine Nahrung oder etwas anderes Verderbliches verwendete). Kate fühlte sich so gut, dass sie sogar eine faire Möglichkeit erfand, die Hausarbeit zu teilen – sie stellten eine Liste der Hausarbeiten zusammen, und sie und Ian wechselten sich ab, was sie tun würden. Idealerweise würden sie eine Putzkraft engagieren, wie ihre Eltern sie hatten, aber sie hatten nicht das Geld dafür.

Sie waren fertig, und Barry riss das Stück Papier, das der Schlüssel zu einer glücklichen, harmonischen Zukunft war, ab und überreichte es Kate. Sie faltete es ordentlich und steckte es in ihre Handtasche.

„Vielen Dank, Barry, für deine Geduld und dein Verständnis", sagte Kate.

„Ja, danke, Brüderchen", sagte Ian. „Das war nicht so schlecht, wie ich gedacht hatte."

„Alles für meine beiden Lieblingsmenschen", sagte Barry, stand auf und streckte sich.

Kate ging hinüber und umarmte ihren liebsten Schwager auf der ganzen Welt. Ian zog ihn ebenfalls in eine einarmige Männerumarmung.

„Ich werde Violet gute Nacht sagen", sagte Barry und ging nach oben.

Ian ergriff ihre Hand und begleitete sie ins Wohnzimmer. „Weißt du noch, wie du gesagt hast, dass ich der Fürsorglichere von uns beiden bin?", fragte er sie, sobald sie sich auf dem Sofa niedergelassen hatten.

„Ja."

„Ich glaube nicht, dass das noch stimmt."

Sie zuckte zusammen. Ian umarmte sie immer und warf ihr warme Blicke zu. Es hatte ewig gedauert, bis sie eine Umarmung hatte initiieren können. Dann erkannte sie, dass sie ihn und ihre Familie mehr umarmt hatte. „Wegen der Umarmungen?"

„Ja, die Umarmungen und das Ich liebe dich und dass du dich äußerst, ohne übermäßig formell zu sein. Obwohl es dir manchmal noch herausrutscht." Er küsste sie auf die Nasenspitze. „Die Art, wie du Violet anbetest."

„Nun, sie ist ja auch anbetungswürdig."

„Vielleicht könnten wir uns abwechselnd um unsere Kinder kümmern. Ich nehme mir für das erste Kind eine Auszeit, du nimmst dir für das zweite Kind eine Auszeit. Was meinst du?"

„Oder vielleicht reduzieren wir beide unsere Arbeitszeit und gleichen Arbeitsschichten mit Kinderschichten aus."

„Schau mal, wie gut wir es jetzt schon machen. Kommunizieren, erarbeiten faire Lösungen für Probleme, die jeder hat."

„Es sind nicht nur wir", sagte sie langsam. „Es ist nicht so, als stimmte etwas nicht mit uns." Sie sah zu ihm auf. „Das ist alles normaler Paarkram. Wir sind nur ein normales Paar!"

„So weit würde ich nicht gehen, mein kleiner Affe." Er beugte sich zu einem Kuss vor, und sie schlug eine Hand auf seine Brust.

„Warte. Bevor du mich kurzschließt –"

„Die Regel sagt, dass ein Kurzschluss erlaubt ist, nachdem die Probleme gelöst wurden", brummte er neben ihrem Ohr.

„Ich möchte reden."

„Küssen und dann reden." Als sie ihn nicht küsste, verkrampfte er seinen Kiefer. „Gut. Was?"

„Vielen Dank, dass du mit meiner Mom über das Hochzeitskleid gesprochen hast."

„Gern geschehen."

„Was hast du gesagt?"

„Ich sagte, Dr. Lewis, dies ist die Mutter aller Mutter-Tochter-Momente, und es würde Kate viel bedeuten, wenn Sie ihr ein Hochzeitskleid kauften. Ich sagte auch, dass ich dafür bezahlen würde, wenn die Kosten ein Problem wären."

„Was hat sie gesagt?"

„Sie sagte: ‚Vielen Dank für Ihre freundliche Einschätzung zu diesem wichtigen Anlass', und dann legte sie auf."

Kate verzog das Gesicht. „Du hast also wirklich nicht gewusst, ob sie das Mutter-Tochter-Ding machen würde oder nicht."

„Ich wusste, sie würde es tun."

Kate zog die Brauen zusammen. „Woher wusstest du das?"

„Weil sie in dem formalen Ton sprach, mit dem du

sprichst, wenn du nervös bist oder dich über etwas aufgeregt hast. Ich wusste, dass es ihr etwas bedeuten musste."

„Sie klingt immer so!"

Seine warmen braunen Augen blickten liebevoll in ihre, sein Mund verzog sich zu einem Grinsen. „Rechne es mir an, dass ich die Art der Lewis-Frauen verstanden habe."

Sie warf ihre Arme um ihn und küsste ihn überall ins Gesicht, und dann küsste sie seinen lächelnden Mund. Er vertiefte den Kuss, und sie hatte einen Kurzschluss, ihr Geist schaltete sich ab, ihr Körper erwärmte sich. Von hier aus würde alles sicher glattgehen. Was konnte schiefgehen?

15

Sechs Regeln für die Beziehung zwischen Ian und Kate
1. Niemand erhebt seine Stimme.
2. Kein Kurzschluss, bis sich die Parteien darauf geeinigt haben, dass das Problem gelöst ist.
3. Die andere Person fragen, bevor man ihre Sachen nimmt.
4. >=2 Artikel vorrätig haben von Milch, Nüssen und Rasiercreme.
5. Keine Etiketten, keine Beleidigungen, bei den Fakten bleiben.
6. Gleichungen sind nur aus nicht verderblichen Dingen zulässig.

Ian war ein wenig angespannt. Okay, sehr. Aber er wollte beweisen, dass er diese für Kate so wichtige Regel-Befolgungssache machen konnte. Die Regeln wurden überall aufgehängt – über der Toilette (eindeutig für diejenigen unter uns gemeint, die im Stehen pinkeln), an der Schlafzimmertür, auf ihren beiden Nachttischen, am Kühlschrank, am Couchtisch und an der Innenseite der Eingangstür. Er hatte sie nach dem ersten Tag auswendig gelernt. Jetzt, vier Tage später, verspotteten ihn die Regeln mit ihrer soliden Perfektion. Sie hatten nicht einmal gestritten. Sie hatten sich auch nicht einmal spontan geliebt, weil er natürlich erst überprüfen musste, ob das Problem gelöst war, bevor er sie kurzschließen konnte, was sein Favorit war, und bis Kate alle möglichen Wege durchgegangen war, die zu einer gerechten Lösung führen würden, mit was zur Hölle auch immer sie ein „Problem" hatten, war er von ihrer ausgiebigen Diskussion fast katatonisch und hatte nicht mehr die Energie.

Alles war perfekt harmonisch, was entspannend sein sollte, aber ihn stattdessen reizbar machte. Er wollte so laut er konnte *ich hasse Regeln!* rufen. Obwohl er wirklich nicht so sehr ein Rebell war. Er mochte die Dinge eben einfach, eine Art „Go-with-the-flow"-Typ. Okay, ja, er hatte Cashews aus ihrem speziellen Glas gemopst, nur um sie zu provozieren. Sie rätselte immer noch über die Höhe der Nusslage und fragte sich, ob sie mehr gegessen hatte, als ihr klar gewesen war. Und er hatte kein Wort darüber verloren, dass sie aus seinem angeblich so unhygienischen Milchkarton und nicht aus ihrem getrunken hatte. Dieser kleine Triumph machte ihn glücklich.

Er war ein schrecklicher Mensch.

Er schaute über den Küchentisch auf Kate, als er das Abendessen, das er zubereitet hatte, aß. Ihr Ausdruck war verträumt. Nicht von seinem Kochen. Sie dachte nach, schaute in die Ferne, anstatt all seine harte Arbeit zu schätzen. Sie hatten sich an die Liste der gerechten Arbeitsteilung gehalten, was bedeutete, dass er die ganze Woche über Abendessen gekocht hatte. Meistens hatte er tiefgefrorene Mahlzeiten aus dem Supermarkt aufgewärmt, wie das heutige Lasagne-Gericht, aber er hatte Spaghetti ganz allein gekocht, und er bereitete immer eine Beilage aus Gemüse zu. Und äußerte Kate auch nur ein Wort der Anerkennung für all seine Bemühungen in der Küche? Nein. Er hatte den Brokkoli gewaschen, gehackt und gebraten. Hatte sie es überhaupt bemerkt? Nein. Sie aß jede Mahlzeit als wäre es eine notwendige Pflicht, entschuldigte sich, ließ all das schmutzige Geschirr im Waschbecken (ihre Pflicht) und machte einen langen Spaziergang.

Klar, später stellte sie das Geschirr in die Spülmaschine, und übrigens, sie stellte alles hinein, sogar Sachen, die von Hand geschrubbt werden mussten, was er später tun musste, aber ... zum Teufel, Geschirr beiseite, wenn sich jemand die Zeit nahm, ein schönes Essen zuzubereiten, dann sollte der andere erwähnen, dass es gut oder irgendwas war.

Sie blinzelte und suchte verzweifelt nach etwas, mit dem sie schreiben konnte.

„Nimm das Whiteboard am Kühlschrank", sagte er, bevor sie mit der Lasagne-Sauce auf den Tisch schreiben konnte. Er hatte das Whiteboard speziell für sie gekauft.

Sie sprang auf und schrieb etwas Unbegreifliches mit vielen mathematischen Symbolen auf das Whiteboard. Dann kehrte sie zum Tisch zurück und blieb stehen, um ihr Glas Milch zu leeren. Aus seinem Karton gegossen. *Muah-haha.*

„Hat dir das Abendessen gefallen?", fragte er.

„Ausgezeichnet, wie immer", antwortete sie. „Danke dir!"

Warum fühlte er sich dadurch nicht besser? Er war so verdammt gereizt, seit die Regeln aufgehängt worden waren.

Sie wischte sich ihren Milchschnurrbart mit einer Serviette ab. „Möchtest du mit mir spazieren gehen?"

„Nein, danke." Er hatte nach dem zweiten Abend aufgegeben, weil man unmöglich mit ihr sprechen konnte. Die Spaziergänge nach dem Abendessen waren eher wie Gedankengänge für ihr Gehirn. Sie hielt häufig an, um Notizen auf einen kleinen Notizblock aus ihrer Handtasche zu schreiben. Er konnte sagen: „Es regnet Penisse", und sie würde sagen: „Ja, sehr nett."

Er erhob sich.

„Bist du fertig?", fragte sie.

„Ja."

„Perfekt. Ich räum die beiden Teller zusammen ab." Sie stapelte die Teller und das Besteck, warf alles ins Spülbecken und machte sich auf den Weg zur Tür.

„Viel Spaß!", sagte er.

„Bis gleich", sagte sie abwesend und ging.

Mit einer herkulischen Anstrengung ignorierte er das schmutzige Geschirr, das nicht auf *seiner* Liste der Aufgaben stand, stellte die übriggebliebene Lasagne weg und setzte sich aufs Sofa, um sich das Sox-Vorspielprogramm anzusehen. Er war insgeheim froh, dass sein Chef ihn nächste Woche wieder Vollzeit bei der Arbeit haben wollte. Eine weitere harmonische Woche konnte er nicht zu Hause ertragen. Er legte seine Füße auf den Couchtisch und entspannte sich. Die Sox hatten bisher eine tolle Saison.

Beim vierten Inning war er weniger entspannt. Kate war schon lange weg, viel länger als ihre übliche halbe Stunde, und es begann dunkel zu werden. Er machte sich Sorgen, dass sie in einer dunklen Gasse herumwanderte, ohne ihre Umgebung zu sehen. Er schnappte sich sein Handy, um die Zeit zu überprüfen. Sie war fast zwei Stunden weg.

Er rief sie an. „Wo bist du?", bellte er, sobald sie antwortete.

„Fast zu Hause", sagte sie.

„Wie weit weg?"

Die Tür öffnete sich. Die Erleichterung, sie durch diese Tür kommen zu sehen, war überwältigend. Er ging zu ihr und umarmte sie ganz fest. Er löste sich weit genug von ihr, um sie anzusehen. „Wo warst du?"

„Ich habe doch gesagt, ich war spazieren."

„Du warst zwei Stunden weg."

Sie neigte den Kopf. „War ich das? Ist mir gar nicht aufgefallen. Ich hatte viel, worüber ich nachdenken musste."

Er streichelte ihre Wange. „Worüber denkst du denn so angestrengt nach?"

„Ich bin verwirrt. Ich habe versucht, einen Selbsttest zu machen, weil ich befürchte, dass das Problem bei mir liegt, aber die Ergebnisse haben sich als nicht schlüssig erwiesen." Sie biss sich auf die Lippe. „Ich meine, ich bin noch verwirrt."

Er bemerkte den förmlichen Ton, die Verwirrung, die ihn wahrscheinlich auch betraf, sein eigenes unbehagliches Gefühl, das durch ihn zog, und sagte das Einzige, was er sagen konnte: „Okay, lass uns reden."

Sie setzten sich nebeneinander aufs Sofa. Er griff nach der Fernbedienung, reduzierte die Lautstärke und drehte sich zu ihr. „Was ist los?"

Sie nahm ihre Brille ab und reinigte sie eifrig mit dem Saum ihres T-Shirts. Noch ein untrügliches Zeichen bei ihr. Sie musste ziemlich aufgebracht sein. „Diese Woche haben wir viel Zeit miteinander verbracht."

„Ja, und?"

Sie runzelte die Stirn und setzte ihre Brille wieder auf. „Wir haben beide bewunderungswürdige Arbeit geleistet, wenn es um die Einhaltung der Beziehungsregeln und die gerechte Verteilung der Aufgaben ging."

„Also, wo genau ist dann das Problem? Ich dachte, du magst Regeln."

Sie rang ihre Hände. „Ich bin verwirrt. Wir haben alles richtig gemacht, aber ich bin so unruhig. Es ist fast klaustrophobisch, in der Wohnung mit dir zu sein, obwohl ich sicher bin, dass ich dich immer noch liebe. Was soll ich denn tun?"

Er wusste genau, was er tun sollte. Er packte die Liste mit den Regeln vom Couchtisch und zerriss sie in Fetzen.

Kate schnappte nach Luft. „Ian! Was tust du denn da?"

„Scheiß auf die Regeln", sagte er.

„Scheiß auf die Regeln", echote sie, ihre blauen Augen leuchteten vor Aufregung.

„Das sind nicht wir. Du bist unruhig, weil du es magst, wenn wir uns streiten und brüllen und uns versöhnen. Du magst es, wenn ich dich kurzschließe, wann immer ich verdammt nochmal will. Und ich auch! All diese Regeln haben mich verkrampft."

„Du meinst –" Sie glättete ihr Haar, „ich bin heimlich ein Rebell?"

Er verkniff sich ein Lächeln. „Definitiv."

Sie sah nachdenklich aus. Während sie abgelenkt war, zog er ihr Haarband heraus und strich seine Finger durch die seidigen Strähnen.

Sie wandte sich mit ihrem aufgeregten Heureka-Gesicht zu ihm. „Es muss eine Art Endorphin geben, das in mein Gehirn tritt, wenn wir uns über etwas aufregen. Du bist ein so würdiger Gegner, weißt du."

„Danke", sagte er, hob ihre Haare und drückte einen Kuss auf die Seite ihres Halses.

Sie zitterte und redete weiter, ohne seinen ruchlosen Plan zu bemerken, da sie in ihrer neuen Entdeckung verloren war. „Wie wenn du deine schmutzige Socke Richtung Korb wirfst und nicht triffst, und du sie einfach dort lässt, auf dem Boden, zusammengerollt, anstatt sie hineinzulegen. Ich habe die ganze Woche darüber kein Wort gesagt, weil deine Aufgabe die Wäsche ist. Stattdessen habe ich es also ignoriert und dieser Zorn verwandelte sich in Klaustrophobie durch das Teilen des Apartments."

Er schob seine Hände unter die Rückseite ihres T-Shirts, um den BH-Verschluss zu lösen. „Das ist richtig, Kate. Du solltest das rauslassen." Der BH sprang auf, aber sie bemerkte es nicht, ihre Augen waren unfokussiert und verträumt. Er rieb ihr den nackten Rücken. „Wie wenn ich all diese leckeren Abendessen gemacht habe und du kein Wort der Wertschätzung sagst, bis ich dich frage. Das macht einen angespannt."

„Du meinst, *du* warst angespannt, als ich gelangweilt und unruhig war", sagte sie und konzentrierte sich erneut auf ihn. „Interessant."

„Das ist wirklich interessant", sagte er, setzte ihr die Brille ab und legte sie auf den Couchtisch.

„Ich denke, das Interessanteste ... *Gurfle murfle muh.*" Ihre Stimme wurde gedämpft, weil er ihr T-Shirt hoch und über ihren Kopf zog. Er bat sie nicht, es zu wiederholen. Stattdessen warf er ihr Oberteil weit weg, damit sie es nicht wieder anziehen konnte.

Er strich mit seiner Hand an der Seite ihres Halses entlang. Ihre Lippen trennten sich, die Wangen wurden rot, aber ihre Augenbrauen waren zusammengezogen, als wollte sie sich konzentrieren. „Kate, weißt du, wie sehr ich diesen verdammten Badezimmerspiegel von Lippenstift-Gleichungen reinigen wollte?"

Sie befeuchtete ihre Lippen. „So sehr, wie ich die Zahnpastatube beschlagnahmen wollte, bis du gelernt hast, wie man sie richtig verwendet?"

Er schob ihre BH-Träger von ihren Schultern, zog sie ab und warf auch ihn weg. Dann umfasste er ihre Brüste mit beiden Händen und streichelte die Spitzen, die mit seiner Berührung fest wurden.

„Haben wir unser Problem gelöst?", fragte sie mit keuchender Stimme.

„Wen zum Teufel kümmert das", sagte er, bevor seine Lippen ihre trafen. Sie packte seinen Kopf. Er rollte auf sie, ihre Münder miteinander verschmolzen, ließ sich zwischen ihren Beinen nieder. Er legte sich anders hin, um ihren Kiefer zu küssen, und seine Lust trieb ihn dazu, sich schneller zu bewegen, als er es normalerweise getan hätte. Er saugte an ihrem Hals, und sie bäumte sich unter ihm hoch. Der Rest war eine einzige heiße Unschärfe, ihre Hände packten ihn verzweifelt, während sie einander leidenschaftlich küssten.

Er stand auf und zog sich seine Sachen aus, und sie nahm das als Stichwort und riss ihre Shorts und das Höschen herunter. Dann war er auf ihr und nahm sie mit einem schnellen Stoß. Sie keuchte und drängte ihn weiter, „Härter, schneller, fuck, fuck, fuck." Sie musste immer reden, und er liebte es. Sie hob ihre Beine höher, ihre Fersen gruben sich in seinen Rücken, während er tiefer stieß. Er schob seine Hand unter ihren Hintern und hob ihre Hüften für den Winkel, den er brauchte. „Ja! Ja! Ja!", schrie sie, und er ließ einfach los und pumpte in sie hinein, während sie unter ihm zitterte.

Er hielt inne, tief in ihr vergraben, und atmete angestrengt. Er spürte, wie sie unter ihm zitterte und hob seinen Kopf. Sie lachte leise.

„Was ist so verdammt lustig?", fragte er.

„Ich bin nur glücklich", sagte sie. „Ich wusste gar nicht, dass ich so ein Rebell bin."

Er nahm ihr Gesicht in die Hände und küsste ihren lächelnden Mund. „Ich liebe das an dir." Er rieb seine Nase an ihrer und schaute in ihre leuchtend blauen Augen.

„Ich bin auch tough", sagte sie. „Zwei Piercings, und ich bin nicht ohnmächtig geworden."

Er hatte noch nie von jemandem gehört, der beim Durchstechen seiner Ohren ohnmächtig wurde. „Schätze schon."

Sie schlug seine Schulter. „Was meinst du mit schätze

schon? Das ist so tough. Ich werde normalerweise immer ohnmächtig, wenn ich eine Spritze bekomme."

„Das tust du?"

„Ja."

Er küsste sie. „Ja, ich schätze, dann bist du tough."

„Glaubst du, du wirst mit mir fertig werden?", fragte sie mit neckender Stimme.

Er knabberte an ihrem Hals. „Ich werde ganz gut mit dir fertig werden", knurrte er in ihr Ohr. Dann stand er auf und trug sie in seinen Armen ins Schlafzimmer. Er warf sie aufs Bett. Sie landete hüpfend darauf und mit einem freudigen Lachen. „Und ich werde erst mit dir fertig sein, wenn du jede Regel brichst."

„Tu es", sagte sie und drängte ihn weiter.

„Unsanft, Kate." Dann packte er sie und handhabte sie, bis er sie dazu brachte, ihre Stimme zu heben (Regel eins gebrochen), vollständig kurzzuschließen (Regel zwei), sein Zeug zu nehmen (Regel drei in gewisser Weise), ihren hochwertigen Körper zu teilen (Regel vier, *aw, yeah*, sein Territorium), ihn mit jedem Namen zu belegen, an den sie je gedacht hatte, einschließlich einiger, an die sie noch nie gedacht hatte (Regel fünf, gib mir Namen, du Dirty Talker), und schrieb Gleichungen über seinen ganzen Körper mit extrem verderblicher Schlagsahne (scheiß auf Regel sechs).

Scheiß auf alle Regeln.

Kate wachte am nächsten Morgen früh auf und lag nackt auf ihrem Bauch, wo sie nach der dritten Runde mit Ian zusammengebrochen war. Seine Ausdauer war unglaublich. Er laugte sie immer aus, lange bevor er ausgelaugt war. Wahrscheinlich, weil er mehrere Orgasmen aus ihr herausgewrungen hatte, bevor er seinen eigenen einzigen Orgasmus zuließ. So ein rücksichtsvoller Hengst. Wie konnte er nicht die perfekte Zehn sein, die die Messlatte für alle anderen legte?

Plötzlich erkannte sie, warum sie wach war. Ihr Handy

klingelte. Sie bewegte sich und griff auf dem Nachttisch danach.

„Hallo?", flüsterte sie. Niemand dran. Es musste bereits auf die Mailbox gegangen sein. Sie legte sich wieder neben Ian auf den Bauch, stützte sich auf die Ellbogen und drückte auf ihr Handy, um die Mailbox abzuhören.

Einige Augenblicke später schoss sie im Bett senkrecht in die Höhe. „Ian!"

Er stöhnte und schlief immer noch auf seinem Rücken. Sie legte ihr Handy auf den Nachttisch und kehrte zu Ian zurück, schüttelte ihn an den Schultern. „Ian! Wach auf!"

„Wie spät ist es?", murmelte er.

„Wach auf! Ich habe große Neuigkeiten!"

Keine Antwort. Sie setzte sich rittlings auf ihn und wackelte ein wenig herum. Sie spürte, wie er unter ihr hart wurde; dann gingen seine Hände zu ihren Hüften und seine Lippen verzogen sich zu einem Lächeln. „Mmm ...", machte sie. Seine Augen waren immer noch geschlossen.

Sie lehnte sich nach vorne und knabberte an seiner Unterlippe, um ihn aufzuwecken. Dann kreischte sie überrascht, als er sie plötzlich auf den Rücken kippte, ihre Beine mit seinem Körper auseinander drückte, wobei seine Hände ihre an die Matratze über ihrem Kopf drückten.

„Guten Morgen, du Toughe", sagte er und brachte seine Hüften in eine Position, von der sie wusste, dass sie einen harten Fick ankündigte. Am Morgen war er ein Tier.

„Warte", sagte sie. „Ich wollte dir große Neuigkeiten erzählen."

„Danach", murmelte er, die Worte heiß auf der empfindlichen Haut ihres Halses.

Sie stöhnte. Verdammt! Er wollte sie kurzschließen, bevor sie von ihren großen Neuigkeiten berichten konnte. Sie kniff die Augen fest zu und konzentrierte den letzten Teil ihrer Gehirnleistung. „Ein Wiesel ist in den Large Hadron Collider gedrungen, und jetzt hab ich es!", sagte sie in Eile.

Er hob seinen Kopf und schaute sie für einen langen Moment an, seine Augen waren immer noch schläfrig. „Hast was?"

„Es gehört mir!"

Er starrte sie ausdruckslos an. „Das Wiesel?"

„Nein, Dummerchen! Das Stipendium gehört mir! Ein Wiesel ist in den Large Hadron Collider eingedrungen und hat sich durch einige Stromleitungen gefressen und einen Kurzschluss ausgelöst. Ha! Ein weiterer Kurzschluss zu meinen Gunsten! Da sie nicht arbeiten konnten, ist das Komitee die Stipendienanträge vorzeitig durchgegangen, und ich bin dabei! Ich hab es!"

Er ließ ihre Hände los, stieg von ihr herunter und setzte sich neben sie. Sie sprang auf und warf ihre Arme um ihn. „Es ist, als wäre ein Traum wahr geworden!", rief sie.

Er umarmte sie. „Ich bin so stolz auf dich. Wirklich gute Nachrichten. Wir feiern, sobald ich wacher bin."

Sie hüpfte auf ihrem Platz, ihre Aufregung brauchte ein Ventil. „Ich rufe jetzt Amber an." Sie rutschte, um sich auf den Rand des Bettes zu setzen und griff nach ihrem Handy.

„Geht Nate mit dir?", fragte Ian.

„Ja. Oh, gute Idee. Ich sollte ihn auch anrufen."

„Ich werde dich vermissen."

Sie drehte sich, um ihn anzusehen. „Was meinst du damit? Ich möchte, dass du mit mir kommst."

„Ich kann nicht. Mein Job ist hier."

„Sag denen, dass du Homeoffice machen möchtest."

„Ich habe diese Woche im Homeoffice gearbeitet, und meinem Chef hat es nicht gefallen. Die Doktoranden brauchen mehr praktische Betreuung. Das ist der Hauptgrund, weswegen sie mich eingestellt haben. Ich bin einer dieser seltenen Menschen, die die Technologie verstehen und die sozialen Kompetenzen haben, um mit einer Herde von Nerds umzugehen." Er schenkte ihr ein Lächeln, das erzwungen aussah. Das hat mein Boss zumindest gesagt."

„Oh." Sie wandte sich wieder ihrem Handy zu, ihre Aufregung ließ nach. Und dann war Ians Hitze an ihrem Rücken.

Er legte seine Arme um ihre Taille, seine Beine auf beide Seiten von ihr. „Ich bin hier, wenn du zurückkommst."

Sie sagte nichts. Das war nicht, wie sie sich die Sache

zwischen ihnen vorstellte. Noch ein Jahr lang Fernbeziehung? Sogar noch größere Ferne, über einen ganzen Ozean. „Ich dachte, du wolltest keine Fernehe."

Er schob ihr Haar zurück und küsste ihre Schläfe. „Will ich auch nicht. Wir werden eine Fernverlobung haben."

Tränen brannten in ihren Augen. Sie sagte sich, sie solle es sich verkneifen. Es war nicht so, als würden sie Schluss machen. Sie waren verlobt, verdammt nochmal.

Ian löste sich von ihr und setzte sich im Bett zurück. „Nur zu, mach deine Anrufe. Ich weiß, dass viele Menschen mit dir feiern wollen."

Sie nahm das Telefon mit in den anderen Raum, weil sie einen Moment brauchte, um sich zu sammeln. Der ganze Punkt ihrer Verlobung war, sie näher zu bringen. Fernbeziehung für ein weiteres Jahr war genau das Gegenteil.

Und nicht zum ersten Mal befürchtete sie, dass ihr Antrag ein großer Fehler gewesen sei.

16

Ian sagte sich selbst, dass diese Gelegenheit auf ein Stipendium nicht das Ende ihrer Beziehung sei. Er hatte sich das schon gesagt, als Kate ihm zum ersten Mal ihre guten Nachrichten mitgeteilt hatte, und er erinnerte sich die ganze nächste Woche – seine letzte Woche mit Kate – wieder und wieder daran. Er wollte nicht der Freund sein, der seine brillante Freundin zurückhielt. Sie würden das mit der Fernbeziehung machen. Es war nicht anders als vor der Verlobung. Er hatte ohnehin gedacht, sie würden ein Jahr lang eine Fernbeziehung zwischen Boston und Chicago haben. So wäre sie nun ein Jahr lang zwischen Boston und Genf. Außer, irgendwie, nach der Verlobung und dem Zusammenleben für einen Monat, fühlte sich diese lange Distanz nicht mehr ganz so machbar an. Tatsächlich fühlte es sich endgültig an. Und das nicht nur, weil Nate, der Typ, der Kate anbetete, an ihrer Seite wäre und nicht Ian.

Er hatte das Gefühl, als würde er sie verlieren.

Alles, was sie taten, fühlte sich an, als wäre es das allerletzte Mal. Bittersüß. Selbst dumme Kleinigkeiten wie durch Lippenstift-Gleichungen in den Spiegel zu sehen schnürte ihm die Kehle zu. Kate musste das auch gedacht haben, weil sie nicht so glücklich war, wie eine Person, der gerade die Chance ihres Lebens geboten wurde, es sein sollte. Sie war lustlos, machte viele lange Spaziergänge und vergaß, ihr Haar zu bürsten. Sogar ihr Gleichungsschreiben verlangsamte sich. Sie befand sich in einem fernen Raum in ihrem Kopf und schien sich jeden Tag weiter zurückzuziehen.

Jetzt war es Samstagmorgen, und sie mussten sich für die Verlobungsfeier in Clover Park ihnen zu Ehren fertig machen. Er beendete die Rasur und bemerkte, dass der Badezimmerspiegel einmal sauber war, die Gleichungen waren weggewischt, und er ging ins Schlafzimmer, wechselte in eine Anzugshose und ein Hemd. Kate steckte ein paar neue Ohrringe in ihre Ohrläppchen, Perlen, die zu ihrem neuen Blumenkleid mit fröhlichen gelben Rosen passten. Sein Blick wanderte ihre nackten Beine hinunter zu den Turnschuhen.

„Falsche Schuhe", sagte er.

„Hm?" Sie sah hinab. „Oh. Gewohnheit." Sie trat sie ab, ging zum Schrank, um ihr einziges Paar feine Schuhe in seiner Wohnung zu holen, und kam einige Minuten später barfuß zurück. Mittlerweile war er schon ganz fertig. Er beobachtete sie, wie sie zum Korb in der Ecke des Schlafzimmers ging, all seine schmutzigen Socken auf dem Boden um ihn herum aufnahm, sie in den Korb legte und den Korb in den Schrank stellte.

„Ich weiß nicht, warum ich vorher nicht daran gedacht habe", sagte sie. „Jetzt muss ich deine Socken nicht mehr auf dem Boden sehen und du kannst dein Lieblingssocken-Basketballspiel spielen." Ihre Unterlippe zitterte, und sie eilte aus dem Zimmer.

Er holte ihre schwarzen hohen Schuhe aus dem Schrank und fand sie in der Küche, wo sie gerade Eier und Milch aus dem Kühlschrank nahm. „Ich habe noch nie für dich gekocht", sagte sie. „Ich kann Rühreier machen. Ich hätte für dich kochen sollen."

Sie begann, Schränke zu öffnen und zu schließen, wahrscheinlich auf der Suche nach einer Pfanne. Er stellte die Schuhe ab und zog sie in seine Arme. „Dafür ist keine Zeit", sagte er. „Wir müssen zur Party fahren."

Sie sah zu ihm auf, ihre Augen glänzten vor unvergossenen Tränen. „Ich brauche mehr Zeit", sagte sie drängend.

„Heute ist die Party. Dann haben wir nur noch Sonntag. Ich reise Montagmorgen ab. Wir müssen viel reinquetschen." Sie löste sich von ihm. „Das war's! Ich werde dich danach ein Jahr lang nicht mehr sehen!"

„Ich sehe dich am Tag, bevor du nach Europa fliegst", erinnerte er sie. „Und ich fahre dich zum Flughafen." Ende August, in drei Monaten, würde sie von New York aus direkt nach Genf fliegen. Sie würde für einen letzten Besuch am Tag zuvor bei Barry und Amber übernachten. Ihr Haus war etwa eineinhalb Stunden vom Flughafen entfernt.

Sie rang ihre Hände. „Es ist nicht genug! Dieser Monat ging zu schnell vorüber."

Er stimmte ihr zu. Absolut. Aber er würde nicht der Typ sein, der sie zurückhielt.

Er stellte die Eier und die Milch weg. „Weihnachten bist du wieder zu Hause. Dann haben wir eine Woche." Vorher hatte er bei seinem neuen Job nicht genügend Urlaub, um sie zu besuchen.

Er drehte sich um, um sie im Wohnzimmer zu finden, wo sie verzweifelt alle Post-its einsammelte, die sie auf dem Couchtisch gelassen hatte. Sie verließ bereits jetzt seine Wohnung.

Sie zerknüllte sie mit der Faust und hielt sie hoch. „Die sind nutzlos!"

Sie ging weiter und befreite die Wohnung hastig von allen Gleichungen, die sie in der vergangenen Woche geschrieben hatte. Sie eilte an ihm vorbei, ihre Hände voller zerknitterter Post-its. „Müllarbeit!", rief sie, bevor sie alle in den Mülleimer unter dem Spülbecken stopfte.

Er atmete tief ein und sah sich in der Wohnung um, die zum ersten Mal seit einem Monat sauber und übersichtlich war. Sie hatte die ganze Woche über langsam ihre Sachen aufgeräumt. Sich aus seinem Leben gelöscht. Es war ätzend.

Sie wischte die Gleichungen mit der Hand vom Whiteboard am Kühlschrank und hinterließ schwarze Flecken seitlich an ihrer Hand.

„Kate, deine Schuhe sind da." Er deutete darauf, wo er die

schwarzen Pumps neben ihrem Stuhl am kleinen Küchentisch gelassen hatte.

Sie schob ihre Füße hinein, wischte sich die Augenwinkel ab und hinterließ einen schwarzen Flecken auf einer Wange. „Okay, bin so weit."

Bittersüß.

Er ging zu ihr, nahm ihre Hand und führte sie zurück ins Badezimmer. „Willst du dein Haar für die Party offen tragen?"

Sie schniefte. „Ich habe vergessen, meine Haare zu machen. Ich bin solch ein Chaos. Ich weiß nicht einmal, ob ich zu dieser Party gehen sollte."

„Wir müssen gehen. Sie ist für uns."

Er stellte sie vor das Waschbecken, damit sie sich selbst betrachtete. „Oh!", rief sie. „Schau dir meine Wange an." Sie ließ das Wasser laufen, nahm Seife und wusch die schwarzen Flecken von ihrer Wange und Hand.

Sie starrte sich selbst im Spiegel an, ihre Atmung schien etwas angestrengt zu sein. „Warum ist das so schwer?"

Er nahm ihre Haarbürste vom Waschtisch und begann, ihre langen Haare auszubürsten. Er brauchte es nicht, es war nicht verworren, er wollte es nur. „Ich schätze, weil wir jetzt wissen, wie gut es ist, wenn wir wirklich zusammen sind, den gleichen Raum teilen, Mahlzeiten teilen, alles teilen. Wir kommen wieder dorthin."

Sie blinzelte rasch. „Ich will nicht weinen. Ich sehe hässlich aus, wenn ich weine, meine Wangen werden fleckig sein, und meine Augen sind bei der Party dann rot und geschwollen."

Er legte die Bürste nieder, strich ihr Haar zur Seite und versenkte seine Zähne in ihren Hals, um all die traurigen Gedanken kurzzuschließen. Sie zuckte zusammen. Er saugte sanft, und sie seufzte. „Ian."

Er drehte sie in seinen Armen, fühlte sich viel zu matschig für das, was er wirklich tun musste, nämlich, sie beide sich zusammenreißen zu lassen und sie auf die Straße zu bringen. Also packte er ihr Haar und küsste sie heftig, feucht und tief, bis sie stöhnte und sein Hemd umklammerte. Er unterbrach den Kuss und knurrte ihr ins Ohr: „Lass uns gehen, bevor ich dich so hart ficke, dass du nicht gerade gehen kannst, und dann musst du das allen auf der Party erklären."

Sie lachte, und er zwang ein Lächeln zurück. Er hatte gehofft, sie zum Lachen zu bringen, sie zumindest abzulenken, aber ihr Lächeln verging schnell. Sie biss sich auf die Lippe, ihre Augen wässrig hinter ihrer Brille. „Du bist so gut zu mir," flüsterte sie.

Seine Kehle war eng, seine Brust schmerzte. Das würde hart werden. Diese Trennung. Einer von ihnen musste sich zusammenreißen, sonst überstanden sie diese Party nie. Er drehte sie zur Tür und schlug ihr leicht auf den Hintern. „Beweg dich."

Das tat sie.

„Und lass die Haare offen", befahl er sowohl, weil er es so mochte, als auch weil er wusste, dass sie sich entspannte, wenn er den Alpha markierte. Sie hatte immer extra Haarbänder in ihrer Handtasche.

Sie warf ihr Haar über die Schulter und segelte aus der Haustür. Er hielt an, nahm die Handtasche, die sie vergessen hatte, vom Flurtisch und folgte ihr nach.

Als sie auf ihrer Verlobungsparty auftauchten, dachte Kate, dass sie wahrscheinlich das am wenigsten glückliche Paar dort waren. Ian öffnete die Tür zum Jorge Chavez Dance Studio; sie traten ein und wurden von einem Chor aus „Gratulation!" begrüßt. Und Leuten, die in Tröten bliesen.

Kate ergriff Ians Hand, überwältigt vom fröhlichen Jubel, vor allem, weil sie sich so weit von einer Feierlaune entfernt fühlte. „Bitte sag etwas Angemessenes im Namen von uns beiden."

Er hob ihre Hand mit seiner. „Danke, euch allen!"

Sie sah sich in der Menge um. Amber und Barry hatten einige von Ians Freunden vom College und von seiner alten Arbeit aufgetrieben, zusammen mit ihren Eltern, seiner Mutter, einigen Tanten, Onkeln und Cousins von beiden

Seiten, einem DJ, einem Caterer, und einem Tanzlehrer für Gesellschaftstanz in einem schwarzen Anzug, ohne Krawatte, mit seiner Partnerin, einer älteren Frau, die ein hautenges orangefarbenes Kleid mit Pailletten trug. Es war zu weit für Kates Freunde aus Chicago, um daran teilzunehmen. Ians Bruder Daniel konnte auch nicht kommen, versprach aber, bei der Hochzeit dabei zu sein. Wer wusste schon, wann eine Hochzeit stattfinden würde?

Amber eilte herüber, um Kate zu umarmen. „Gefällt dir die Dekoration?"

Kate blinzelte und schaute sich um. Sie hatte sie gar nicht bemerkt! Es war schön. Drei Wände waren mit schwarzem Samt und winzigen weißen Sternen drapiert. Weiße Lichterketten liefen entlang des Raumes und in sanften Bögen über die Decke. In der Mitte des Raumes befand sich eine glänzende Tanzfläche aus Hartholz.

„Ich liebe es", sagte Kate aufrichtig.

Amber strahlte. „Also der Plan lautet: wir alle bekommen eine Walzerstunde, dann Essen, einen Champagner-Toast, und danach kann jeder einfach tanzen und Spaß haben. Oh! Und geht nicht ohne eure Geschenke." Sie zeigte auf einen Tisch mit einer großen Glasschale voller Umschläge.

Kate schluckte über den Kloß in ihrer Kehle. Alle waren so glücklich für sie, so großzügig, aber es fühlte sich an, als würde Ian langsam von ihr weggerissen. Wie sollte sie diese Party überstehen, ohne zu weinen? Sie sah sich nach ihm um und fand ihn, wie er mit seiner Mom sprach. Ihre Eltern näherten sich Susan und Ian, und Ian bedeutete ihnen, sich ihnen anzuschließen.

„Vielen Dank für all das", sagte sie ihrer Schwester mit angespannter Stimme.

„Geht es dir gut, Süße?", fragte Amber.

Kate biss in ihre zitternde Unterlippe. „Es ist einfach ziemlich emotional", flüsterte sie.

Amber nickte wissend. „Das verstehe ich vollkommen. Du kannst ruhig weinen, wenn dir danach ist. Ich werde danach helfen, dein Make-up aufzubessern."

„Du weißt, ich bin hässlich, wenn ich weine."

„Und doch würde Ian dich auch mit einem Sack über dem Kopf lieben", sagte Amber. Sie hob eine Strähne von Kates Haar. „Ich finde es schön, wenn du deine Haare offen trägst. Ich habe gar nicht gemerkt, wie lang es ist. So wunderschön, du!"

Kate konnte nicht lächeln. „Danke dir!" Ian kommunizierte ihr mit einem eindringlichen Blick, dass sie sich zu ihm gesellen sollte. Es war fast telepathisch – *beeil dich, ich habe es hier mit deinen Eltern zu tun.* Sie konnte ihn viel besser lesen, nachdem sie einen Monat lang zusammengelebt hatten. „Bis nachher", sagte sie zu Amber.

Sie eilte so schnell sie in ihren Pumps konnte zu ihren Eltern. Die Schuhe waren nur zweieinhalb Zentimeter hoch, aber sie hatte seit langem keine Pumps mehr getragen. „Hi", sagte sie. „Danke fürs Kommen."

„Natürlich würden wir kommen", sagte ihre Mom. „Ich war integral an der Planung der Partylogistik beteiligt."

„Ja, gut, danke auch dafür", sagte Kate. Ians Arm legte sich um ihre Schultern.

„Glückwunsch", sagte ihr Dad. „Wann ist die Hochzeit?"

„Wir wissen es noch nicht", sagte Kate. „Ich werde ein Jahr weg sein und … es ist irgendwie schwer …" Sie saugte Luft ein; der Raum fühlte sich plötzlich heiß und viel zu voll an.

„Höchstwahrscheinlich, wenn Kate zurückkommt", beendete Ian für sie. „Wir müssen nur die Logistik der Jobs, des Wohnraums und all der guten Dinge ausarbeiten, dann sind wir so weit."

„Ja, ganz richtig", sagte ihr Dad.

„Du hast deine Ohrringe gewechselt!", rief ihre Mom. „Shanna sagte uns, wir sollten vier Wochen warten. Es waren nur zwei Wochen."

Kate schob ihre Haare zurück, um ihre neuen Perlenohrringe besser zu zeigen. „Ich halte mich nicht an Regeln. Ich bin ein tougher Rebell."

Ian warf seinen Kopf zurück und lachte. Sie konnte nicht anders, als mit ihm zu lachen. Die ganze Tougher-Rebell-Sache war neu für sie.

Ihre Mom zog die Brauen zusammen. „Ich hoffe, du konzentrierst dich immer noch auf deine Arbeit. Du bist für große Dinge bestimmt. Ich habe deine letzte Publikation gelesen –"

„Ich möchte nicht jetzt mit dir darüber reden", sagte Kate. „Ich möchte nur meine Party genießen." Nicht wirklich. Aber ihre Mutter konnte immer weiter über die Bedeutung von Disziplin und Fokus in den Wissenschaften erzählen, und Kate war einfach nicht in der Stimmung.

Barry kam in dem Moment vorbei, gratulierte beiden und übergab Violet an Kates Mom. „Grandmom-Zeit", verkündete Barry.

Violet umarmte ihre Großmutter und zog dann an ihren Sternohrringen. Grandma schaffte sogar ein Lächeln.

„Amber braucht meine Hilfe bei etwas", sagte Barry. Er zwinkerte Kate zu und verschwand.

Sie fragte sich, was Barry vorhatte, aber dann ergriff Ian ihre Hand. „Komm schon, tougher Rebell, lass uns die Runde machen."

Nachdem sie Hallo gesagt und viele Glückwünsche entgegengenommen hatten, ging der DJ ans Mikrofon und kündigte an, dass Braut und Bräutigam sich auf der Tanzfläche einfinden sollten. Obwohl sie genau genommen noch nicht Braut und Bräutigam waren, nahm Kate das als ihr Stichwort. Natürlich war es schwer, das nicht zu tun, da Ian sie bereits mitzog. Sie blieben in der Mitte stehen, wo der Lehrer und seine Partnerin warteten.

„Hallo, ich bin Jorge, euer Lehrer für den Abend, und diese wunderschöne Frau ist meine Frau und für immer meine Tanzpartnerin, Maggie."

Ian schüttelte Jorge die Hand. „Ian, der Bräutigam. Und das ist Kate."

Jorge ergriff Kates Hand. „So schön, dich kennenzulernen", sagte er und küsste dann ihren Handrücken. Whoa. Er war sehr gutaussehend für einen Mann mittleren Alters. Seine schwarzen Haare waren zurückgegelt, seine golden gebräunte Haut leuchtete, und er hatte einen fitten Tänzerkörper.

„Dich auch", sagte Kate. Sie kicherte, und Ians Kopf schwenkte zu ihr. Sie zuckte die Schultern.

Maggie machte einen Knicks. Sie sah älter aus als ihr Mann, aber rüstig, ihr weißes Haar stand in kleinen Stacheln hoch, ihre blauen Augen waren hell und scharf. „Herzlichen Glückwunsch, euch beiden!"

„Vielen Dank", sagten Kate und Ian praktisch gleichzeitig.

Maggie beäugte Ian. „Bist du ein Performer wie dein Bruder? Wir haben gesehen, wie er schon bei vielen Gelegenheiten das Tanzbein geschwungen hat."

Ian lächelte und schüttelte den Kopf. „Nö. Barry ist der Performer. Ich kenne nur den Shuffle der achten Klasse."

„Ah, gut. Dann kannst du jetzt etwas erleben!", rief Maggie. „Sag es ihm, Sexy!", sagte sie zu ihrem sexy Mann.

Jorge neigte den Kopf. „Es ist ein Box-Schritt. Ich werde es mit Maggie demonstrieren, und dann werdet ihr es versuchen. Wenn ihr euch wohl damit fühlt, machen wir es mit Musik."

Kate und Ian sahen zu, wie Jorge Maggies Hand nahm und seine andere Hand auf ihrem Rücken knapp unter ihrem Schulterblatt ruhte. „Und eins, zwei, drei", sagte er und bewegte sie im Box-Schritt. Kate freute sich, dass es wirklich eine Box war. Vorwärts, Seite, Seite, rückwärts, Seite, Seite, ein perfektes geometrisches Rechteck. Das wäre einfach.

Nachdem sie eine kurze Zeit getanzt hatten, blieb Jorge stehen und wandte sich ihr und Ian zu. „Jetzt ihr."

Sie stellte sich vor Ian. Er ergriff ihre Hand und drückte seine andere Hand an ihren Rücken. Jorge bewegte ihre Hand von Ians Arm auf seine Schulter. „Gut", sagte Jorge. „Nun, Ian, du führst, deine Hand auf ihrem Rücken lenkt sie, die Hand, die ihre hält, ist nur eine leichte Berührung."

„Manchmal haben auch die Hüften die Führung!", sagte Maggie kichernd.

„Das stimmt", sagte Jorge mit einem heißen Blick auf seine Frau. Er drehte sich zu ihnen zurück. „Versucht es einmal."

Kate hatte noch nie eine Tanzstunde gehabt, noch nie einen Sport gemacht, so war es verständlich, dass sie Ian viel auf die Füße trat und einmal stolperte. Nach dem vierten Zeh-Knirschen trat Ian zurück und verzog das Gesicht. Kates Wangen brannten, und sie schaute zu Jorge hinüber, um seine Reaktion zu sehen. Maggie hatte sich bereits auf den Weg gemacht, um mit dem Caterer, dem rothaarigen Koch Shane O'Hare, zu sprechen. Jeder kannte Shane aus seiner Eisdiele in der Stadt. Sie wünschte sich, sie könne sich ihnen anschließen.

Jorge eilte herüber, ein geduldiges Lächeln auf seinem Gesicht. „Das ist kein Problem. Darf ich vorschlagen, dass du deine Pumps ausziehst? Sie scheinen deine Fußarbeit zu stören."

„Ja", sagte Kate mit ein wenig Erleichterung. Ihre Pumps brachten sie nach einer Stunde auf den Füßen fast um. Sie überquerte die Tanzfläche und stellte sie aus dem Weg. Als sie zurückkam, unterhielt sich Jorge intensiv mit Ian. Sie wurden still, als sie zu ihnen kam. „Alles in Ordnung?"

„Alles gut", sagte Ian und zog sie eng an sich, seine Hand an ihrem Rücken. Sie waren Becken an Becken, und sie wurde von Hitze geflutet. Er nahm ihre andere Hand für die Walzerposition. „Wir werden es noch einmal versuchen", sagte Ian, „und dann werden wir es zur Musik machen, während Jorge alle einlädt, sich uns anzuschließen."

„Oh, das wäre gut", flüsterte sie. „Ich habe das Gefühl, dass alle uns beobachten."

Er sah sich um. „Manche tun es, andere nicht. Bereit?"

„Klar."

„Und eins, zwei, drei", zählte Jorge für sie.

Und dieses Mal tanzten sie wirklich Walzer. Oder Ian tat es wenigstens. Es gab keine Möglichkeit für sie, sich zu vertun, weil sein ganzer Körper an ihren gedrückt war und er sie praktisch mit sich schob. Er trug sie über die ganze Tanzfläche und ließ sie anmutig und herrlich romantisch aussehen. Ihr Prinz.

Als sie fertig waren, applaudierten alle.

Ian grinste sie an. „Glatte Bewegungen, Kate."

„Das warst nur du, und du weißt das", flüsterte sie.

Er senkte sie plötzlich über seinen Arm und zog sie langsam wieder nach oben.

„Ian", keuchte sie, ihr Blick hielt seinen. Die Luft brodelte zwischen ihnen.

Maggie klatschte und brach den Bann. „Alle schließen sich dem glücklichen Paar an."

Die Musik begann, und alle tanzten mit ihnen in ihrer eigenen Walzerfassung. Barry tanzte mit ihrer Schwester so schön herum, wie sie es schon viele Male zuvor getan hatten. Susan beanspruchte Violet für einen Tanz, und Kate sah ihre Eltern zum ersten Mal überhaupt tanzen. Ihre Eltern sprachen die ganze Zeit, wahrscheinlich über die Arbeit, aber sie schienen glücklich zu sein. Maggie und Jorge schafften es, alle auf die Tanzfläche zu bringen, und schlossen sich ihnen dann an.

Sie schaute in Ians warme, liebende braune Augen und versuchte, sich jedes Detail dieses Moments einzuprägen. Seine starken Arme, seine große Hand, die er besitzergreifend über ihren Rücken spreizte, seinen holzigen Duft mit einem Hauch Zitrus, das kleine schiefe Lächeln, das sagte, er liebe sie und würde mit ihr später schmutzige Dinge anstellen.

Es war die beste Zeit.

Ein kitschiges, herzerweichendes Fest.

Die letzte beste Erinnerung, um sie durch die dunklen Zeiten vor sich zu bringen.

17

Ian war es verdammt leid, Kate auf Wiedersehen zu sagen. Als er zum ersten Mal vorgeschlagen hatte, dass sie eine Fernbeziehung versuchen würden, hatte er nicht damit gerechnet, wie nahe sie sich während ihrer kurzen Zeit zusammen sein würden, was jedes Auf Wiedersehen so viel schmerzhafter machte. Er hatte sie am Montag nach ihrer Verlobungsfeier am Flughafen abgesetzt, und Kate hatte geweint. Auch nicht nur ein paar Tränen, die überliefen. Große schluchzende Tränen, wie er sie noch nie gesehen hatte. Es brachte ihn um. Nichts, was er sagte, beruhigte sie. Kein Versprechen, in Kontakt zu bleiben, oder Erinnerungen, dass er sie Ende August sehen würde, machten einen Unterschied.

Sie trieb weiter von ihm weg, als sie nach Chicago zurückkehrte. In den nächsten drei Monaten stürzte sich Kate in ihre Arbeit und musste so viel wie möglich tun, um sich auf ihre Zeit in Genf vorzubereiten. Sie wollte keinen Telefonsex machen und hatte ihn darüber informiert, dass sie die Pille nicht mehr nahm, nicht weil sie mit anderen schlafen wollte, sondern weil sie für das nächste Jahr plante, zölibatär zu sein. Ein wahrer Gelehrter konzentrierte sich nur auf die Arbeit.

Es war, als hätte sie ihm bereits Lebewohl gesagt.

Er konnte sie nicht in Chicago besuchen, weil er keinen Urlaub mehr hatte, aber er war verdammt sicher, dass er sie im Haus seines Bruders sehen würde, bevor sie nach Genf flog. Der Tag kam endlich. Ein Samstag, das letzte Wochenende im August, und ihr Flug war am frühen Sonntagmorgen. Er fuhr in die Einfahrt von Barrys und Ambers Haus, nahm den Strauß roter Rosen vom Beifahrersitz und ging zur Tür.

Er klopfte, und Barry machte auf. „Sind die für mich?", fragte sein Bruder ihn. „Wie süß!"

„Ha-ha", sagte Ian und drückte sich an ihm vorbei. „Wo ist Kate? Kate!", rief er.

Sie kam aus der Küche mit Violet auf der Hüfte. Sein Herz stieg ihm in die Kehle. Für einen seltsamen halluzinatorischen Moment hatte er das Gefühl, zu seiner Frau mit seiner Tochter auf der Hüfte nach Hause zu kommen.

„Hi", sagte Kate leise.

„Bume!", rief Violet, hüpfte ein wenig und zeigte auf den Strauß.

Er überwand die Distanz zwischen ihnen. „Ich habe dich so sehr vermisst."

Kate blinzelte rasch. „Ich habe dich auch vermisst. Sind die für mich?"

„Ja."

Sie setzte Violet ab, und er schloss Kate endlich in seine Arme. Sie lehnte ihren Kopf gegen seine Brust und stieß einen zitternden Seufzer aus.

Ein Tag. Das war alles, was sie vor einem weiteren Abschied hatten.

Er löste sich von ihr und reichte ihr die Rosen. Sie legte ihre Nase hinein. „Danke! Ich denke, ich werde sie morgen hierlassen müssen, aber —"

„Du kannst sie heute genießen", sagte Amber, die gerade nach unten kam. „Hi, Ian."

„Hey", sagte er.

Amber kam zu ihm und umarmte ihn. „Ich werde die für dich in eine Vase stellen", sagte sie und nahm den Blumenstrauß.

„Herzlichen Glückwunsch", sagte Ian und erinnerte sich verspätet daran, dass Amber wieder schwanger war.

Amber strahlte. „Danke dir!"

„Sie ist im März fällig", sagte Kate. „Das neue Baby könnte sogar seinen Geburtstag mit Violet teilen."

Violet klammerte sich ans Bein ihrer Mutter und sah besorgt aus. „Und herzlichen Glückwunsch auch an dich", sagte er zu Violet. „Du wirst eine große Schwester sein, was super ist. Ich bin sicher, dass du ein Große-Schwester-Geschenk von dem Baby bekommst." Er würde jedenfalls eins schicken.

Violets braune Augen weiteten sich. „Baby hat Schenk? Yay!"

„Wir werden sehen", sagte Barry.

Ian machte eine kleine Geste zu seinem Bruder, um ihn wissen zu lassen, dass er eins schicken würde.

„Definitiv", sagte Amber. „Wie aufregend, eine große Schwester zu sein! Ich bin es auch, für Tante Kate."

„Die beste große Schwester, die es gibt", sagte Kate.

Violet schaute von Kate zu ihrer Mom und strahlte. Sie ließ Ambers Bein los und ging, um mit ihrem Puppenhaus zu spielen.

Sie verbrachten den Tag damit, mit Violet zu spielen, mit Barry und Amber rumzuhängen und über Kates Aufenthalt in Genf zu sprechen. Sie hatte eine Studiowohnung in einem Gebäude, in dem viele alleinstehende Wissenschaftler untergebracht waren. Er vermutete, dass Nate auch in dem Haus untergebracht war, sprach es aber nicht an. Er wollte nicht darüber nachdenken. Kate hatte sich nicht darüber beschwert, dass er mit seiner Ex Morgan zusammenarbeitete, und jetzt noch mehr, nachdem die Finanzierung für ihr Projekt erhöht worden war. Und er würde dasselbe tun. Auch wenn er es hasste. Jedenfalls musste sie sich keine Sorgen um Morgan machen, die offenbar mit Shawn schlief, dem Ingenieur, der einen Arbeitsraum mit ihrem Projekt teilte. Ian konnte es nicht mehr egal sein, solange beide ihre Arbeit erledigten.

Kate erzählte ihnen mehr über den Teilchenbeschleuniger, an dem sie ihre Experimente durchführen würde, der größer war, als er gedacht hatte, ein siebenundzwanzig Meilen langer Ring supraleitender Magnete unter der Erde zwischen der Schweiz und Frankreich. Die Partikel bewegten sich mit Lichtgeschwindigkeit. Kein Wunder, dass Kate dort Experimente durchführen wollte. In den Staaten gab es nichts Vergleichbares.

Sie hatten ein ruhiges Abendessen zu Hause, und schließlich gingen er und Kate ein wenig früh ins Bett, um vor ihrem frühen Flug Zeit miteinander zu verbringen.

Er zog sie im Dunkeln des Schlafzimmers an sich, beide nackt unter den Decken, und hielt sie einfach fest. Er hatte ihren kurvigen kleinen Körper so vermisst. Und das nicht nur für den Sex. Er hatte sich daran gewöhnt, dass sie sich während ihres Monats des Zusammenlebens an seine Seite rollte. Er hatte sich ein Körperkissen kaufen und es an ihren Platz legen müssen, um überhaupt schlafen zu können, nachdem sie nach Chicago zurückgekehrt war.

„Es ist jetzt anders, nicht wahr?", flüsterte sie. „Ich meine, zwischen uns."

„Weil es ernst geworden ist."

„Vielleicht zu ernst", sagte sie leise. „Es schmerzt, dich zu sehen."

Leider wusste er, was sie meinte. Es war nicht so, dass er sie nicht sehen wollte, aber es tat weh, weil sie dann wieder von ihm weggerissen wurde und ein weiteres Stück seines Herzens mit sich nahm. Zu viele weitere Abschiede, und er würde mit einer hohlen Brust herumlaufen.

Er schob seine Hand in ihr Haar und küsste ihre weiche Wange. Er zog sich zurück, als er spürte, wie eine Träne seine Wange berührte. „Weine nicht", sagte er und strich ihr die Tränen von den Wangen. „Bitte. Lass uns einfach morgen vergessen und das Jetzt genießen."

„Ich kann nichts dafür", sagte sie mit zitternder Stimme. Zumindest waren es nicht die großen Schluchzer, die ihm wie ein Messer in sein Herz stachen.

Er rollte auf sie, ließ sich zwischen ihren Beinen nieder. „Lass mich dir helfen zu vergessen", sagte er, sprach nahe an ihr Ohr und küsste dann die Seite ihres Halses. Sie stieß einen zitternden Atem aus und fuhr mit ihren Fingern durch sein Haar im Nacken.

„Bitte", sagte sie seufzend.

Er machte langsam, küsste und streichelte und schmeckte und versuchte, sich jeden Teil von ihr zu merken, jeden Seufzer, jeden Schauder. Sein Herz pochte gegen seine Brust, weil dies wirklich Liebemachen war, jede Berührung ein Ausdruck dafür, wie sehr er sie liebte.

Als sie schließlich zusammenkamen, verflochten sich ihre Finger, Blicke aufeinander, und er küsste sie zärtlich. „Ich liebe dich, Kate. Nimm das mit dir. Halte es in deinem Herzen fest."

„Ich liebe dich auch", sagte sie, ihre Stimme zittrig. „Du bist mein Herz."

Er ließ seine Stirn auf ihre fallen, überwältigt von Emotionen. Sie teilten einen Atemzug und dann einen weiteren. Er wollte mit ihr verschmelzen, sich nie wieder trennen.

Sie wand sich unter ihm. „Mach es gut. Gib mir eine Zehn."

Er lachte und gab ihr einen festen Kuss. „Du weißt, dass ich diese Messlatte gesetzt habe."

Sie verhakte ihre Fersen hinter seinem Rücken. „Zeig mir, was du hast, Hengst."

Das tat er. Und sie ließ los; er fühlte den Augenblick, in dem sie es tat, als sie sich wie wild unter ihm aufbäumte, und er hörte den Augenblick, in dem sie es tat, als sie ihn drängte: „Schneller, härter, o Gott, o Gott, o Gott." Er bedeckte ihren Mund mit seinem, schluckte ihre Schreie der Ekstase, als sie am Höhepunkt war und ihn mit sich nahm. Sie zitterte unter ihm in den Nachwehen der gemeinsamen Lust und der alles verzehrenden Liebe. Er rollte auf seine Seite, zog sie an sich heran und hielt sie fest.

Er weckte sie mitten in der Nacht, schloss sich ihr wieder an, in einem weiteren langsamen, zärtlichen Liebesakt, beide in einem zeitlosen Raum gefangen, verloren im Moment.

Viel zu früh war es Morgen.

Sie packte schnell zusammen. Sie verabschiedeten sich von Barry, Amber und Violet und machten sich auf die Straße.

Kate war ruhig. Er hoffte wirklich, dass sie nicht weinte, wenn er sie am Flughafen absetzte. Er konnte nicht versprechen, sich für ein weiteres Auf Wiedersehen am Flughafen zusammenreißen zu können. Sie würden beide ein Elend sein.

„Bist du okay?", fragte er schließlich nach langem, fünfzehnminütigem Schweigen, währenddessen er viel zu viel Zeit hatte, über ihren Abschied nachzudenken.

„Nein", sagte sie leise.

„Ich sehe dich dann Weihnachten", sagte er.

Ein Herzschlag verging schweigend. Er sah zu ihr hinüber. Sie nahm ihre Brille ab und reinigte sie eifrig mit dem Saum ihres T-Shirts. Er verspannte sich, kannte ihre Zeichen, wusste, dass etwas Schlimmes kommen würde.

Sie setzte ihre Brille wieder auf, rang die Hände in ihrem Schoß und starrte sie an. „Unser Timing war nie richtig", sagte sie leise.

„Wir kommen schon noch dorthin", sagte er, obwohl er wusste, dass sie recht hatte. Als sie das erste Mal zusammenkamen, war sie zu jung gewesen. Das zweite Mal kamen sie zusammen, kurz bevor sie nach Chicago ging. Und jetzt waren sie zusammen und würden einen Ozean zwischen sich haben.

Sie fuhr fort. „Wir hätten warten sollen, bis wir beide an einem stabilen Ort in unserem Leben sind, damit wir nicht all dies Hin und Her durchmachen müssten."

„Ich bereue keinen Moment, den ich mit dir hatte", sagte er heftig.

Sie stieß ein Schluchzen aus. Die herzzerreißende Art, die ihn umbrachte.

„Kate ...", Er wusste nicht, was er sagen sollte. Es gab keine Möglichkeit, es für beide einfacher zu machen.

„Ich hätte dir nie einen Antrag machen sollen", sagte sie schluchzend. „Es tut mir leid."

Er schaute hinüber zu ihren roten Augen, ihrer roten Nase, Tränen strömten über ihre Wangen. „Bitte, Kate, nicht —"

„Ich habe dich überrumpelt mit meiner Über –" ihr Atem stockte, als sie erneut schluchzte „– *dummen* Überraschung. Ich habe dich in eine Verlobung gezogen, während ich auf die richtige Zeit und den richtigen Ort hätte warten sollen."

Sie schniefte und wischte sich die Nase mit dem Handrücken ab.

Sein Magen zog sich zusammen. „Mach das nicht." Er konnte es spüren. Sie schnitt Verbindungen durch.

„Ich mache nicht mit dir Schluss. Ich beende bloß die Verlobung. Es war zu viel, zu früh."

„Für mich ist das okay", sagte er. „Ich weiß, dass ich anfangs kalte Füße hatte, aber jetzt ist alles gut."

Sie atmete zitternd ein. „Ich denke, wir müssen alles ein wenig runterfahren."

„Ich weigere mich. Ich bin noch verlobt."

„Es ist einfacher auf diese Weise. Okay? Wir haben keine Ringe. Wir haben nicht einmal ein Datum. Wir werden darauf zurückkommen, wenn der Zeitpunkt stimmt."

„Nein."

Sie wurde still, wischte ihre Tränen und starrte aus dem Fenster.

Und obwohl er sich geweigert hatte, die Verlobung zu beenden, fühlte er, dass es zu Ende war. Den Rest des Weges fuhren sie in schwerer Stille. Er parkte auf dem Kurzzeitparkplatz, damit er sie zum Terminal begleiten konnte.

Sie hielt ihn zurück und packte ihn am Ärmel, bevor er aus dem Auto aussteigen konnte. „Nein. Wir sagen hier Auf Wiedersehen. Ich möchte nicht am Flughafen weinen."

Er zog sie an sich und küsste sie.

Sie zog sich viel zu früh weg. „Ich melde mich." Doch sie sagte nicht wann. Sie hatte keinen Zeitplan. Seine Kate liebte Zeitpläne.

Er schob ihr eine Strähne aus dem Gesicht. „Ich werde Freitagnacht für Telefonsex anrufen, Sonntagnacht für Gespräche." Das war ihr alter Zeitplan, der sich in den letzten Monaten auf Sonntagabendgespräche reduziert hatte.

Er verlor sie.

Sie schüttelte den Kopf. „Es gibt einen Zeitunterschied von sechs Stunden. Ich weiß nicht, was ich dann tue."

„Wir werden sehen, okay?" Am Rande der Klippe klammerte er sich an einen Strohhalm. „Wir improvisieren einfach."

Sie nickte. „Klar, okay." Sie nahm ihre Handtasche. „Ich hole nur meinen Koffer. Öffne den Kofferraum." Sie stieg aus dem Wagen.

Er drückte den Knopf, um den Kofferraum zu öffnen, stieg aus und traf sie am Kofferraum. Er beobachtete, wie sie ihren kleinen Rollenkoffer und ihre Laptoptasche herausholte, kühl und weit entfernt aussah und sich hinter ihrem ernsthaften Wissenschaftler-Äußeren versteckte.

Dies war eine Frau, die Lebewohl sagte. Vielleicht für immer.

Sie hielt den Griff ihres Rollenkoffers in einer Hand, die Laptoptasche obendrauf und rutschte ihren Handtaschenriemen höher auf ihre Schulter. Sie nickte ihm kurz zu. „Lebewohl."

„Ich liebe dich, Kate."

Ihre Unterlippe zitterte, und sie biss hinein. Sie sah ihm kurz in die Augen. „Ich liebe dich auch."

„Ruf mich an, wenn du da bist."

„Es wird spät werden. Ich werde mein Telefon nicht benutzen können. Ich muss mir ein internationales Handy besorgen." Sie schaute zum Terminal und zurück zu ihm. Ich schreibe dir, sobald ich kann."

Und damit drehte sie sich um und schritt ihrem neuen Leben entgegen. Ohne ihn.

18

Kate fand sich schnell in Genf in eine zufriedenstellende Routine. Die neue Umgebung belebte sie, umgeben von Physikern, tief in Gesprächen mit Nate und neuen Kollegen aus der ganzen Welt. Nate wohnte nur den Flur hinunter von ihr. Er brachte ihr jeden Morgen hochwertigen Kaffee, und sie pendelten zusammen, um in dem Auto, das er bei der Ankunft gekauft hatte, gemeinsam zu arbeiten. Wenn sie Ian nie getroffen hätte, nie gewusst hätte, was wahre Liebe wirklich ist, wäre sie vielleicht bei jemandem wie Nate gelandet. Er war ein echter Arbeitspartner, die Art, die ihre Mutter sehr empfohlen hatte, aber sobald sie ihre Arbeit abgeschlossen hatten, stellte sie fest, dass sie nur allein sein wollte. Er lud sie zu Cocktails mit Gleichaltrigen ein, lud sie regelmäßig zu Ausflügen ein, aber sie wollte nur lange Spaziergänge machen. Egal wo. Schnee, Regen, Sonne machten auch nichts aus. Einfach laufen und gehen und gehen. Allein mit ihren Gedanken über ihre Arbeit, vollständig und voller Fokus. Nach nur vier Monaten erhielt sie großartige Daten, die ihre Theorie fast beweisen konnten.

Doch sie fühlte sich leer.

Sie blieb in Kontakt mit Ian, wie versprochen. Sie sprachen am Telefon, texteten, und schrieben sich Mails, aber es war nicht dasselbe. Sie konnte die Wehmut nicht abschütteln, und sie konnte nicht einmal über seine Witze lächeln. Thanksgiving, nachdem sie mit den anderen Expat-Amerikanern eine seltsame Mahlzeit mit Huhn statt Pute gegessen hatte, was sie trauriger machte und ihr mehr Heimweh bescherte als je zuvor, rief sie Ian an. Es war noch Nachmittag daheim in Clover Park, und sie konnte ihre Familie im Hintergrund in Barrys und Ambers Haus hören. Sie hielt das Telefon etwas von ihrem Mund weg, damit sie ihn hören konnte, er aber ihr leises Schluchzen nicht mitbekam. Er kannte sie gut und kam gleich auf den Punkt.

„Es funktioniert nicht, oder?", fragte Ian. „Diese Fernbeziehungssache. Es macht dich elend."

Sie schniefte. „Es tut mir leid."

„Es muss dir nicht leidtun. Ich war derjenige, der auf eine Fernbeziehung gedrängt hat."

Ein Herzschlag verging schweigend. Sie *war* elend. Doch sie wollte sich nicht verabschieden.

„Ich halte dich auf", sagte er.

„Tust du nicht", protestierte sie. „So elend ich auch bin, ich sehe bei meiner Forschung großartige Ergebnisse."

„Ich möchte, dass du glücklich bist, Kate", sagte er vorsichtig.

Sie zwang sich, die Worte über den Kloß in ihrer Kehle hinauszwingen. „Ich seh dich in vier Wochen. Nur noch vier Wochen."

„Bist du dir sicher?"

„Ja."

„Okay. Ich hole dich am Flughafen ab." Sie konnte Barry im Hintergrund nach Ian rufen hören.

„Zeit zum Essen?", fragte sie.

„Ja, jeder geht an den Tisch."

„Iss durchgegarten Truthahn für mich mit", sagte sie und versuchte einen Witz über den schlecht gegarten Truthahn, den sie einmal gemacht hatte.

„Werde ich. Hab dich lieb." Er war abgelenkt, umgeben von seiner liebevollen Familie, und brauchte sie nicht.

„Ich liebe dich auch. Bye."

Sie legte auf, legte ihre Arme fest um ihre Mitte und heulte sich dann die Augen aus.

~

Als Kate kurz vor Weihnachten in New York landete, ging sie schnell durch den Flughafen, wo Ian ihr gesagt hatte, dass sie ihn außerhalb der Gepäckausgabe treffen sollte. Sie redete sich selbst gut zu, was ihr Mantra den ganzen Flug über gewesen war (bis sie herauskam). *Du wirst jeden Moment genießen. Du wirst nicht an das Auf Wiedersehen denken.*

Es war Nachmittag in New York. Sie hatten zehn Tage. Sie würde am Neujahrstag zurückfliegen und ihn erst im März wiedersehen, wenn er endlich Urlaub hatte, um sie zu besuchen. Danach noch ein Auf Wiedersehen.

Du wirst jeden Moment genießen. Du wirst nicht an das Auf Wiedersehen denken.

Sie trat nach draußen in einen frischen kalten Tag und überflog schnell die Schlange wartender Autos und Taxis. Innerhalb von Sekunden entdeckte sie Ian, der neben seinem Auto stand und ein neonrosa Plakat hielt, auf dem Kate Lewis-Furnukle stand. Es gab sogar blaue Glitzersterne darum herum, von denen sie vermutete, dass ihre Schwester etwas damit zu tun hatte. Ihr Magen zog sich zusammen. Obwohl sie wusste, dass er versuchte, süß zu sein, erinnerte der Doppelname sie nur an ihre Verlobung, die mit einem Ozean zwischen ihnen geendet hatte. Das alles war ihre dumme Schuld. Ihre dumme Idee.

Sie eilte zu ihm hinüber, ihr Koffer rumpelte hinter ihr her, und sie blieb direkt neben ihm stehen. „Ian, ich dachte, wir haben uns darauf geeinigt, dass es keine Verlobung gibt, bis die Dinge zwischen uns besser geregelt sind."

„Dir auch hallo", sagte er und schlug sie mit dem Poster auf den Kopf. Er grinste. „Du hast Glitzer im Haar."

Sie wollte ihn schon beschuldigen, es dort hingemacht zu haben, als er sie küsste. Sie verlor ihren Gedankengang, als sich ihr Körper an alles erinnerte, was an ihrem Zusammensein richtig war. Sie sank gegen ihn.

„Steig ein", sagte er, nahm ihren Koffer und rutschte ihre Laptoptasche von ihrer Schulter. Er machte sich auf den Weg zum Kofferraum.

Sie schüttelte ihre Haare aus und versuchte, den Glitzer herauszubekommen. Dann stieg sie in den Wagen, klappte den Spiegel in der Blende herunter und sah blauen Glitter auf ihren Wangen. Sie nahm ein Tuch aus ihrer Handtasche und wischte es weg.

Ian stieg ein und fuhr vom Straßenrand los. „Hast du im Flugzeug geschlafen?"

„Ja, obwohl ich befürchte, dass meine Schlafzeiten komplett durcheinander sein werden."

„Nun, ich bin froh, dass du geschlafen hast, weil ich will, dass du für diesen nächsten Teil wach bist."

„Welchen nächsten Teil?"

„Wirst du schon sehen", sagte er mit seinem entzückenden schiefen Lächeln. „Ich habe eine Überraschung für dich."

„Wirklich?"

Er sah sie warm an. „Ja, wirklich."

Sie lehnte sich zurück in ihren Sitz, ihr Gehirn verrenkte sich und versuchte zu erraten, was er im Sinn hatte. Sie sollten für ein paar Tage in Ians Wohnung in Boston bleiben und dann nach Clover Park fahren, um den Weihnachtstag mit Barry, Amber und Violet zu verbringen.

„Ist die Überraschung in deinem Apartment?", fragte sie. Sie hatte sich wirklich darauf gefreut, wieder in seine Wohnung zu fahren, um Liebe zu machen. Sie hatte seit *vier* langen Monaten keinen Sex gehabt oder auch nur ihren Vibrator (Ian genannt, aus offensichtlichen Gründen) herausgezogen. Ihre Libido war geflohen, als die Schwermut einsetzte.

„Du wirst sehen", antwortete er geheimnisvoll.

„Ich hoffe, wir kommen bald in deine Wohnung", sagte sie. *Tipp, Tipp.*

„Vielleicht werden wir es, vielleicht aber auch nicht."

Es schien, dass Ian es nicht eilig hatte, Liebe zu machen.

Sie starrte aus dem Fenster und rätselte über diese neueste Überraschung.

Nach einer Weile erkannte sie, dass sie nicht nach Boston fuhren. Tatsächlich schien Ian nach Manhattan zu fahren. Er hatte die Abzweigung zur 95 N völlig verpasst. Das bedeutete eine Verzögerung in ihrem Liebesspiel. Wie konnte er nach *vier* langen Monaten des Zölibats nicht geradewegs ins Bett gehen wollen?

„Hattest du ohne mich Orgasmen?", fragte sie.

Er sah zu ihr hinüber, ein kleines Lächeln umspielte seine Lippen. „Warum fragst du das?"

„Weil wir nach Manhattan fahren. Wusstest du, dass ich seit dem letzten gemeinsamen Orgasmus im August keinen einzigen mehr hatte?"

„Warum hast du Ian nicht benutzt?", fragte er sie und bezog sich auf ihren Vibrator.

„Ich war nicht in Stimmung."

Er schmunzelte.

„Das ist nicht lustig. Ich habe die ganze Zeit gewartet, und jetzt lässt du mich noch länger warten. Warum fahren wir in die Stadt?"

„Das ist Teil der Überraschung, mein Äffchen."

Sie schnaubte. Er hatte definitiv ohne sie Orgasmen gehabt. Nicht, dass sie dachte, er wäre mit jemand anderem zusammen. Er beendete immer noch jeden Anruf mit einem *Ich liebe dich*, aber seine Libido war eindeutig kein bisschen durch ihre Trennung angespannt worden.

Bald kam der Central Park ins Blickfeld. Sie setzte sich ein wenig aufrechter auf ihrem Platz hin. Die Pferdekutschen waren mit viel Grün und fröhlichen Glöckchen für die Feiertage geschmückt. Ian fuhr weiter, und sie sah weiße Lichter um die kleinen Bäume an den Gehwegen, Geschäfte mit wunderschönen Schaufenstern und einen Weihnachtsmann an der Ecke, der eine Glocke läutete.

Ian fuhr in ein Parkhaus. „Komm schon."

Sie stieg aus und schloss sich ihm an. Er gab den Schlüssel einem Parkservice, und sie gingen nach draußen.

„Machen wir Weihnachtseinkäufe?", fragte sie. Sie hätte

nichts dagegen. Sie musste immer noch ein Geschenk für Violet kaufen. Sie hatte einige kleine handgefertigte Ornamente aus Genf für Barry und Amber. Ians Geschenk sollten ein paar Dessous sein, die sie in Boston zu finden hoffte.

„Nö."

„Wirst du mir jetzt einen Hinweis geben?"

„Nö."

Und das war alles, was er sagte. Er ergriff ihre Hand, und sie ging in angenehmem Tempo. Sie warf Blicke in die Schaufenster der Geschäfte und sah die sich bewegenden Ausstellungen von Puppen und winzigen Elektrozügen durch kleine Dörfer.

„Ich wollte immer ein kleines Weihnachtsdorf wie dieses", sagte sie und zeigte auf das Schaufenster.

Er blieb abrupt stehen. „Bitte sag mir, dass deine Eltern dir wenigstens einen Weihnachtsbaum gegeben haben."

„Hatten wir."

„Gut. Ich lasse sie leben."

Sie lächelte vor sich hin. Es war schön, wie Ian auf sie aufpasste. Sie gingen den ganzen Weg bis zum Central Park. In der Nähe der Reihe von Pferdekutschen blieb sie stehen. „Ich wollte schon immer eine dieser Kutschfahrten machen", sagte sie wehmütig.

„Dann ist heute dein Glückstag", sagte er mit einem Grinsen. „Komm schon."

Er führte sie zu einem schönen weißen Wagen, auf dessen Sitzbank *reserviert* stand. Ian sprach mit dem Kutscher, der nickte und das „Reserviert"-Schild wegnahm.

„Ian! Ist das die Überraschung? Das gefällt mir!"

„Gut." Er streckte seine Hand aus, um ihr zu helfen. „Die Dame."

Sie kletterte hinauf und fühlte sich taumelig. Der Fahrer drehte sich auf seinem Platz um. „Fröhliche Feiertage, Miss."

„Ihnen auch!", rief sie. Das war so romantisch! Sie wollte schon immer eine Kutschfahrt machen. Ian setzte sich neben sie, nahm eine kleine gefaltete Decke von der Seite und deckte beiden den Schoß zu.

Der Fahrer signalisierte dem schönen weißen Pferd, und

sie trabten ab, die Glöckchen klangen im Takt zum Klappern der Pferdehufe. Sie schaute sich im ganzen Park und in der Stadt um, während sie um den Park fuhren.

„Kate!"

Sie drehte sich um und sah Ian mit einer kleinen schwarzen Samtschachtel. „Ich sagte —"

„Ian! Was machst du denn?"

„Ich sagte, ich habe dir nie einen Ring gegeben. Und das sollte ich, weil diese Verlobung für mich immer sehr real war." Er öffnete die Schachtel für einen Platinring mit einem runden Solitär-Diamanten.

„Du musstest mir keinen Ring kaufen", flüsterte sie, aber sie konnte ihre Augen nicht davon nehmen. Nie zuvor hatte sie einen Ring getragen. Er war exquisit.

„Heirate mich, Kate."

Ihr Blick zuckte zu ihm. „Aber ich dachte, wir waren uns einig, dass es zu schwierig ist, eine Fernverlobung zu führen."

„Kannst du bitte einfach den Ring tragen?", fragte er mit ungewöhnlich geduldiger Stimme.

Sie lächelte und nickte. Er schob ihn auf ihren Finger, und er passte perfekt.

Sie starrte ihn an. „Ich habe noch nie einen Ring getragen. Woher wusstest du meine Größe?"

„Amber hat mir geholfen. Ihr seid ähnlich groß."

Sie sah in seine warmen braunen Augen, die Ungeheuerlichkeit des Augenblicks wurde ihr plötzlich klar. „Ian", schaffte sie über den Kloß in ihrem Hals, „das war eine sehr nette Überraschung."

Er küsste sie zärtlich. „Es gibt noch mehr."

„Wirklich?" Sie konnte sich nicht vorstellen, was er sonst noch hätte planen können, das besser war als eine romantische Kutschfahrt und ein diamantener Verlobungsring mit einem liebestrunkenen Heiratsantrag.

Er streichelte ihre Wange. „Wirklich. Silvesterhochzeit."

„Was!" Sie schrie so laut, dass das Pferd wieherte. „Es gibt keine Zeit, das zu planen! Und wir haben beide gesagt, dass es keine Fernehe gibt."

Er nahm ihre Hände in seine. „Ich habe es mit Hailey und

Amber geplant. Ich habe die Heiratserlaubnis. Ich brauche nur die Braut."

„Aber die große Entfernung –"

„Damit sind wir durch."

„Was!", schrie sie.

Er grinste. „Das ist die letzte Überraschung. Ich konnte nicht weitere fünf Monate warten, bei dir zu sein. Konnte kein weiteres Lebewohl ertragen. Aber fünf Monate sind ziemlich kurz, um einen wertvollen Mitarbeiter glücklich zu halten."

Ihr stockte der Atem. Konnte es sein? Konnte er sich ihr wirklich in Genf anschließen?

„Was meinst du?", verlangte sie zu wissen. „Spuck es aus."

Er setzte ein Lächeln auf. „Mein Chef lässt mich fünf Monate lang aus der Ferne arbeiten, solange ich einmal im Monat für ein paar Tage zurückfliege, um nach dem Rechten zu sehen."

„Kannst du dir all diese Reisen leisten?"

„Ich habe Flugmeilen, weil ich in meinem alten Job so viel gereist bin. Und jetzt, da mein Chef an Bord ist … haben wir ein Go."

Sie schlug sich eine Hand vor den Mund. „O mein Gott, ich glaube das einfach nicht!"

Sie legte ihre Arme um ihn, und weinte diesmal Freudentränen. So hielt er sie eine lange Weile. Endlich hob sie den Kopf und sah ihn an. „Habe ich einen Fehler gemacht, dir zu früh einen Antrag zu machen?"

Er tippte ihr auf die Nasenspitze. „Das war schon früh, richtig? Nach nur drei Monaten Daten."

Sie sackte in sich zusammen. „Schätze schon."

Er lächelte warmherzig. „Aber wenn du mir keinen Antrag gemacht hättest, hätten wir keine Chance gehabt zu sehen, wie gut wir zusammen sind, bevor du weggegangen bist. Also würde ich sagen, wenn es ein Fehler war, war es ein guter Fehler."

Sie schüttelte den Kopf. „Ich glaube das einfach nicht! Ich dachte, dass ich so traurig sein würde, wenn ich Auf Wiedersehen sagen muss, und dich so sehr vermissen würde, aber es passiert wirklich. Das ist unser Glücklich-bis-ans-Lebensende!"

„Ich habe nicht einen Moment daran gezweifelt."

„Wirklich?"

Er küsste sie. „Na ja, vielleicht für einen winzigen Augenblick in Schimpansengröße."

„Ich liebe dich so sehr", sagte sie.

„Ich liebe dich auch", sagte er gegen ihren Mund, und dann küssten sie sich.

Und sie musste an kein Lebewohl mehr denken. Sie dachte an nichts, ihr Gehirn war glückselig still, verloren im Moment.

EPILOG

Kate hatte ihre märchenhafte Hochzeit. Sie war wirklich Cinderella für den Tag, von ihrer Tiara über ihr bauschiges weißes Kleid bis zu ihren silbernen Pantoffeln, die mit Kristallen verziert waren. Sie heirateten im Ludbury House, dem gleichen Herrenhaus, in dem ihre Schwester geheiratet hatte, und es war herrlich. Ian trug sogar einen Hut und einen Frack und hatte eine Pferdekutsche arrangiert, um sie anschließend durch die Main Street in Clover Park zurück zu Barrys und Ambers Haus zu bringen, wo sie ihre Hochzeitsnacht verbrachten, bevor sie am Neujahrstag gemeinsam nach Genf zurückflogen.

Die fünf Monate in Genf flogen mit Ian an ihrer Seite nur so dahin. Sie waren in einer Studiowohnung zusammengequetscht, was zu häufigem territorialem Aufflackern (von beiden) und häufigem Versöhnungssex führte. Eine durch und durch erfreuliche Erfahrung. Sie hatten viel Spaß beim Sightseeing am Wochenende und schafften es sogar für eine Woche nach Paris, um eine romantische Hochzeitsreise zu verbringen.

Jetzt war Juli, sie war glücklich, Dr. Lewis-Furnukle (so ein Zungenbrecher, ha-ha) zu sein und hatte ihre neue Assistentenstelle an ihrer Alma Mater angenommen. Sie hatte keinen Nobelpreis für ihre Arbeit erhalten; sie war nicht einmal im Rennen, weil ihre Forschung sich als unschlüssig erwiesen hatte. Dennoch hatte sie ihre Ergebnisse veröffentlicht und damit einige neue Untersuchungsfelder erschlossen. Das reichte ihr, um mehrere Stellenangebote zu bekommen. MIT kam an die Spitze, nicht nur, weil Ian dort arbeitete, sondern weil ihr ehemaliger Physikprofessor ihre Arbeit gut kannte und ihr einen sehr netten Deal anbot. Sie würden ihre Forschung finanzieren und sie finanziell unterstützen, kurzfristig zu einer beliebigen Einrichtung überall auf der Welt zu reisen, wenn sie sie brauchte. Eine perfektere Passform zwischen ihrer Karriere und ihrem Privatleben hätte sie nicht vorhersagen können.

Sie lebten in Ians Wohnung und suchten noch immer nach einem Haus, das zum großen Teil durch das großzügige Hochzeitsgeschenk ihrer Eltern möglich war. Sie hoffte, dass ihre zukünftigen Kinder analytisch waren, weil sie erheblich Collegegebühren sparen könnten, wenn die Kinder ans MIT gingen. Es war ein alternatives Szenario in ihrer Finanztabelle. Ian überließ all diese Pläne ihr. Er ließ sich gerne treiben, und sie sorgte dafür, dass der Fluss in die richtige Richtung ging. Sie waren glücklich, glorreich. Und weil sie es liebte, wie gut ihre erste Überraschung für ihn geklappt hatte, hatte sie in etwa sechs Monaten eine weitere Überraschung für ihn.

Natürlich war sie zu aufgeregt, um so lange zu warten. Sie hatte ihm also subtile Hinweise gegeben und darauf gewartet, dass er ihren kleinen, aber erfreulichen Babybauch bemerkte. Er war schockierend begriffsstutzig gewesen. Sie drehte sich neben ihm wieder zur Seite, aber er hatte noch kein Wort über ihren sich neuerdings vorwölbenden Bauch gesagt. Rücksichtsvolles Biest. Sie würde deutlicher werden müssen. Um Himmels willen, sie war bereits in der zwölften Woche!

Heute Abend stand sie seitlich neben ihrem Bett, völlig nackt. Sie hätte wirklich nicht offensichtlicher sein können als das. Ian war bereits im Bett. Sie begann mit einer detaillierten Beschreibung ihres Tages.

„Komm hier rüber", knurrte Ian.

Er griff nach ihr, doch sie wich ihm aus.

Sie nahm ihre seitliche Haltung wieder ein. Seine Boxer-shorts flogen direkt an ihrem Kopf vorbei, wo sie in der Nähe des Wäschekorbs im offenen Schrank landeten. Er war ein schrecklicher Basketballwäsche-Spieler, aber sie beschwerte sich nie, weil Wäsche sein Job war, und er machte ihn gut.

„Hast du Fortschritte beim Roboter gemacht?", fragte sie höflich und schob ihre Hüfte zur Seite, um ihren Bauch stärker zu betonen.

Seine Stimme fiel auf ein niedriges, kratzendes Register, das ihren Puls pochen ließ. „Lass mich nicht kommen, um dich zu holen."

Sie warf ihr Haar über die Schulter und schob ihren Bauch noch weiter vor. „Ist dir was aufgefallen?"

„Hast du eine neue Frisur?"

Sie richtete sich gerade auf und stemmte ihre Hände in die Hüften. „Nein." Sie schnaubte.

Himmel! Sie konnte nicht glauben, dass Ian diesen riesigen Babybauch nicht bemerkt hatte. Okay, nicht riesig. Aber es war etwas! Sie schaute nach unten, um sicher zu sein. Ihr Bauch war nicht flach wie früher.

Sie sah ihm in die Augen und fand ihn ziemlich hinter-sinnig lächelnd. „Warum lächelst du?"

„Weil ich schmutzige Dinge mit dir machen werde."

Sie hielt eine Hand hoch und nahm ihre seitliche Haltung wieder auf. „Du ruinierst die Überraschung. Wenn du es nicht bald bemerkst, werde ich es dir sagen müssen, und wo ist die Überraschung dabei?" Sie strich ihre Hand in der offensichtlichsten Geste über ihren Bauch. Manchmal brauchte das Männchen einen direkten Hinweis.

„Hmm ...", machte er gedehnt und rieb sich sein Kinn, als ob er wirklich hart darüber nachdachte.

„Ja?"

Er schüttelte den Kopf. „Oh, nein. Ich weiß es besser, als dass ich etwas über diesen wachsenden Bauch sage. Das ist nur meine gute Küche. Ein Kompliment an den Koch."

Sie verengte die Augen und unternahm eine offensichtliche Anstrengung, die sie sich als letzten Versuch vorgenommen hatte. „Etwas kocht, und es ist wirklich dein Werk."

Er stützte sich auf seine Ellbogen zurück und betrachtete sie gründlich. „Tut mir leid. Subtil liegt mir nicht. Spuck es aus."

Sie stemmte ihre Hände in die Hüfte und sah ihn an. „Und ob dir subtil liegt! Ich bin diejenige, der subtil nicht liegt."

Er setzte sich auf und griff erneut nach ihr. Sie schoss außer Reichweite und nahm ihre seitlich hüftausragende, den riesengroßen Bauch betonende Pose wieder auf. Sie hob ihr Kinn und schaute in die Ferne, damit ihr Gesichtsausdruck es nicht verderben würde.

„Übst du, um Model zu werden?", fragte er.

Sie verkniff sich ein Lachen. „Ja, ich übe, um Nacktmodel zu werden."

„Ich wusste es." Sie konnte das Lächeln in seiner Stimme hören.

Wieder drehte sie sich zu ihm, sah ihm in die warmen braunen Augen und schmolz. „Du weißt es."

Er grinste. „Herzlichen Glückwunsch an mich. Und dich. Und jetzt komm hier rüber, du unwiderstehliche Verführerin."

Sie kroch über die Matratze zu ihm, er packte sie und rollte sie unter sich. Er streichelte ihre Wange, schaute sie zärtlich an, streichelte dann ihre Kehle hinunter und hinterließ eine prickelnde Spur.

„Wie lange weißt du es schon?", flüsterte sie.

Er küsste sie. „Seit ich meinen Samen gepflanzt habe, kleiner Affe."

„Da wusstest du es nicht! Ich wusste es nicht."

Er schenkte ihr sein anbetungswürdig schiefes Lächeln.

„Mal im Ernst, wann wusstest du es?", fragte sie.

Er küsste an ihrem Körper hinab. Ihre Gliedmaßen wurden schwer, und ihre Augen flatterten zu. Kurzgeschlossen, und sie liebte es.

Er sprach wieder, als er ihren Bauch erreichte und ihn ehrfürchtig küsste. „Ich wusste es, als du anfingst, die Wohnung mit Vorhängen zu dekorieren und Decken und gerahmte Bilder unserer Familie zu verteilen. Ich wusste es, als sich deine Gleichungen in Herzen und Sterne verwandelten. Ich wusste es, als du anfingst, wahllos Frauen mit Kinderwagen nach dem Schmerzniveau der Wehen auf einer Skala von eins bis zehn zu fragen. Ich wusste—"

„Okay! Ich bin also nicht gut mit Überraschungen."

Er ließ einen Kuss auf ihre Scham fallen, was sie zusammenzucken ließ, bevor er sich wieder hochbewegte, um sie auf den Mund zu küssen. „Ich bin nur gut mit dir."

„Bin ich gut mit dir?"

Er küsste ihren Mundwinkel, dann den anderen, und als sich ihre Lippen bei einem Seufzen trennten, forderte er ihren Mund. Der Kuss ging weiter und weiter, und dann änderte sich etwas, und er wurde härter, rauer, tiefer.

Er riss den Mund weg. „Mal sehen, wie gut du mit mir bist. Was denke ich gerade?"

„Du willst eine harte Nummer, aber du bist um das Baby besorgt und denkst, dass du mich stattdessen verwöhnst", schlug sie vor.

Er küsste sie und biss in ihre Unterlippe. „Brillant, sie ist brillant. Und auch so subtil." Er war auf ihr mit ihren subtilen Vorschlägen. Sie kümmerte sich nicht darum, weil er ihrem Wunsch nachkam und sich seinen Weg an ihrem Körper hinunterküsste, bis er ihre Lieblingsstelle erreichte. Der Platz, den er wie ein Hengst für sich beanspruchte.

Er saugte hart, und sie sah Sterne. Er hob seinen Kopf und legte ihre Beine über seine Schultern. „Erzähl mir alles, was du bisher über Schwangerschaft und Wehen gelernt hast, im Detail", sagte er, was sie aufgeregt werden ließ, weil, Junge, sie wusste viel.

„Das erste Trimester kann …" Ihr Gehirn machte dicht, als er sich an ihr labte. „O Gott, o Gott, o Gott."

„Sprich weiter", sagte er und nahm die süße Folter wieder auf.

„Bitte. O Gott." Sie verkrampfte sich, schon so nahe. Er hielt inne, und sie ergriff seinen Kopf und versuchte, ihn wieder nach unten zu drücken. Es funktionierte nicht.

„Faszinierend", sagte er. „Was sonst, Liebling? Ich höre dich gerne sprechen."

„Bitte!", flehte sie. Er senkte wieder seinen Kopf. Sie war verloren. „Hör nicht auf, hör nicht auf, hör nicht auf", sang sie, als sie stieg, stieg und stieg.

Er hielt inne. „Nenn mich Hengst."

„Hengst", sagte sie sofort, und dieser Mund kehrte zurück, fest und hungrig auf sie. „Oh, oh." Sie verlor die Kraft zu reden und flog dann. Die gesamte Galaxie erschien hinter ihren Augen, und sie schwebte zwischen den Sternen. Sie war sich vage bewusst, dass Ian sich bewegte, und dann hob er sie an und setzte sie auf sich. Seine Hände an ihren Hüften führten sie auf sich herab, wirklich langsam. Sie erkannte überrascht, dass er dies in der Vergangenheit mehrmals getan hatte, wenn sie sich geliebt hatten, und jetzt wusste sie warum. Er war vorsichtig wegen des Babys. Ihr Herz erfüllte sich mit kitschiger überwältigender Liebe.

Sie beugte sich vor und küsste ihn. „Ich liebe dich so sehr."

„Ich liebe dich auch. Lehn dich zurück, Liebling, ich werde dich wieder Sterne sehen lassen."

„Woher wusstest du, dass ich Sterne sehe?"

„Du sprichst darüber, nachdem du gekommen bist."

Das tat sie? Sie war dann so sehr außer sich, dass sie sich dessen nicht bewusst war. „Was habe ich denn gesagt?"

„Sterne, nur ein Wort, in einem ehrfürchtig dankbaren Ton."

„Dankbar!"

Und dann bewegte er sie und führte sie in seinen Rhythmus. Sie strich mit der Hand durch ihre Haare, entspannt und voller Lust.

„Also sind wir in der zwölften Woche", sagte er und überraschte sie. Sie hatte ihm nicht gesagt, wie weit sie schon war. Auf einer sehr informativen Website mit wöchentlichen Ultraschallbildern, die die Entwicklung des Babys zeigten, hatte sie den Überblick behalten.

Sie stützte ihre Hände auf seine Schultern, um einen guten Blick auf ihn zu werfen. „Spionierst du mich aus?"

Er hob einen Mundwinkel. „Du hast ein Quadrat um das Datum, an dem du deine Periode bekommst, auf den Küchenkalender gezeichnet. Ich kann rechnen."

„Ja, wir sind in der zwölften Woche." Sie mochte die Art und Weise, wie er „wir" sagte, obwohl sie wünschte, „wir" könnten den Schmerz der verdammten Wehen teilen, über die ihre Schwester ihr kürzlich in genauen schreckenerregenden Details erzählt hatte. Obwohl Amber erklärte, dass es sich gelohnt habe, als sie ihren neugeborenen Sohn Wyatt in den Armen hielt. Kate musste zustimmen. Wyatt war etwas über drei Monate alt und bezaubernd.

Ians Hand rutschte ihr den Rücken hinunter und brachte ein heißes Kribbeln. Er umfasste ihren Hintern. „Beachte, wie ich bei dieser Baby-Nachricht nicht ohnmächtig geworden bin."

Sie grinste und erinnerte sich, wie er bei ihren falschen Babynachrichten ohnmächtig geworden war, als sie ihm zum ersten Mal einen Antrag gemacht hatte. Sie küsste ihn und saugte seine Unterlippe in ihren Mund. Er stieß zu, nahm sie tief und hielt sie dort fest vereint.

„Du musst bereit sein für eine dauerhafte Beziehung mit mir", sagte sie, und ihr Atem kam jetzt etwas schneller.

Er drückte seine Hand mit dem Ehering daran gegen sie. „Schätze schon."

„Schätzt du?" Und dann ritt sie ihn schnell und hart, umging seine neckenden Wege und erinnerte ihn daran, dass er ihr gehörte.

Danach brach sie auf ihm zusammen, ihre Wange an seiner Brust, und hörte seinem wild klopfenden Herzen zu.

Ian sprach schließlich. „Verdammt, Frau. Ich dachte nicht, dass du noch geiler werden könntest. Dieses Schwangerschaftsding funktioniert wirklich für mich."

Sie kicherte und seufzte dann zufrieden. „Für mich auch."

Verpassen Sie nicht meine separate Happy End Buchclub Serie mit den unwiderstehlich sexy Campbell Brüdern (und deren burschikoser Schwester) die dank der Kupplerin des Happy End Buchclubs ihre Liebe finden. Schließen Sie sich dem Club an, und finden Sie Ihr Happy End. *Hollywood Inkognito* (Happy End Buchclub #1) ist bereits erschienen.

Sie ist ganz oben …

Als die beliebte Schauspielerin Claire Jordan für ihre Rolle in den Filmen der Fierce Trilogie recherchierte, hatte sie nicht mit einer solchen Bindung gerechnet, die sie zur Autorin und deren Liebesroman-Buchclub, dem Happy End Buchclub, aufbauen würde. Bald gesteht Claire dort ihre geheime Sehnsucht nach einem normalen Typen – sie hat die Nase voll von egozentrischen reichen Playboys – und der Buchclub ist mehr als bereit, ihr zu helfen. Als normales Mädchen freut sie sich auf ein Date mit Josh Campbell, das der Buchclub eingefädelt hat.

Er ist ganz oben…

Der Milliardär und CEO eines Technologieunternehmens, Jake Campbell, hat genug von Goldgräberinnen, besonders von der glamourösen, oberflächlichen Sorte. Als sein Zwillingsbruder Josh ihn bittet, ihn bei einem Date zu vertreten, kommt Jake zu dem Schluss, dass Joshs niedlicher Mädchen-von-nebenan-Typ vielleicht genau das Richtige für ihn ist. Nach einer Nacht voller Leidenschaft mit dem süßen Mädchen will Jake mehr, doch sie ist spurlos verschwunden.

Manchmal ist ein Happy End erst der Anfang.

Erhalten Sie die neuesten Nachrichten zuerst in Kylies Newsletter! kyliegilmore.com/DEnewsletter

WEITERE BÜCHER VON KYLIE GILMORE

Liebe von der Leine gelassen Serie << Heiße romantische Komödien mit Hunden!

Fetching – Deutsche Ausgabe (Buch 1)

Dashing – Deutsche Ausgabe (Buch 2)

Sporting – Deutsche Ausgabe (Buch 3)

Toying – Deutsche Ausgabe (Buch 4)

Blazing – Deutsche Ausgabe (Buch 5)

Die Clover Park Serie << Brüder, für die die Familie an erster Stelle steht!

Das Gegenteil von wild (Buch 1)

Daisy schafft alles (Buch 2)

In den Falschen verguckt (Buch 3)

Ein Weihnachtsmann zum Küssen (Buch 4)

Vermieter küsst man nicht (Buch 5)

Nicht mein Romeo (Buch 6)

Bring mich auf Touren (Buch 7)

Clover Park Braut (Buch 7.5)

Gewagte Verlobung (Buch 8)

Retter in der Not (Buch 9)

Eine verführerische Freundschaft (Buch 10)

Ein Geschenk zum Valentinstag (Buch 11)

Raus aus der Tretmühle (Buch 12)

Die Happy End Buchclub Serie << Die Campbell Familie und ein Liebesromanbuchclub prallen aufeinander!

Hollywood Inkognito (Buch 1)

Ärger im Anzug (Buch 2)

Gewagtes Spiel (Buch 3)

Förmliche Vereinbarung (Buch 4)

Wenn der Bad Boy keiner ist (Buch 5)

Ein Störenfried zum Verlieben (Buch 6)

Schicksalsbegegnungen (Buch 7)

Eine Romantische Chance (Buch 8)

Ein sündhafter Flirt (Buch 9)

Ein unbequemer Plan (Buch 10)

Eine Happy End Hochzeit (Buch 11)

Die Rourkes Serie << Prinzen, bei denen man ins Schwärmen gerät, und ebenso fantastische Prinzessinnen

Königlicher Fang (Buch 1)

Königlicher Hottie (Buch 2)

Königlicher Darling (Buch 3)

Königlicher Charmeur (Buch 4)

Königlicher Playboy (Buch 5)

Königlicher Spieler (Buch 6)

Abtrünniger Prinz (Buch 7)

Abtrünniger Gentleman (Buch 8)

Abtrünniges Schlitzohr (Buch 9)

Abtrünniger Engel (Buch 10)

Abtrünniger Fratz (Buch 11)

Abtrünniger Beschützer (Buch 12)

Die Clover Park Charmeure Serie <<süße und sexy Charmeure!

Beinahe drüber weg (Buch 1)

Beinahe zusammen (Buch 2)

Beinahe Schicksal (Buch 3)

Beinahe verliebt (Buch 4)

Beinahe romantisch (Buch 5)

Beinahe frisch verheiratet (Buch 6)

Sehen Sie sich auf meiner Website die aktuelle Liste meiner Bücher an: https://www.kyliegilmore.com/deutsch/

ÜBER DIE AUTORIN

Kylie Gilmore ist die USA Today Bestsellerautorin der Happy End Buchclub Serie, der Clover Park Serie, der Clover Park Charmeure Serie, der Rourke Serie und Liebe von der Leine gelassen Serie. Sie schreibt unterhaltsame Romanzen, die die LeserInnen zum Lachen und zum Weinen bringen und zu einem Glas Eiswasser greifen lassen.

Kylie lebt mit ihrer Familie, zwei Katzen und einem verrückten Hund in New York. Wenn sie nicht gerade schreibt, Kinder bändigt oder bei Autorenkonferenzen pflichtbewusst Notizen macht, findet man sie beim Stretching – bis ganz nach oben ins oberste Regal, um dort ihren geheimen Schokoladenvorrat zu erreichen.

Melden Sie sich für Kylies Newsletter an, damit Sie keine ihrer Neuerscheinungen verpassen. https://www.kyliegilmore.com/DEnewsletter

Mehr finden Sie auf Kylies Website https://www.kyliegilmore.com/deutsch/